인트론바이오
박테리오파지 II

박테리오파지 II
혁신적-혁신 신약의 길

초판 1쇄 발행 2024년 7월 27일

지은이 ㈜인트론바이오 대표이사　　　**펴낸곳** 크레파스북　　　**펴낸이** 장미옥
편집 ㈜인트론바이오 대표이사
　　　주소 (13201) 경기도 성남시 중원구 갈마치로 288번지 14, A동 1310호(상대원동, SK V1 타워)
　　　전화 (031)739-5378
　　　홈페이지 www.intron.co.kr / www.iNtODEWORLD.com

출판등록 2017년 8월 23일 제2017-000292호
주소 서울시 마포구 성지길 25-11 오구빌딩 3층
전화 02-701-0633　　**팩스** 02-717-2285　　**이메일** creb@bcrepas.com

ISBN 979-11-89586-77-5 (03510)
정가 18,000원

이 도서의 국립중앙도서관 출판예정도서목록은 서지정보유통지원시스템 홈페이지(http://seoji.nl.go.kr)와
국가자료종합목록 구축시스템(http://kolis-net.nl.go.kr)에서 이용하실 수 있습니다.

박테리오파지 II

혁신적-혁신 신약의 길

글 인트론바이오

그 길을 묻거든

이것으로 답하리

Contents

01 ── BC 기술시대 '퍼스트-인-클래스' 신약개발

02 — AD 기술시대 '퍼스트-인-컨셉' 신약개발

it is iNtRON.

1978년, 미국의 생화학자인 월터 길버트[01] 교수가 '인트라제닉 리전(Intragenic Region)'[02]이라는 뜻으로, INTRON이라는 용어를 공식적으로 처음 사용하였다.

1999년, INTRON에 'it', '바로 그 회사'라는 의미를 넣었다.
이것이 'iNtRON'에 담긴 의미이다.
인트론바이오는 '사람들이 바라는, 바로 그 회사를 지향한다'
'it is iNtRON'을 표방한다.

2022년 가을, 유난히 더웠던 여름이 쉽사리 물러서지 않을 즈음, 회사의 R&BD의 방향에 대해 조금이라도 사람들에게 알리고 싶은 마음으로 『박테리오파지; 혁신적-혁신 신약의 길』이라는 책을 쓰기 시작했고, 2023년 01월 I권(v1.0)을 출간했다. 『박테리오파지 I』이라 할 수 있겠다.

그리고 약 18개월이 지나 2024년 07월, II권(v2.0) 『박테리오파지 II』에 대한 출간 준비를 마쳤다.

---

01 Walter Gilbert (1932년 ~) 미국의 생화학자·물리학자로, 1980년 핵산 염기의 배열을 결정하는 방법을 개발한 공로로 노벨화학상을 수상함.
02 **Intr**agenic regi**on** 내부 지역

I권이 출간된 시점에서 많은 시간이 흘렀다. 그래서 그동안 쌓인 스토리와 또 다른 연구 성과에 근거하여, I권에서 시간상, 지면상 다루지 못했던 내용들로 새로운 이야기를 해 보고자 한다. 『박테리오파지 II; 혁신적–혁신 신약의 길』이라는 제목으로, I권에 이어 보다 업그레이드된 기술과 고민의 흔적이 느껴지길 바라는 마음으로 인트론바이오의 신약개발에 대한 얘기를 시작한다.

인트론바이오는 박테리오파지에 기반한 신약개발을 모토로 삼고 있다. 대표이사 입장에서 회사 연구진들이 과연 어떤 방향으로 어떤 목표로 본인들의 연구가 진행되고 있는지, 앞으로 어떻게 진행해야 하는지 명확히 안내하고 싶다. 여기에 더하여 인트론바이오에 조금이라도 관심이 있는 분들에게 회사의 얘기를 좀 더 편안한 말로, 보다 상세하게 설명하고 싶었고, 전혀 관심 없었던 분들에게는 조금이나마 관심을 갖는 계기가 되었으면 하는 마음을 담았다.

연구개발(R&D)은 일반적인 생산이나 영업·마케팅과는 다르다. 예를 들어 생산이나 영업·마케팅은 10명의 직원을 투자하면 1년 내 프로젝트를 끝낼 수 있지만, 연구개발은 1명의 직원으로 10년을 바라보고 투자하는 것이 더 효율적이라고 믿는다. 이것이 인트론바이오가 R&D를 바라보는 시각이다.

　내공이 필요한 일이다.

　시간이 필요한 일이다.

　꾸준함이 필요한 일이다.

　연구개발, R&D는.

　다만 '수익'이라는 방향으로 나아가야 한다. 이러한 이유로, 인트론바이오의 연구개발은 R&D가 아니라 'R&BD'를 지향한다.

　2023년 1월 I권에 이어서 금번 II권『박테리오파지 II; 혁신적-혁신 신약의 길』을 써나갈 때도 '진심'을 다해 설명하고자 한다. 인트론바이오가 갖고 있는 R&BD의 시점에서 그간 쌓인 내공을 전달하고 싶다. 무엇보다 인트론바이오는 박테리오파지가 '혁신적-혁신 신약 기술'의 모태가 되는 기술 분야로서 인류에게 건강과 행복한 삶을 선사할 수 있을 것이라 확신하며, 이를 위해 차곡차곡 내공을 함께 쌓아나가고 있음을 얘기하고 싶다.

　인트론바이오는 2024년에 25주년을 맞이했다. 올해는 그동안 진행했던 1막과 2막을 내리고, 3막을 새롭게 시작하는 해라고도 할 수 있다. 인생이나 사업은 한 편의 연극과 같다. 중요한 것은 경쟁에서 살아남는 것이다. 인트론바이오는 여전히 생존해 있고, 앞으로도 수많은 경쟁 속에서 건실하고 진실하게 생존할 것이다. 박테리오파지가 그러하듯이 말이다.

1막

1막 스토리를 시작할 때 목표는 오로지 '코스닥 상장'이었다. 1막은 말 그대로 사업 초창기로서, 인트론바이오는 1999년 '시약의 국산화'를 모토로 사업의 첫 발걸음을 뗐다. 창업 당시 '인터넷 공모'라는 그 시대 최고의 기회가 될 수 있는 투자방식을 활용했다. 그런데 이것이 오히려 회사의 발목을 잡게 되었고, 이후 수백 명 이상의 주주들로부터 '코스닥 상장'이라는 커다란 압박을 받았다. 회사의 발전방향을 아무리 설명해도 주주 분들은 "그래서 코스닥 상장은 언제 하냐?"고만 되물었다. 너무나 당연한 반응이었지만 회사로서는 계속 압박에 시달렸던 것도 사실이다. 이러한 이유로 인트론바이오의 1막은 '코스닥 상장'이라는 목표 외에는 다른 목표를 가질 수 있는 여유가 전혀 없었다. 모든 것이 그저 생존을 위한 몸부림이었고, 이는 '코스닥 상장'을 통해서만 가능했다.

1막 시기에 인트론바이오는 기존 시약 분야에서 진단 분야로 사업 분야를 확대했지만, 시장성의 문제로 좀 더 새로운 기술 분야로 눈을 돌릴 필요가 있었다. 이를 위해 '박테리오파지'라는 당시로서는 낯선 분야를 개척해 나가기 시작했던 것이다. 박테리오파지 기술에 대한 투자를 본격화하면서 그 첫 대상을 동물용 항생제 대체재 사업으로 정했고, 코스닥 상장을 계기로 사업의 1막을 성공적으로 내리면서 인체 분야로 연구를 좀 더 발전시킬 수 있게 되었다. 보다 크고 광활한 신약개발 R&BD 기업으로 성장하기 위한 투자가 본격적으로 개시된 것이다.

2막

코스닥 상장을 이루며 인트론바이오는 2막 스토리를 시작하였다. 이때는 오로지 '글로벌 R&BD 그룹을 통한, 신약개발 기업으로의 성장'이라는 대명제에 방점을 두었고, 3가지 부분에서 일종의 세부 목표를 설정했다.

첫 번째, 자금문제 해결이 필요했다. 코스닥 상장만 하면 순풍에 돛을 단 듯 자금문제가 해결될 것이라고 믿었다. 하지만 그것은 어린 생각이었다. 코스닥 상장 당시 공모금액이 30억 원에 지나지 않았는데, 이는 신약개발은 고사하고 회사의 지속적 생존마저 장담할 수 없는 금액이었다. 하지만 요즘처럼 바이오사업이 주목을 받던 때가 아니었고 회사 또한 투자자들의 이목을 끌지 못했던 상황이었기에 공모금액 30억 원에 만족할 수밖에 없었다.

코스닥 상장에 성공했지만 회사는 여전히 자금경색에 시달렸다. 때문에 어쩔 수 없이 정부자금이나 BW, CB, CPS 등의 메자닌[03]에 의존할 수밖에 없었고, 회사는 항시 부채의 함정에 빠져 쉽사리 탈출하기가 어려웠다. 그래서 인트론바이오는 2막 스토리의 첫 번째 세부 목표를 신약개발을 위한 자금 확보로 정했다.

두 번째, 신약개발 회사로 성장하기 위한 플랫폼 기술 확보를 두 번째 세부 목표로 설정하였다. 그동안 시약분야 및 진단분야, 그리고 동물용 항생제 분야를 중심으로 기술을 구축했기 때문에 궁극적으로 신약개발 회사로 전환하려면 그에 걸맞은 핵심적인 플랫폼 기술의 확보가 절실했다. 인트론바이오는 시약회사로 출발하였다. 이후 진단기술을 확보하면서 진단분야로 진출했고, 코스닥 상장을 전후로 신약회사로 발돋움하면서 독자적인 플랫폼 기술 구축이 반드시 필요했다.

---

03 Mezzanine Capital 메자닌은 건물 1층과 2층 사이에 있는 라운지 공간을 의미하는 이탈리아어로, 채권과 주식의 중간 위험 단계에 있는 전환사채(CB)와 신주인수권부사채(BW)에 투자하는 것을 말함.

그래서 '박테리오파지는 세균을 죽이는 바이러스'라는 대명제 아래 '엔도리신'에 집중하게 되었고, 파지리아®, 파지러스®, 파지리아러스® 등의 플랫폼 기술을 구축하는 데 집중했다. 엔도리신을 입맛대로 엔지니어할 수 있어야 한다고 판단하였고, 또한 박테리오파지까지도 원하는 대로 엔지니어할 수 있어야 한다는 목표를 세웠다. 즉, 해야 할 일, 해내야 할 원천기술을 확보하고자 하였다. 이것이 2막의 두 번째 세부 목표였다.

세 번째, 조직체제 구축을 또 하나의 세부 목표로 설정하였다. 이는 인재에 관한 것으로, 조직 내에 최적의 인재구축이 필요했기에 이를 2막의 세 번째 목표로 설정하였다.

사업 초창기의 일이다. 지금은 머나먼 옛 이야기가 되었지만 재벌 대기업 회장의 비서실장으로 일했던 분을 멘토로 모신 적이 있었다. 그분의 얘기를 요약하면, 사장들은 항시 인재 발굴 및 육성에 심혈을 기울인다. 인재를 크게 사분면으로 나누고 역량(능력) 및 태도(싸가지)에 따라 구분한다는 것이다. 능력도 있고 싸가지도 있는 직원을 1사분면, 능력도 없고 싸가지도 없는 직원을 4사분면으로 하고, 각각 능력은 있지만 싸가지가 없거나, 능력은 없지만 싸가지는 있는 직원을 각각 2사분면 및 3사분면으로 위치시킨다.

그 멘토 분의 얘기에 따르면, 대부분의 사장들은 1사분면과 4사분면 직원에 대해서는 고민하지 않는다고 한다. 당연하다. 능력도 있고 싸가지가 있는 1사분면 직원은 옆에 두면 되는 것이고, 능력도 없고 싸가지도 없는 4사분면 직원은 옆에 둘 필요가 전혀 없으니 말이다. 결국 상당수의 사장들은 2사분면 또는 3사분면 직원들 때문에 고민한다고 한다. 능력은 있는데 싸가지가 없거나, 능력은 없는데 싸가지는 있는 직원. 어떤 조직에서든 볼 수 있는 직원들의 형태인 듯하다.

그런데 그 멘토 분은 내게 고민하지 말라고 조언했다. 그냥 1사분면 직원을 선택하면 된다는 것이다. 너무 당연한 얘기지만 회사가 일단 대기업이 아니면 불가능한 일이다. 지금은 아니더라도 언젠가는 그런 상황을 만들어야 하며, 그때는 꼭 그렇게 선택해야 한다고 조언해 준 것이다. 그래서 1사분면의 직원을 옆에 둘 수 있는 상황을 만드는 것, 이것을 2막의 세 번째 세부 목표로 설정하였다.

3막

2024년 1월, 2막을 내리고 3막의 스토리를 시작한다고 밝혔다. 2막의 세부 목표가 이뤄지면서 인트론바이오는 또 다른 목표를 세우고 새롭게 나아가는 3막의 스토리를 써나가고자 했다. '글로벌 R&BD 그룹을 통한, 신약개발 기업으로의 성장'이라는 대명제를 실현하기 위해 3막의 목표를 '머니 앤 매치(Money & Match)'로 설정하고, 또 다른 3막의 이야기를 써나갈 것이다.

앞으로 언제일지 모르겠지만, 3막의 목표가 달성되어 새로운 4막을 시작할 날을 기다리며 2024년을 맞이하게 되었다.

해야 할 일, 해내야 할 일을 위한 충분한 회사자금이 있다.
해야 할 일, 해내야 할 일을 이룰 수 있는 플랫폼 기술분야가 있다.
해야 할 일, 해내야 할 일을 위한 1사분면 조직체제 구축을 위한 기반이 조성되었다.

2막의 세 가지 세부 목표가 이뤄진 해가 바로 2023년이었다.
이제 2024년, 3막의 스토리를 새롭게 써나가려고 한다.

4막을 올릴 때까지 인트론바이오는 이렇게 3막을 써나갈 것이다. '머니&매치', 오로지 '글로벌 R&BD 그룹을 통한, 신약개발 기업으로의 성장'을 향해. 프롤로그 it is iNtRON.

박테리오파지

인트론바이오 vs 디퍼런트

I권의 서문에서 박테리오파지가 무엇인지 설명한 바 있다. 간략히 다시 설명하면, '박테리오파지는 세균을 죽이는 바이러스'라고 정의할 수 있다. 이러한 박테리오파지의 특성 때문에 대부분의 국내외 박테리오파지 연구 기업이나 연구소에서는 새로운 항생제 개발에 박테리오파지 자체를 사용하려고 시도한다. 그것도 아주 많이. 지금까지 60여 건 이상의 해외 임상이 이뤄지기도 했다. 즉 박테리오파지가 세균을 죽이는 바이러스라는 기본적인 정설을 따르기 때문에 항생제 개발에서 그 길을 찾고자 한 것이다. 인트론바이오 또한 초창기에는 그런 생각을 했었으나 결과적으로는 그 길을 걷지 않았다.

항생제 내성균, 즉 수퍼박테리아 문제는 전 세계적으로 큰 시장을 형성하게 될 미래 분야로 여겨지고 있다. 이를 해결하기 위한 방법으로 박테리오파지에서 해결의 실마리로 찾고자 여러 기업들이 수많은 연구와 임상시험을 시도해 왔으며, 지금도 활발히 이뤄지고 있다. 그 길이 틀리다는 것은 아니다. 하지만 인트론바이오의 생각과 판단은 다르다. 물론 다른 것일 뿐 우리가 맞다는 것은 결코 아니다. 다른 것을 틀리다고 하는 것은 오만이다.

인트론바이오는 박테리오파지 자체를 항생제 내성균을 치료하려는 목적으로 인체에 사용하지 않는다. 이것이 다른 국내 및 해외 유사 바이오기업과 다른 점이다. 인트론바이오는 박테리오파지 자체를 적용하는 분야는 동물 분야로 한정하였고, 인체 분야에는 박테리오파지 유래의 '엔도리신'이라는 단백질 신약을 이용하여 항생제 내성균, 일명 '수퍼박테리아' 치료제를 개발하기 위해 관련 연구개발을 진행하고 있다. 이처럼, 수퍼박테리아 등 항생제 내성균 치료제 개발에 있어서, 박테리오파지 자체가 아니라 박테리오파지 유래의 엔도리신을 선택하고 이에 집중하는 것은 인트론바이오의 R&BD 방향성에 있어서 굉장히 중요하다. 특히 '집중 vs 확대'라는 가치를 실현하는 데 중요한 역할을 하고 있다. 왜냐고? 이제부터 그 이야기를 하고자 한다.

인트론바이오는 '박테리오파지는 세균을 죽이는 바이러스'라는 기존 정설에 대해서 다른 해석을 하게 되었다. 인트론바이오는 다르다. 박테리오파지에 대한 해석 혹은 정설에서 출발하는 것이 아니라 '가설'에서 출발한다. 하지만 믿고 있다. 이것이 머지않아 정설이 될 것이라고. 정설은 데이터에 기초한다. 가설도 상상에서 출발하지 않는다. 가설 또한 데이터에 기초한다. 지구가 돈다는 것은 가설이었지만 정설이 되었다. 이는 데이터에 기초한 것이며 상상에서 출발한 것이 아니다. 가설은 언제나 정설이 된다. 데이터에만 기반하고 있다면 말이다.

'박테리오파지는 세균을 죽이는 바이러스'라는 정설을 인트론바이오 역시 확고히 믿는다. 데이터가 그것을 증명하기 때문이다. 하지만 실질적으로 박테리오파지는 세균을 모두, 죄다, 싹 죽이지 않는다. 이 또한 데이터에 기초한다. 박테리오파지는 세균을 죽인다. 하지만 모두 죽이지 않는다. 즉, '멸균'시키지 않는 것이다. 왜일까? 너무 당연한 얘기지만, 박테리오파지가 세균을 모두 죽이게 되면 자기 스스로도 더 이상 생존할 수 없기 때문이다. 세균을 죽이는 것은 맞지만 자신 스스로가 생존할 수 있는 정도의 세균은 살려두는 것이다. 세균을 위해서가 아니라 본인 스스로 생존하기 위해서. 죽이지만 모두, 죄다, 싹 죽이지는 아니한다. 너무나 똑똑하고 현명한 능력을 갖고 있는 것이다. 박테리오파지는 대단하다. 스스로 생각하고 진화한다. 그리고 인트론바이오의 연구는 이러한 박테리오파지에 기초한다.

박테리오파지 연구자들은 이러한 데이터에 모두 공감할 것이다. 죽이지만 죽이지 아니한다. 이러한 이유로 인트론바이오는 박테리오파지 자체로 인체 대상의 항생제 내성균 치료제, 즉 수퍼박테리아 치료제를 개발하는 데 직접적으로 활용하지 않는다. 다만 그 특성을 파악하고 박테리오파지 유래의 '엔도리신'을 이용하여 수퍼박테리아 치료제에 집중하게 되었고, 더 나아가 미충족 수요가 있는 항생제 대체재 개발에 나서고 있다. 인트론바이오는 다르다.

인트론바이오 vs 디피런트 it is iNtRON.

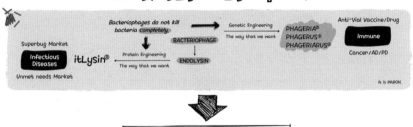

Bacteriophage-based New Drugs

박테리오파지는 세균을 잡아먹는 바이러스입니다.
이 때문에, 대부분의 기업과 연구자들이 Bacterial Infectious Diseases 약물 개발에 적용하고 있습니다.
(세균성 감염질환)

하지만, 인트론바이오는 다릅니다!

인트론바이오 vs 디퍼런트

01

BC 기술시대

Before Concept

'First-in-Class' 신약개발

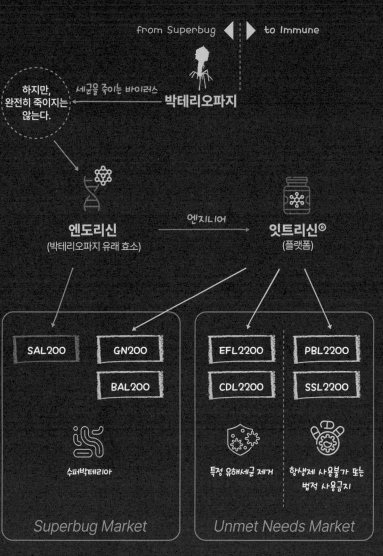

from Superbug ◀ ▶ to Immune

세균을 죽이는 바이러스
박테리오파지

하지만,
완전히 죽이지는
않는다.

엔도리신
(박테리오파지 유래 효소)

엔지니어

잇트리신®
(플랫폼)

SAL200	GN200
	BAL200

EFL2200	PBL2200
CDL2200	SSL2200

슈퍼박테리아

특정 유해세균 제거

항생제 사용불가 또는
법적 사용금지

Superbug Market

Unmet Needs Market

박테리오파지는 유용한 미생물이지만
모든 세균을 완전히 죽일 수는 없다.
따라서 인트론바이오는 박테리오파지 자체가 아니라
박테리오파지 유래의 항균물질인 엔도리신
또는 이의 개량형인 잇트리신®을 활용해
신약개발을 수행하고 있다.

━━━━━ 엔도리신 vs 잇트리신®

엔도리신 vs 잇트리신®

　인트론바이오는, 수퍼박테리아(Superbug, 수퍼벅) 치료제를 개발할 때, 엔도리신(Endolysin)이라는 단백질 효소 기술을 사용한다. 잇트리신®(itLysin®)은 엔도리신을 엔지니어시킨 형태로, 인트론바이오가 갖고 있는 새로운 기술 및 후보 물질이자 상표명으로 이해하면 되겠다.

　앞서 출간한 『박테리오파지 I』은 물론 이 책의 서문에서도 밝혔 듯이 박테리오파지는 세균을 죽이기는 하지만 '완전히', '죄다', '싹' 죽이지는 않는다. 이러한 데이터에 기초하여, 인트론바이오는 수퍼박테리아 치료제를 개발할 때 박테리오파지 그 자체를 이용하지 않는다. 대신, 박테리오파지가 실제로 세균을 죽일 때 그 기능을 담당하는 엔도리신을 활용하며, 여기서 더 나아가 이를 신약에 걸맞게 변형시키는 잇트리신®을 사용한다.

박테리오파지는 박테리아(세균)를 컨트롤할 수 있는 유용한 미생물이지만, 타깃 세균집락(Target bacteria population)의 모든 개체를 사멸시키는 것이 아니다. 자연의 섭리에 따라 일부 개체를 잔존시키는 특성을 가지고 있는 것이다.

박테리오파지는 이러한 태생적 특성으로 인하여 '세균 감염증 치료제'라는 의약품으로 활용하는 경우 원인균을 완전히 사멸[01]시키지 못한다. 때문에 인트론바이오는 세균 감염증 치료제 개발에서는 박테리오파지 자체가 아니라 박테리오파지 유래의 항균물질인 엔도리신 또는 이의 개량형인 잇트리신®을 활용한 신약개발을 수행하고 있다.

엔도리신은 세균의 세포벽(Cell wall)을 용해[02]할 수 있는 단백질 효소이다. 즉, 박테리오파지가 세균을 감염시킨 후에 수많은 자손으로 복제를 하게 되는데, 이러한 감염 후반부에 엔도리신은 세균의 세포벽을 용해하여 복제된 자손(박테리오파지)이 밖으로 빠져나갈 수 있게 돕는다. 쉽게 말해서 세균 세포벽에 구멍을 내서 제거해야만

01 Sterilization 사멸, 멸균
02 Lysis 용해

밖으로 빠져나갈 수 있게 되는데, 이때 작용하는 효소가 바로 엔도리신이다. 특히 엔도리신은 세균 세포벽의 주성분인 펩티도글리칸(Peptidoglycan)을 특이적으로 용해할 수 있는 활성을 가지며, 이로 인해 박테리오파지가 실제적으로 세균을 죽이게 되는 것이다.

인트론바이오는 수퍼박테리아 치료제를 개발할 때 이러한 엔도리신을 이용한다. 엔도리신은 박테리오파지처럼 생물체가 아니기 때문에 자신이 생존하기 위해 세균을 살려놓는 일을 하지 않는다. 세균을 만나면 즉시 무자비하게 용해시켜 버린다. 1분에서 10분 정도면 세균을 완벽히 용해시켜서 흔적을 없애버리는 것이다.

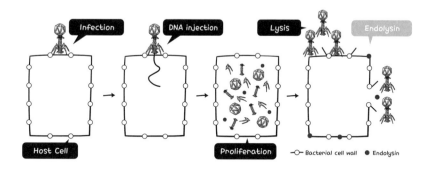

박테리오파지의 세균감염 및 엔도리신의 기능

이처럼 수퍼박테리아 등의 치료제 개발에 있어서 엔도리신을 선택한 이유는, 박테리오파지가 세균을 완전히 죽이지 않는데 반해 엔도리신은 완벽히 용해시킨다는, 대단히 명료한 기술적 데이터에 기인한다.

이외에도, 엔도리신은 박테리오파지에 비해서 내성(Resistant)이 생길 확률이 현저히 낮다. 세균을 죽이는 박테리오파지는 경우에 따라서 세균이 박테리오파지로부터 획득한 특성으로 인해 내성을 가지는 경우가 있다.

대표적인 것이 유전자 편집에 이용하는 크리스퍼/캐스[03] 기능이다. 이는 세균이 박테리오파지로부터 죽지 않으려고 진화하여 갖고 있는 일종의 방어수단이다. 박테리오파지에 감염되면 '크리스퍼'가 인지한 후 '캐스'라는 가위로 잘라버리기 때문에, 세균은 자신을 죽이려는 박테리오파지를 거꾸로 없애버리는 것이다. 물론 박테리오파지도 이를 무력화하는 수단을 갖고 있다. 똑똑한 놈들.

[03] CRISPR/Cas 유전자 편집기술

또한, 세균은 박테리오파지가 부착되지 못하도록, 수용기(Receptor, 리셉터)를 변화시키는 등, 세균과 박테리오파지의 싸움은 과거 지구가 탄생한 수십 억 년 이전부터 지속되고 있다. 누가 승자라고 할 것 없이 둘 다 승자다. 왜냐고? 여전히 둘 다 생존하고 있으니까.

엄밀히 말해 박테리오파지는 세균을 완전히 없앨 하등의 이유가 없는 것이다. 세균은 그저 먹잇감이다. 다른 좋은 먹잇감이 나타나지 않는 한 세균은 박테리오파지의 먹잇감이니 살려두어도 무방하다. 언제든지 컨트롤이 가능하니까.

『박테리오파지 I』에서도 다뤘지만, 박테리오파지는 새로운 먹잇감을 찾아서 지속적으로 진화하고 있다. 이것에 대해 충분한 대비를 할 필요가 있으며, 이는 인트론바이오가 박테리오파지를 통해 구현하고자 하는 기술적 방향이기도 하다.

박테리오파지에 우선하여 엔도리신을 수퍼박테리아 치료제 개발에 이용할 때의 장점은 또 있다.

엔도리신이 세균을 용해시킬 때 주요하게 인지하는 부위가 펩티도글리칸인데, 이러한 펩티도글리칸은 세균 세포벽 구성의 핵심물질로서 돌연변이가 일어날 확률이 현저히 적다. 박테리오파지가 세균에 대해 내성이 생길 확률이 높은데 반해, 엔도리신에 대해서는 세균이 저항성을 획득하기가 어렵게 되는 것이다. 세균 역시 똑똑한 생물체이기에 핵심물질에 변이가 일어나면 자기 스스로가 생존하기 어렵다는 것을 이미 알고 있다. 따라서 펩티도글리칸 부분은 돌연변이가 잘 일어나지 않는다.

처음에는 박테리오파지가 세균을 완전히 죽이지 않기 때문에 엔도리신을 수퍼박테리아 치료제의 핵심기술로 정했으나 지금까지 설명한 것처럼 엔도리신을 선호할 만한 여러 추가적인 장점이 존재하는 것이다.

하지만 엔도리신을 신약 자체로 이용하기 위해서는 몇 가지 단점을 보완해야 한다. 엔도리신은 자연 그대로 존재하는 단백질인데다 박테리오파지 내부에 존재하는 단백질이기 때문에 치료제로 개발된 후 외부에서 투여되었을 때 불안정할 수 있으며, 이를 해결하려면 단백질의 안정성을 강화시킬 필요가 있다.

또한 박테리오파지는 자신이 살아있는 한 계속 세균을 죽이고 자손을 만들어서 지속적으로 생존해 나가는 데 반해, 엔도리신은 단백질이기 때문에 생체 내에서 유효성을 유지할 수 있어야 하며, 이에 대한 해결책 역시 마련해야 한다.

그리고 그램 음성균 등 특정 세균들은 펩티도글리칸 외에 별도의 외막을 갖고 있기 때문에 엔도리신을 처치하더라도 펩티도글리칸 층으로 접근 자체가 되지 않아 이에 대한 추가적인 해결책이 필요하다. 예를 들어 펩티도글리칸에 닿을 수 있도록 세균의 외막에 구멍을 내거나 일부 파괴할 필요가 있다. 아울러 엔도리신이 생체 내에 투여되었을 때 그곳에 존재하는 다양한 이온들에 의해서 엔도리신의 활성이 저해될 수 있기 때문에 이에 대한 해결책도 필요하다.

이처럼 엔도리신 자체를 그대로 신약기술에 이용하기에는 아직 부족한 점이 있다. 이런 단점을 개선하여 신약 물질에 적합하도록 만들기 위해서는 기술 및 시장 관점에서 엔지니어가 필요하다.

그리고 이것이야말로 R&BD 관점에서 내공이 필요한 이유다. 인트론바이오는 이러한 R&BD 관점의 내공에 기반해 엔도리신 자체의 단점을 보완하여 신약 후보물질로 사용이 가능하도록 철저히 분석 및 엔지니어를 실시하고 있다.

여기에 신약으로서의 안정성 및 효과성을 확보할 수 있도록 추가적인 개발을 진행하고 있으며, 이러한 다양한 플랫폼 기술을 잇트리신® 기술이라고 총칭하고 있다.

인트론바이오의 첫 번째 엔도리신 신약은 SAL200이라 할 수 있다. SAL200 엔도리신 신약은 박테리오파지 유래의 단백질 형태를 그대로 신약으로 개발한 것이다. 하지만 그 이후로 개발되는 대다수의 엔도리신은 자연 그대로의 것을 사용하는 것이 아니라, 타깃 질환에 따라 임의로 가공된 엔도리신을 이용하며, 모두 잇트리신® 플랫폼 기술을 적용하고 있는 것이다.

인트론바이오는 이러한 잇트리신® 기술을 바탕으로 다수의 잇
트리신® 신약 후보물질을 개발하고 있으며, 국내는 물론 해외에
서도 경쟁력이 앞선다고 확신하고 있다.

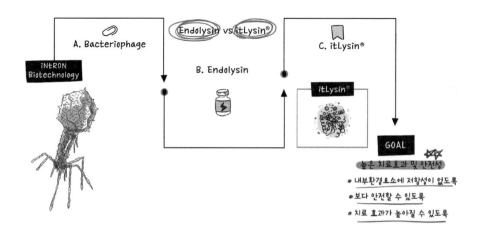

엔도리신 vs 잇트리신®

인트론바이오는 잇트리신® 플랫폼 기술을 이용하여 시장관점에
서 크게 두 가지 분야의 잇트리신® 신약을 개발 중이다.

첫 번째는 수퍼벅 시장(Superbug Market). 즉, 수퍼박테리아 치료제 시장이다.

두 번째는 언멧 니즈 시장(Unmet Needs Market)으로, 미충족 수요가 있는 시장이다.

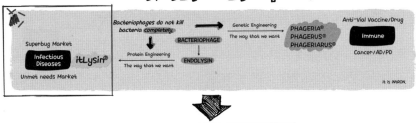

잇트리신® 플랫폼 기술로 타깃하는 시장

다시 말해 잇트리신®의 목표 시장은 기존 항생제 기반의 처치로는 효과적인 치료가 어려운 난치성 감염질환, 즉 다제내성균 감염치료 분야인 '수퍼벅 마켓', 그리고 기존 기술과 약물의 한계로 인해 효과적 해결책이 없는 '언멧 니즈 마켓'으로 설정하고 있다.

다음 장에서는 이 두 가지 시장에 대해 설명하도록 하겠다.

엔도리신 vs 잇트리신® it is iNtRON.

수퍼박테리아 때문에
인류가 크나큰 위협을 맞이할 수 있다는 전망들이
심심치 않게 나오고 있다.
그야말로 '항생제의 역습'이라 할 만하다.
인트론바이오는 이러한 '수퍼벅 시장'을 타깃으로
SAL200, GN200, BAL200 개발을 수행하고 있다.

━━━━━ 수퍼벅 마켓

수퍼벅 마켓

수퍼벅, 수퍼박테리아, 항생제 내성균, 모두 같은 의미다. 말 그대로 수퍼벅 마켓이라는 것은 수퍼박테리아를 타겟하는 시장을 지향하여, 신약 개발을 하고 있다는 것이다. 우선 수퍼박테리아부터 이해할 필요가 있겠다. 수퍼박테리아는 언제부터 인류에게 위협으로 다가왔을까?

먼저 제2차 세계대전을 살펴봐야 한다. 1939년 발발한 제2차 세계대전 당시 페니실린은 항생제로서 큰 역할을 했다. 전쟁 중 부상병들의 감염 치료에 사용되어 많은 생명을 구한 것이다. 1928년 봄, 알렉산더 플레밍[04]이라는 과학자가 푸른곰팡이로부터 페니실린이라는 물질이 세균을 죽이고 있음을 확인하였고, 이

---

04 Alexander Fleming 영국 스코틀랜드의 미생물학자

러한 공로로 1945년 노벨 생리학과 의학상을 수상하기도 하였다. 페니실린은 1942년 머크사[05]가 세계 최초로 대량 생산하게 되면서 전쟁 중에 중요한 역할을 하였다. 페니실린의 발견과 대량 생산은 제2차 세계대전 당시 인류가 이룬 3대 발명(핵폭탄, 레이더, 페니실린) 중 하나로 평가받을 정도로 인류에게 커다란 영향을 끼친 바 있다.

아이러니하게도 이러한 페니실린의 발견과 대량생산은 그동안 세균 감염병 치료제로 개발되던 박테리오파지 연구를 시들하게 만든 원인이기도 했다. 즉, 제2차 세계대전을 거치면서 페니실린을 중심으로 다수의 값싸고 생산이 용이한 합성 항생제가 개발·출시되면서 박테리오파지를 이용한 세균 감염병 치료제의 개발 필요성이 줄어든 것이다. 어쨌든 페니실린이 처음 등장했을 때 항생제는 인류를 구원할 신약이라 여겨졌고, 지금처럼 수퍼박테리아, 즉 항생제를 무력화시키는 세균이 나타날 것이라고는 전혀 예측하지 못했다. 지금은 항생제로 인해 발생되는 수퍼박테리아 때문에 인류가 크나큰 위협을 맞이할 수 있다는 전망들이 심심치 않게 나오고 있다. 그야말로 '항생제의 역습'이라 할 만하다.

---

05 Merck 17세기 이래 사업을 계속 하고 있는, 현존하는 가장 오래된 과학기술 기업으로 의약, 생명과학 그리고 전자 소재를 생산하는 글로벌 기업

전 세계적으로 세균 감염병 치료에 널리 사용된 페니실린은 그 내성균이 출현하는 데 10년여 정도의 시간밖에 걸리지 않았다. 1941년 페니실린에 내성을 갖춘 포도상구균[06](PRSA)이 나타난 것이다. 이후 1950년대에는 이미 60% 이상의 포도상구균이 페니실린 내성을 보유하게 되었다. 이렇게 페니실린에 대한 내성균이 발견되자 제약회사들은 보다 강력한 항생제 개발에 뛰어들었고, 마침내 1959년 메티실린(Methicillin)을 개발했다. 메티실린은 비쳄사[07]에 의해 개발된 페니실린 계열의 베타락탐계(β-lactam) 항생제로서 페니실린에 내성을 가진 수퍼박테리아에 대항하기 위한 치료제로 개발되었으며, 이 또한 폭넓게 전 세계적으로 사용되었다.

그런데 페니실린에 대한 내성균이 10여 년 만에 출현한 데 반해, 메티실린에 대한 내성균은 겨우 2년여 만인 1961년 처음 발견되었다. 메티실린 내성 황색포도상구균(MRSA)이 출현한 것이다. 인류는 강력한 항생제가 더욱 강한 항생제 내성균을 출현시킨다는 역설을 파악하게 되었고, 그 속도 역시 점점 빨라진다는 것도 확인할 수 있었다. 이러한 사실에 전 세계가 경악하였다. 항생제 내

---

06   Penicillin-resistant *Staphylococcus aureus* 페니실린 내성 황색포도상구(알)균
07   Beecham 영국 회사로, 향후 GSK(글락소스미스클리안)로 합병

성 문제가 대두되면 될수록 새로운 항생제 개발의 필요성이 제기되었다. 하지만 강한 항생제는 결국에 강한 수퍼박테리아를 만들어낸다는 것을 알게 되면서, 인류는 복잡한 실타래를 풀기 위한 대책 마련에 부심하고 있다. 이러한 흐름 속에서 항생제 내성균 치료제로 각광을 받다가 페니실린의 발견으로 인해 관심에서 사라진 박테리오파지 기술에 대한 재조명이 이뤄졌고, 이를 이용하여 항생제 내성균을 해결하려는 시도들이 21세기 들어서면서 활발히 이뤄지게 된 것이다.

이처럼 항생제 내성균의 출현은 항생제에 대한 시각을 바꿔놓았다. 가급적 항생제 사용을 줄여야 하며 적절한 처방대로 사용해야 하는 것이다. 더불어 항생제 내성균, 즉 수퍼박테리아에 대한 새로운 대처 방안을 마련할 필요성이 점차 대두되고 있다. 다만 항생제는 인류의 평균 수명을 획기적으로 연장시키는 데 분명 중요한 역할을 해왔고, 앞으로도 여전히 그러할 것이다. 재미난 이야기로, 고려시대나 조선시대 같은 과거로 시간여행을 할 수 있다면, 그리고 그때 항생제만 들고 간다면, 세상을 구하는 화타[08]가 되는 것도 어려운 일은 아닐 것이다. 그만큼 항생제는 인류를 세

---

08 중국 한나라 말기의 의사로, 편작과 더불어 명의를 상징하는 인물로 알려짐.

균 질병으로부터 벗어날 수 있게 해 준 희대의 발명이라고 할 수 있으며, 이는 플레밍이라는 이름이 여전히 회자되는 이유이기도 하다. 물론 앞으로도 그러할 것이다. 다시 말하지만 항생제는 중요한 것이다.

하지만 이렇게 오랫동안 인류를 구원해 온, 그리고 미래에도 그 역할을 수행해야 할 항생제는 역설적으로 인류에게 심각한 위협으로 다가오고 있으며, 이에 대한 대안이 반드시 마련되어야 한다. 항생제 남용으로 인해 항생제 내성균의 발생이 증가하고 그로 인해 어떠한 항생제로도 치료가 불가능한 소위 수퍼박테리아가 인류의 생존을 위협할 것이라는 우려가 있다. 실제로 매년 새로운 내성균이 발생하고 있으며, 세계보건기구(World Health Organization, WHO)도 이를 우려하고 있다. 2016년 영국 정부가 발표한 보고서에 따르면, 전 세계적으로 연간 70여만 명이 항생제 내성균으로 사망하고 있다. 2050년에는 항생제 내성균으로 인한 사망자가 연간 1,000만 명을 넘으면서 암으로 인한 사망자를 추월할 것으로 전망하고 있다. 관련 치료 비용도 100조 달러(한화 약 13경 원)라는 천문학적인 수준으로 증가할 것으로 추정되고 있다.

이제 주요한 '수퍼박테리아'를 간략하게 정리해 보도록 하겠다.

MRSA[09]

메티실린을 비롯한 베타락탐계 항생제에 내성을 획득한 황색포도상구균으로 특히 병원에서 문제가 되며, 열린 상처가 있거나 외과적 장비를 사용하고 면역체계가 약해진 환자들은 일반 대중보다 감염의 위험이 높다.

VRSA[10]

반코마이신에 대한 내성($>16\mu g/ml$)을 가진 황색포도상구균으로, 1996년 일본에서 먼저 확인되었으며, 이후 아시아뿐만 아니라 유럽 및 미국에서도 확인되었다.

VRE[11]

1980년대 유럽에서 분리되기 시작한 엔테로코커스 페칼리스(Enterococcus faecalis)와 엔테로코커스 패슘(Enterococcus faecium)으로, 1980년

---

09 Methicillin-resistant *Staphylococcus aureus* 메티실린 내성 황색포도상구(알)균
10 Vancomycin-resistant *Staphylococcus aureus* 반코마이신 내성 황색포도상구(알)균
11 Vancomycin-resistant *Enterococci* 반코마이신 내성 장구(알)균

대 이후 항생제 사용이 증가함에 따라 항생제에 내성을 가지는 장구균이 병원 내 감염의 중요 원인균으로 보고되고 있다. 위장관계에 장구균을 보균하는 환자나 병원 구성원의 손을 통해 다른 환자에게 전파되고 때로는 기구에 의한 전파도 일어난다.

MDR TB[12]

MDR이란 미생물 종이 다양한 항생제에 대해 저항성을 나타내는 것으로, 쉽게 말하면 '다제내성 결핵균'을 의미하며, MDR 정도에 따라 XDR[13]과 PDR[14]로 나눌 수 있다. MDR TB는 결핵의 1차 치료에 사용되는 아이소나이아지드(Isoniazid)와 리팜핀(Rifampin)에 모두 내성인 결핵을 말한다. 퀴놀론계(Quinolone) 및 아미노글리코사이드계(Aminoglycoside) 등 2차 치료에도 내성을 나타내는 결핵균을 광범위 내성 결핵(XDR TB), 어떠한 약제에도 내성을 갖는 결핵균을 무약내성 결핵(PDR TB)이라고 하며, 2011년 전 세계에서 최초로 보고된 후 점차 확산되고 있는 상황이다.

---

12 Multidrug-resistant Tuberculosis 다제내성 결핵균
13 Extensively drug-resistant 극내성
14 Pandrug-resistant 무약내성

상기 언급한 수퍼박테리아 외에도 다양한 항생제 내성균이 지속적으로 출현하고 있는데, 이러한 흐름은 항생제 사용이 점차 증가함에 따라 자연스럽게 함께 증가할 것으로 예측되고 있다. 분명한 것은 인류가 그에 대한 대책 마련에 나서야 한다는 것이다. 세계보건기구에서는 이에 대한 대처 방안을 모색하고 있으며, 2017년 새로운 항생제 개발이 절실한 병원균 목록을 발표하면서 'ESKAPE'라는 용어를 사용하였다. 대책 마련이 시급한 병원균을 위주로 우선순위를 정한 것인데, 이것들이 전혀 새로운 것이 아닌 우리 주변 곳곳에 존재하는 흔한 세균이라는 점에서 충격을 더하고 있다. 흔하게 접하는 병원균들이 현존하는 대부분의 항생제에 내성을 보이는 '다약제내성'을 보이기 때문이다. 다약제내성이란 보통 서로 다른 계통의 항생제 세 가지 이상에 내성을 보이는 경우를 말한다. 놀라운 일이다. 흔하게 발견되는 병원균들이 언제든지 우리 인류의 삶과 건강을 망칠 수 있고, 이는 인류에게 커다란 위협으로 다가올 수 있기 때문이다.

WHO에서 사용한 'ESKAPE'라는 용어는 언뜻 보면 '탈출하다'를 뜻하는 영어 단어 'ESCAPE'를 잘못 쓴 것처럼 보인다. 사실 이 것은 현재 우리가 사용하는 주요 항생제에 내성을 보이는 여섯 종류 세균의 학명 첫 글자를 따서 만든 약어다. 'ESKAPE'라는 영어 단어를 사용한 이유는 그만큼 인류가 항생제 내성균 문제에서 빠르게 '탈출'해야 함을 경고하기 위한 목적도 있다.

'ESKAPE'를 구성하는 여섯 종류의 세균

*E*nterococcus faecium : 장알(구)균
*S*taphylococcus aureus : 황색포도상알(구)균
*K*lebsiella pneumoniae : 폐렴간균
*A*cinetobacter baumannii : 아시네토박터 바우마니
*P*seudomonas aeruginosa : 녹농균
*E*nterobacter spp. : 엔테로박터류

혹자는 말한다. 보통 건강한 사람에게는 ESKAPE 세균이 그다지 위협적이지 않다고. 그러나 이는 매우 중요한 사실을 망각한 것이다. 건강한 사람들은 무엇이든 문제가 없다. 애초에 약이란 것은 건강한 사람들이 복용하는 게 아니지 않나? ESKAPE 병원

균은 특히 병원 내 감염을 일으키며 대부분 다약제내성을 띠게 된다. 이것이 문제인 것이다. 면역 기능이 떨어지면 이들 감염에 취약해진다. 면역이 취약한 사람들, 즉 병원에 가는 환자들에게는 ESKAPE 세균이 병원 내 감염을 일으키는 주범이며, 이들이 다약제내성을 띠게 되면 문제가 아주 심각해진다. 게다가 ESKAPE 세균의 위협은 이에 맞설 항생제 개발 속도가 현저하게 느려지는 상황에서 일어나고 있다. 이런 난관을 극복하려면 새로운 해결사가 절실하게 필요하다.

인트론바이오는 이러한 수퍼벅 마켓을 지향하는 개발로서 MRSA 대응 바이오 의약품인 'SAL200' 개발과 그램음성균 감염 치료 바이오 의약품인 'GN200' 개발은 물론, 탄저 치료제로서 'BAL200'을 개발하고 있다. 'SAL200'은 회사의 첫 번째 엔도리신 신약으로, 박테리오파지 유래의 엔도리신 자체를 이용한다. 하지만 그 외의 모든 엔도리신 신약들은 개별 타깃 질환의 특성 등에 따라 변형시킨 잇트리신®으로 개발하고 있다. 특히 상기 개발 중 '그램음성균 감염 치료 바이오 의약품'으로 개발 중인 GN200은 그램음성균 감염에서 큰 비중을 차지하면서도 최근 내성균 증가가 매우 심각한 균종인 아시네토박터 바우마니(*Acinetobacter baumannii*), 슈도모나스 애루기노사(*Pseudomonas aeruginosa*), 클렙시엘라 뉴모니아

(*Klebsiella pneumoniae*)를 주요 대상 세균으로 설정하고 있다. 이들은 혈류 감염(Bloodstream infection) 등 전신 감염(Systemic infections)에 대해서도 우수한 치료 효과를 제공할 수 있는 바이오 의약품으로 개발하는 것을 최종 목표로 설정하고 있다.

이처럼 인트론바이오는, '수퍼벅 시장'을 타깃으로 MRSA 대응 신약개발(SAL200)과 그램음성균 대응 신약개발(GN200 개발)은 물론, 탄저 치료제(BAL200) 개발을 수행하고 있다. 여기에 기존 항생제 기반 치료가 적절하지 않은 분야에서 활용 가능한 잇트리신® 신약개발도 추진하고 있다. 수퍼벅 마켓 **it is iNtRON.**

'언멧 니즈 마켓'이란
법 규제는 물론 사회적 이슈로 인해
기존 항생제를 사용할 수 없는 시장을 말한다.
인트론바이오는 이런 분야의 신약개발에도
잇트리신® 기술을 적용해 EFL2200, CDL2200,
PBL2200, SSL2200 등을 개발하고 있다.

━━━━━ 언멧 니즈 마켓

언멧 니즈 마켓

앞서의 설명과 같이 인트론바이오는 다수의 신약개발에 나서고 있다. '박테리오파지 기술'을 플랫폼 기술로 적용하여 세균에 의한 감염성 질환 치료가 가능한 바이오 의약품인 '잇트리신®' 개발을 주요 업무 목표로 설정하고 있다. 잇트리신®의 목표시장은 기존 항생제 기반의 처치로는 효과적 치료가 어려운 난치성 감염질환, 즉 다제내성균 감염 치료 분야인 '수퍼벅 시장'과 기존 기술과 약물의 한계로 인하여 효과적인 대안 마련에 어려움이 있는 '언멧 니즈 마켓'으로 설정하고 있다.

'언멧 니즈 마켓'이란 기존 항생제에 기반한 치료가 적절하지 않은 시장이라고 요약할 수 있다. 이러한 카테고리로 분류할 수 있는 것으로는 VRE에 관련한 디콜로나이제이션[15] 신약개발(EFL2200)과 클로스트리디오이데스 디피실(Clostridioides difficile) 대응 신약개발(CDL2200)을 비롯하여, 꿀벌에서 크게 문제가 되고 있는 부저병[16]의 원인균인 패니바실러스 라바(Paenibacillus larvae) 대응 신약개발(PBL2200), 그리고 젖소에서 큰 문제가 되고 있는 소유방염(Bovine mastitis) 치료제(SSL2200) 등을 대표적으로 들 수 있겠다. 인트론바이오가 정의하고 있는 '엇멧 니즈 마켓', 즉 기존 항생제를 사용키 어려운 시장은 크게 두 가지로 나누고 있다.

첫 번째로, 정상 세균총(Normal bacterial flora)처럼 다종의 박테리아가 존재하는 조건에서 감염된 특정 병원성 세균을 처치하는 분야다. 쉽게 말해서, 장내에는 수많은 정상 세균들이 존재하고 있다. 그런데 여기에 특정한 유해 세균이 감염된 경우, 기존 항생제를 사용하게 되면 정상 세균까지도 죽게 되고 종국에는 정상 세균총의 균형이 파괴되어 더 큰 질환을 유발하게 되는 것이다. 빈대 잡으

---

15 Decolonization 탈군락화
16 Foulbrood 부저병. 꿀벌의 유충에 병원균이 침투하여 유충벌을 썩게 하는 질병

려다가 초가삼간 태우는 격이다. 이와 같은 감염질환에는 보다 효과적인 치료법 마련이 절실하며, 이것이 바로 인트론바이오가 '언멧 니즈 마켓'에서 타깃으로 설정한 분야이다.

두 번째로, 항생제 사용이 꺼려지거나 법적으로 금지되는 분야인데, 쉽게 설명하면 식품의 원료가 되거나 또는 동식물처럼 궁극적으로 사람에게도 영향을 줄 수 있는 분야의 감염질환을 타깃으로 하는 분야다. 예를 들어 꿀벌에는 다수의 세균 감염이 일어나고 있는데, 이때 항생제를 사용할 수는 없는 법 아닌가. 아울러 축산물의 경우 사람이 종국에는 섭취하게 되는데, 여기에 항생제를 사용할 수는 없는 것 아닌가. 즉, 동식물의 감염질환 분야이기는 하지만 이것이 동물 자체를 위한 것이라기보다는 사람과 밀접한 관계를 갖고 있는 산업 분야이고, 이러한 산업 분야에 세균 감염이 일어났을 때 적절한 치료대안이 마련되어야 한다. 인트론바이오는 이런 분야의 신약개발에도 잇트리신® 기술을 적용하고 있다. 여기에 대해서는 좀 더 구체적인 설명이 필요해 보인다.

첫 번째 부분, 즉 정상 세균총의 균형을 깨지 않으면서도 유해한 세균만을 없애서 질환을 치료하고자 하는 것으로는 대표적으로 EFL2200과 CDL2200을 들 수 있다.

먼저, EFL2200은 장구균을 타깃으로 한다. 엔테로코쿠스 패슘과 엔테로코쿠스 패칼리스. 두 가지 세균 모두 VRE 콜로나이제이션[17]의 주요 원인균이라 할 수 있다. VRE 콜로나이제이션은 소화계 기관인 대장 점막층 표면에서 주로 형성되고, VRE 콜로나이제이션을 가진 환자의 경우 병원 내에서 다른 환자들에게 VRE를 전파하는 감염원이 될 수 있다. 뿐만 아니라 면역저하 및 과도한 항생제 처치로 인해 대장의 점막층이 손상되면 점막층 하부의 상피세포에 세균이 침투하여 혈류감염을 일으키고, 결국에 이러한 혈류감염은 패혈증[18]으로 악화되어 사망으로 연결될 수 있다. VRE 콜로나이제이션에 대한 미국의 한 조사 사례[19]에 따르면, 미국 요양시설에 입원하고 있는 환자 중 40% 이상이 VRE 콜로나이제이션을 가지고 있는 것으로 조사되었으며, 이는 큰 사회 문제로 비화될 수 있음을 보여준다.

이러한 VRE 콜로나이제이션의 경우 항생제 처치 외에는 방법이 없지만 항생제 처치는 대장 내 존재하는 정상 세균총에 큰 피

---

17   VRE colonization 세균 군락화(집락화)
18   Sepsis 미생물에 감염되어 발열, 빠른 맥박, 호흡수 증가, 백혈구 수의 증가 또는 감소 등의 전신에 걸친 염증 반응이 나타나는 상태
19   Open Forum Infect Dis 7(1): OFZ553, 2020

해를 초래하기 때문에 아주 긴급하거나 위중한 경우를 제외하고는 VRE 디콜로나이제이션[20]에 실시하지 않는다. 이로 인해 노령인구에서의 VRE 콜로나이제이션은 매우 심각한 것으로 추정되며, 시한폭탄과 같은 매우 위험한 사회적 위협이라 할 수 있다. 이러한 사정에도 불구하고 VRE 디콜로나이제이션에 활용할 적합한 약제가 없다는 점이 더 큰 위험 요소라 할 수 있다. 따라서 'VRE 디콜로나이제이션용 제제 개발'은 매우 중요한 과제로 향후 의료적 활용성도 매우 높을 것으로 기대하고 있으며, 인트론바이오의 잇트리신® 신약개발 타깃 중 하나다.

다음으로, CDL2200과 관련한 개발 필요성이다. CDL2200 개발 분야 또한 잇트리신®의 특장점을 잘 활용할 수 있는 처치제 개발이다. 클로스트리디오이데스 디피실 감염(CDI)은 근본적으로 항생제가 문제가 되어 발생하는 질환이며, 다종의 박테리아가 존재하는 상태에서 정상 세균총은 그대로 유지하면서 특정 유해균인 클로스트리디오이데스 디피실에 대한 처치가 필요한 질환이기 때문이다.

---

20 Decolonization 탈집락화(탈균락화)

전 세계적으로 CDI 발생이 지속적으로 증가하고 있으며, 특히 중증 또는 전격성 CDI(Fluminant CDI) 발생이 급격히 증가하고 있다. 무엇보다 CDI와 관련하여 문제가 되는 것은 재발성 CDI(Recurrent CDI, rCDI)의 빈도가 증가하고 있다는 것이다. 재발 원인은 감염되어 치료되었다고 판단한 이전 세균의 재활성화일 수도 있고 새로운 균에 의한 재감염일 수도 있는데, 연구에 따라 차이가 있지만 최초 CDI 발병 후 15~50% 수준에서 재발이 보고되고 있다. 항생제 처치를 근간으로 하는 현재의 치료법은 재발 반복이라는 문제를 초래하기 때문에 rCDI 치료에는 효과적인 치료제 개발이 절실한 상황이다. 최근 마이크로바이옴 제제라고 할 수 있는 보우스트[21]가 FDA 승인을 받으면서 크게 주목을 받고 있는데, 좋은 대안은 맞지만 치료제로는 활용될 수 없다는 한계를 가지고 있다.

CDL2200은 기존 항생제에 내성을 가지는 균주에도 항균활성을 나타낼 수 있고, CDI의 재발이 억제될 수 있는 장내 환경을 유지시켜주면서 클로스트리디오이데스 디피실만을 선택적으로 처치하는 잇트리신®의 특장점을 극대화할 수 있는 치료제로 개발 중이다. 특히 재발성 CDI, rCDI에 대한 처치를 주요 타깃으로 설정

---

21 VOWST 보우스트. 세레스(Seres)사가 개발한 rCDI 제제

하고 있으며, 장용 캡슐 형태로 간편하게 경구 복용할 수 있는 제제의 개발 또한 추진하고 있다. 특히, CDL2200과 EFL2200 개발 과정에서는 캡슐 제제 제조공정 개발이 또 하나 구축해야 할 기술이며, 적합 제제의 개발 역시 중요하다. 소화계 기관의 경우 각 기관에 따라 pH가 상이하므로 무엇보다 소화계 기관의 pH 변화[22]와 체류 시간[23]을 고려하여 API[24]를 전달할 수 있는 경구용 적합 제제의 개발이 요구된다. 따라서 소화계 기관에 API를 최대한 잘 전달할 수 있는 경구용 적합 제제를 개발 중이며, 특히 대장 타깃(Colon-Targeting)의 적절한 캡슐 제제 제조 기술 또한 개발하고 있다.

'언멧 니즈 마켓'을 타깃으로 하는 두 번째 부분은 항생제 사용이 꺼려지거나 법적으로 금지되어 있는 분야다. 대표적으로 꿀벌 부저병을 타깃으로 하는 PBL2200과 젖소 유방염을 타깃으로 하는 SSL2200을 들 수 있으며, 모두 관련 잇트리신® 기술이 적용되고 있다.

---

22 pH-controlled system pH 조절 방안
23 Time-controlled system 시간조절 방안
24 Active pharmaceutical ingredient 원료의약품

먼저, 꿀벌 부저병(American Foulbrood, AFB)에 대한 예방 및 치료 제제인 잇트리신® PBL2200은 패니바실러스 라바(Paenibacillus larvae, P. larvae)에 대한 우수한 항균활성을 가진 API를 개발하는 것이다. 지금까지는 AFB의 마땅한 치료제가 없어 감염된 꿀벌 군락 전체를 불태우거나 미감염 벌집에 항생제를 처치해 추가 확산을 막는 것이 방제법의 전부였다. 따라서 잇트리신® 기술을 활용한 AFB 대응 예방 및 처치 제제 개발은 생물학적 제제 개발이라는 의의를 가지면서 동시에 선도 위치를 선점할 수 있는 기회가 될 수 있을 것이다.

SSL2200 개발은 황색포도상구균 및 코아굴레이즈 음성 포도상구균에 항균활성을 갖는 잇트리신®이라고 할 수 있으며, 우유에서 항균활성 발휘가 우수한 물질로 개발하고 있다. 우유 내에는 다양한 양이온이나 유당 단백질이 많이 존재하기 때문에 지금까지 우유 속에서 활성기능을 나타내는 엔도리신은 거의 없었다. 인트론바이오는 이것이 가능하도록 SSL2200을 개발하고 있다. 이를 위해 우선 SSL2200의 3차 구조를 확보하고 유효 표면노출 양이온[25]들을 파악하여, 표면 전하가 음성인 우유 내 단백질과 정전기적 상호작용(Electrostatic interaction)을 줄이기 위한 최적의 상태로 개발

---

25 Surface-exposed cationic amino acid residue 표면노출 양이온 아미노산 잔기

을 진행하는 것이다.

인트론바이오의 R&BD는 항시 다르고 새롭다. 인트론바이오는 엔도리신 자체를 사용하지 않는다. 말 그대로 입맛대로 원하는 대로 엔지니어를 통해서 전혀 새로운 신약이 되도록 개발하고 있다. 이것이 잇트리신®을 주목해야 하는 이유이다. 언멧 니즈 마켓 **it is iNtRON.**

BC 기술시대에서는

엔도리신을 입맛대로 변형할 수 있는

기술과 내공이 필요했다.

이와 유사하게 AD 기술시대에서는

박테리오파지를 마음대로 변형시킬 수 있는

기술과 내공에 기반하고 있다.

━━━━━━ *BC와 AD로 기술시대를 나누다*

BC²⁶와 AD²⁷로
기술시대를 나누다

박테리오파지는 세균을 죽인다. 하지만 완벽하게 모두 사멸시키는 것은 아니라는 사실에 기초하여 인트론바이오는 잇트리신®(엔도리신)으로 수퍼박테리아 치료제 및 미충족된 시장 수요를 위한 단백질 항생제를 개발하고 있다. 다시 말해 인트론바이오는 잇트리신®에 '집중'한다. 다만 사업이나 연구개발에 있어서 '집중'이란 '버린다'는 의미가 함축된 것이다. 잇트리신® 외 다수의 신약 프로그램은 외부 기업들에 이전했다. 그리고 버렸기에 비로소 확대할 수

26 Before Concept 새로운 개념이 적용되기 이전
27 After Definition 새로운 개념을 정의한 이후

있었다. 인트론바이오는 '확대' 차원에서 박테리오파지에 대한 개념을 새롭게 정의하였고, 이를 토대로 새로운 분야로 진출할 기회를 만들어냈다. 집중은 버린다는 것이다. 버려야 확대할 수 있다. 집중 vs 확대.

'박테리오파지는 세균을 죽이는 바이러스'라는 것이 정설이며, 이는 모든 관련 분야 연구자들이 믿고 있는 사실이다. 인트론바이오 또한 그렇다고 생각한다. 다만 인트론바이오는 새로운 개념으로 박테리오파지를 정의했고, 이를 연구개발에 적용하기 시작했다. 확대.

첫 번째, 박테리오파지는 세균을 죽이는 바이러스이기 때문에 세균과 밀접한 관계가 있다. 이에 기초하여 파지리아®[28]라는 기술이 태동하게 되었다.

두 번째, 박테리오파지는 세균을 죽이는 바이러스이기 때문에 바이러스를 박테리오파지로 무력화시킬 수 있다. 이것이 파지러

---

28 PHAGERIA®. Bacteriophage + Bacteria 파지리아. 인트론바이오의 기술상표명

스®29라는 기술이 태동하게 된 이유다.

마지막, 박테리오파지는 세균을 죽이는 바이러스이기 때문에 세균과 박테리오파지, 그리고 더욱 중요하게는 사람(= 동물)과 밀접한 관계에 있을 수 있다. 이것이 파지리아러스®30라는 기술이 태동하게 된 배경이다.

이처럼 파지리아®, 파지러스®, 파지리아러스®는 인트론바이오가 '집중 vs 확대'라는 새로운 R&BD 방향성을 추구하면서 도출한 결과물들이다. 기존 '박테리오파지는 세균을 죽이는 바이러스다'라는 정설에 반하여 새로운 컨셉을 도출하였고, 틀림이 아니라 다름에 기초하여 인트론바이오만의 새로운 R&BD 원동력으로서 '정의'에 충실하고자 한 것이다. 컨셉. 정의.

I권에서 파지리아를 BC 기술시대로 정의했지만 II권에서는 AD 기술시대로 재분류한다. 그간 기술이 보다 많이 축적되었고, 내공이 더욱 쌓였기 때문이다. BC vs AD.

---

29 PHAGERUS®. Bacterio**phage** + Vi**rus** 파지러스. 인트론바이오의 기술상표명
30 PHAGERIARUS®. Bacterio**phage** + Bacte**ria** + Vi**rus** 파지리아러스. 인트론바이오의 기술상표명

BC 기술시대에서는 잇트리신® 기술에 기초하여 엔도리신을 입맛대로 엔지니어[31], 즉 변형할 수 있는 기술과 내공이 필요했다. 이와 유사하게 AD 기술시대에서는 박테리오파지를 마음대로 엔지니어[32], 즉 변형시킬 수 있는 기술과 내공에 기반하고 있다. 엔지니어. 입맛대로. 마음대로. BC와 AD로 기술시대를 나누다 it is iNtRON.

[31] Endolysin Engineering. The way that we want 엔도리신 엔지니어링. 원하는 대로
[32] Bacteriophage Engineering. The way that we want 박테리오파지 엔지니어링. 원하는 대로

'박테리오파지는
세균을 죽이는 바이러스'라는 것이 정설이며,
이는 모든 관련 분야 연구자들이
믿고 있는 사실이다.
인트론바이오 또한 그렇다고 생각한다.
다만 인트론바이오는 새로운 개념으로
박테리오파지를 정의했고,
이를 연구개발에 적용하기 시작했다.

인트론바이오는

'글로벌 R&BD 그룹'을 모토로

'혁신적-혁신 신약개발'을 회사의 목표로

설정하고 있으며, 다수의 플랫폼 기술을 구축하는 데

심혈을 기울여 왔다. 이러한 모든 것의 중심에는

'박테리오파지'가 있다.

▬▬▬▬▬ 박테리오파지, 자연의 섭리

박테리오파지, 자연의 섭리

박테리오파지 = 섭리(攝理)

박테리오파지 연구를 하면서 가장 많이 느끼고 말하는 것이 '자연의 섭리'다. 攝理. 귀[耳]가 세 개나 있으니, 잘 듣고 따르라는 의미라 생각한다. 섭리의 사전적 의미는 네 가지 정도다.

(1) 아프거나 질병에 걸린 몸을 잘 조리함.
(2) 대신하여 처리하고 다스림.
(3) 자연계를 지배하고 있는 원리와 법칙
(4) 기독교에서 세상과 우주 만물을 다스리는 하나님의 뜻

섭리에 대한 네 가지 사전적 의미를 생각해보면 섭리란 박테리오파지를 두고 말하는 것이 아닐까 한다. 앞서 소개한 의미를 대입시켜 보면 박테리오파지는 그야말로 섭리라 할 수 있겠다.

(1) 아프거나 질병에 걸린 몸을 치료하는 데 이용
(2) 질병을 일으키는 원인을 처리하고 다스림.
(3) 세균, 바이러스, 인간(=동물)을 지배하고 있는 원리와 법칙
(4) 자연에서 세상과 우주 만물을 다스리는 신의 물방울

> 인트론바이오의 R&BD 핵심은 '박테리오파지'에 있다.
> '글로벌 R&BD 그룹'을 모토로 '진단·예방·치료의 세계적 기업'을
> 향해서 '혁신적-혁신 신약개발'을 회사의 목표로 설정하고 있으며,
> 다수의 플랫폼 기술을 구축하는 데 심혈을 기울여 왔고,
> 이러한 모든 것의 중심에는 '박테리오파지'가 있다.

박테리오파지는 '세균을 잡아먹는 바이러스'라고 정의할 수 있다. 이는 1915년 영국의 과학자 프레데릭 트워트[33]와 1917년 프랑스 과학자 펠릭스 데렐[34]에 의해서 새롭게 명명되었으며, '박테리아(=세균) 포식자'라는 뜻을 내포하고 있다. 연구 초창기에는 수많은 세균 감염병을 치료할 수 있는 '신의 물방울', 즉 '신의 선물'로 여겨져 관련 연구가 활발하게 진행되었다.

---

33 Frederick. Twort 프레데릭 트워트
34 Felix d'Herelle 펠릭스 데렐

인트론바이오는 '글로벌 R&BD 그룹'을 모토로 '혁신적−혁신 신약' 개발이라는 방향으로 다수의 플랫폼 기술을 구축하는 데 지속적인 투자를 진행해 나갈 것이다. 그리고 앞으로도 그 중심에는 박테리오파지가 크게 자리를 차지할 것이다.

박테리오파지는 제2차 세계대전을 거치면서 페니실린을 비롯한 합성항생제의 개발로 인해 설 자리를 잡지 못하였다. 하지만 21세기에 들어서면서 기존 합성항생제의 오남용 및 내성균 출현 문제로 인해 다시금 재조명되기 시작했다. 이에 많은 연구자들이 세균에 대한 질병을 치료할 수 있는 대안으로 여기면서 다시금 활발한 연구가 진행되고 있다.

하지만 여기서부터 인트론바이오는 다른 길을 걷는다. 인트론바이오는 박테리오파지의 기존 정설은 참조하되 새로운 가설에서 새롭게 출발하고 있다. 감염을 일으키는 세균에 한정하지 않고 면역으로 R&BD 대상을 확장하고 있는 것이다. 프롬 수퍼벅 투 이뮨[35].

박테리오파지, 자연의 섭리 it is iNtRON.

---

35 From Superbug to Immune 수퍼벅에서부터 면역까지

02

AD 기술시대

After Definition

'First-in-Concept' 신약개발

from Superbug ◀ ▶ to Immune

박테리오파지

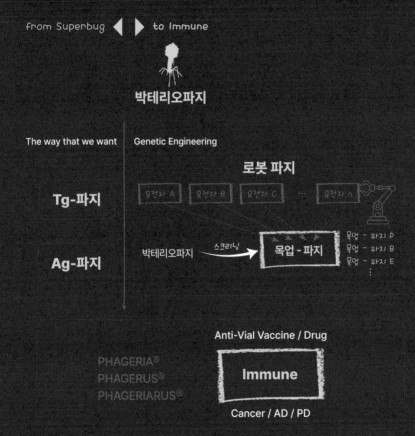

The way that we want   Genetic Engineering

로봇 파지

Tg-파지

유전자 A   유전자 B   유전자 C   ...   유전자 n

Ag-파지   박테리오파지   스크리닝   →   목업 - 파지

목업 - 파지 P
목업 - 파지 B
목업 - 파지 E
⋮

Anti-Vial Vaccine / Drug

PHAGERIA®
PHAGERUS®
PHAGERIARUS®

Immune

Cancer / AD / PD

파지리아® 플랫폼   파지러스® 플랫폼   파지리아러스® 플랫폼

'과거보다 짧은 미래'를 살고 있는 지금,
우리에게 필요한 것은 사람이 죽어갈 때
살릴 수 있는 기술이다.
인트론바이오의 R&BD의 방향성은
'과거보다 긴 미래'에 있다.
박테리오파지는 과거보다 긴 미래를
써나갈 수 있는 원동력이다.

━━━━ 과거보다 짧은 미래(이야기 하나)

과거보다 짧은 미래
(이야기 하나)

회사가 코스닥 상장을 목표로 기술성평가 제도를 두드릴 무렵, 시약사업에서 진단사업, 그리고 최종 목표였던 신약기업으로의 변화를 시도하던 시기에, 몇 편의 글을 쓴 적이 있다.

그중의 한편이다. '과거보다 짧은 미래'를 그대로 소개해 본다.

과거보다 짧은 미래

10000 BC vs 10000 AD

롤랜드 에머리히 감독은 2008년 〈10000 BC〉라는 영화를 발표했다. 처음에 접했을 때, 무슨 내용일까 매우 궁금했다. 이 영화는 BC 1만 년 전, 그러니까 지금부터 약 12000년 전의 모습을 상상하여 제작한 영화였다. 맘모스가 나오고 피라미드가 나온다. 영화로서의 감동은 전혀 없었지만 감독이 이 영화를 제작하겠다고 마음먹은 이유를 조금은 이해하게 되었다. 그는 궁금했던 것 같다. 1만 년 전의 인간과 그들의 생활이. 참고로 BC는 비포 크라이스트(Before Christ), 즉 예수님 이전을 의미하고, AD는 안노 도미니(Anno Domini)의 약어로서, 신의 나이를 의미한다.

롤랜드 에머리히 감독이 1만 년 전을 궁금해 했다면, 나는 1만 년 후의 모습, 즉 AD 12010년이 궁금해졌다. 과연, 1만 년 후 인간 또는 인간생활, 더 나아가 지구는 어떠한 모습일까? 1만 년은 너무나 긴 시간이다. 1만 년 후의 모습은 우리가 전혀 예측할 수 없고, 조그마한 실마리가 될 단서조차 떠오르지 않는다. 심지어 대부분 지구는 멸망한다고 말했다. 내년에 당장 멸망한다는 이들도 있었고, 100년 후에 망한다는 얘기도 있었다. 멸망하는 방법도 다양했다. 불로 망한다느니, 물로 망한다느니, 혹성이 떨어져 망한다느니, 어느 행성과 부딪혀 망한다느니, 아이구야.

가장 긴 미래를 보여주는 영화조차도 2~3천 년 후의 모습에 지나지 않았다. 2001년 팀 버튼 감독의 〈혹성탈출〉이라는 영화인데, 요약하면 원숭이 나라에서 벌어지는 일을 담은 영화였다. 약 2700년 후, 그러니까 3878년에 어느 우주인이 불시착한 나라가 원숭이 나라였던 것이다. 꽤나 크게 흥행했던 영화다. 어쨌든 이 영화도 상상하고 싶지 않은, 원숭이가 인간을 지배한다는 내용이니, 이 또한 지구나 인간은 멸망하는 것이나 다름이 없지 않을까. 왜 죄다 미래는 멸망하는 것일까.

우리는 중고등학교 시절 세계사를 통해 지구는 최소 수십억 년이 되었고, 첫 인간이라 할 수 있는 오스트랄로피테쿠스조차도 300만 년 전에 지구에 살았다고 배웠다. 네안데르탈인조차도 1만 년 전까지 살았다고 했다. 나는 이쯤에서 우리의 현대 시대는 '과거보다 짧은 미래'를 사는 세대이구나 싶었다. 1만 년 후조차도 전혀 예측할 수 없는, 슬프고 암담한 미래를 살고 있다 생각하니 참으로 씁쓸하다. '과거보다 짧은 미래' 어쩐지 지금의 인류에겐 꽤나 슬픈 말인 듯하다.

인류 최초의 의학 분야 선구자라 할 수 있는 사람은 누구일까? 서양 의학에서는 당연 히포크라테스다. 그리스 태생으로 BC 460년에 태어나서 약 83세까지 살았다고 한다. 그러니까 약 2400년 전의 의사인 셈이다. 이 분을 기리기 위해 국내는 물론 서양 의사들은 정식 의사가 되었을 때 히포크라테스 선서를 한다. 한의학에서는 태호 복희씨, 염제 신농씨, 황제 헌원씨의 삼왕을 의학의 시조라고 칭하는데, 이들은 모두 전설 속의 인물들이지만 어쨌든 BC 2700여 년 전, 그러니까 지금부터 약 4700여 년 전의 의사라 할 수 있다.

여기서 재미있는 것은 앞서 언급한 의사들은 모두 지금으로 보면 전문의가 아닌 의원급 의사라 할 수 있는데, 특정 전공 없이 모든 분야를 치료했고 죽어가는 사람도 살렸다고 한다. 이는 환자들 개개인의 상태를 명확히 짚어서 그에 맞는 치료를 했기 때문일 것이다. 환자마다 최적화된 개별 치료법을 시술했으니 사람을 살릴 수 있었다는 것도 충분히 이해가 된다.

'맞춤의학' 또는 '개인별 맞춤의학'이라는 개념이 현대 의학에서 최근 주목을 받으며 발전하고 있다. 쉽게 말해, 사람마다 개별 진단 하에 그에 맞는 치료제를 사용하는 것이다. 이는 인간 유전체 정보를 바탕으로 이뤄지는 것인데, 최초의 인간게놈은 1990년에 시작하여 2003년에 끝난 14년에 걸친 프로젝트였다. 하지만 관련 기술의 발전으로 최근 출시되는 염기서열 분석기는 비슷한 양의 인간 유전체 정보를 일주일 이내에 수행한다. 특히 최근 소개된 차세대 기술은 100Gbp의 양을 한 시간에 분석할 수 있기 때문에 인간 유전체(약 3Gbp)를 약 2분 이내에 분석할 수 있다. 다시 말해 한 사람의 인간 유전체를 분석하는 데 2분 정도면 충분하다는 것으로, 과거 1990년 한 사람의 유전체 정보를 분석하는 데 14년이 걸렸다면 이제는 2분이면 된다는 것이다. 엄청난 기술의 발전을 이룬 셈이다.

비용 측면에서도 1990년에 시작한 최초의 인간게놈 프로젝트는 약 30억 달러가 소요되었다. 즉 한 사람의 유전체 정보를 분석하려면 최소 3조 원이 들었다. 하지만 최근의 개별 유전체 분석은 최초의 인간게놈 프로젝트와 비슷한 양의 정보를 얻는 데 약 4만 8,000달러(한화 약 5,000만 원)의 비용이면 가능할 정도로 혁명적인 비용 감소를 이뤄냈다.

이러한 인간 개별 유전체에 대한 정보가 가까운 미래에는 광범위하게 이용될 것으로 예상된다. 한 사람의 유전체 정보를 해독하는 데 1,000달러(한화 약 100만 원) 이하의 상대적으로 저렴한 비용이 들면서 종합건강검진에 이용되는 것도 향후 5년 이내에 가능할 것으로 보인다. 이때가 되면 정말 인류는 맞춤의학에 근거하여 건강하면서도 오래 사는 시대를 맞이하게 될 것이다.

'과거보다 짧은 미래'를 살고 있는 지금. 그래서 인류는 머지않아 사라질 것이라는 비관론에 휩싸여 있는 지금. 우리에게 필요한 것은 사람이 어떠한 이유로든 죽어갈 때 살릴 수 있는 의사와 의학이다. 이것이 우리가 생명공학 기술 및 바이오 산업에 더욱 큰 투자와 관심을 보내고 있는 이유다.

적어도 지금까지 지내 온 과거보다 긴 미래를 예측할 수 있는 시대! 이것이 가능하려면 죽은 자도 살려내는 의학기술의 진보가 절대적으로 필요하지 않을까 싶다. 그래야만 지금보다 미래의 희망이 더욱 넘쳐나는 세상이 되지 않을까. 인류 최초의 영화는 뤼미에르 형제가 1895년 제작한 〈열차도착〉이라는 2분 정도의 영상이다. 나는 인류 최후의 영화가 없기를 바란다. 이를 영화 제작자들이 아닌, 신약개발에 힘쓰고 있는 바이오기업 및 연구원들에게 기대해 본다.

2010년 5월, 어느 날

사업 초창기부터 신약사업으로 출발한 대부분의 바이오기업들과 달리 인트론바이오는 사업 초창기 시약의 국산화로 출발하였다. 신약을 개발해 내기에는 그 당시 역량이 부족하기도 했지만, 중요한 것은 신약을 개발하려면 중장기적인 R&BD 방향성은 물론 플랫폼 기술을 확보할 필요가 있었다. 이러한 방향성 및 플랫폼 기술은 하루아침에 나오는 것이 아니다. 오랜 내공과 역량이 뒷받침되어야 하는 것이다.

과거보다 짧은 미래, 절망.

인트론바이오가 추구하는 R&BD의 방향성은 '과거보다 긴 미래'에 있다. 그리고 그 중심 플랫폼 기술에는 박테리오파지가 있다. 박테리오파지가 지구의 첫 생물체로 수십 억 년 이상 생존하고 있고, 또한 앞으로도 수십 억 년 이상 생존할 것이라고 믿어 의심치 않는다. 박테리오파지는 과거보다 긴 미래를 써나갈 수 있는 R&BD의 원동력이다. 인트론바이오는 소망한다.

과거보다 긴 미래, 희망. 과거보다 짧은 미래 it is iNtRON.

파지리아® 및 파지러스®의 출발은

'면역으로의 항해'다.

로봇 파지는 박테리오파지를

마음대로 다룰 수 있는 기술이며,

향후 세균과 바이러스에 대한 치료제 및

백신을 개발할 때 대단히 유용하게 활용될 기술이다.

━━━━━ 로봇 파지의 개념을 세우다

로봇 파지의 개념을 세우다

　로봇이 물건을 들어 올린다. 태어난 지 수개월 된 신생아도 할 수 있는 너무나 단순해 보이는 작업이다. 하지만 이러한 단순한 행동 하나에도 로봇이라는 하드웨어를 운용하기 위해서는 많은 고민과 설계가 필요하다. 물건은 어떻게 인지할 것이며, 로봇의 수많은 축을 얼마나 효율적으로 조작해서, 어떤 방식으로 들어 올릴 것인지 최적화 작업을 거쳐야 한다. 로봇 파지(=박테리오파지) 역시 마찬가지다. 말처럼 쉬운 작업이 아니다. 더욱이 기계도 아니고 살아있는 생물체는 더욱 그러할 것이다.

　앞서 인트론바이오는 '박테리오파지는 세균을 죽이는 바이러스'라는 명제 안에서 '다름'을 선택했다고 적었다. 박테리오파지 자체가 아닌 잇트리신®(=엔도리신)으로 수퍼박테리아 및 언멧 니즈 마켓을 위한 신약을 개발한다. 대신 박테리오파지 자체로는 세균과 바이러스, 그리고 인간(=동물)을 대상으로 '이뮨 앤 이뮤노테라퓨틱스[01]'를 방향으로 설정해 신약을 개발한다. 즉 박테리오파지를 플랫폼 기술로 삼아 '프롬 수퍼벅 투 이뮨[02]'을 표방하고 있다.

파지리아®️ 및 파지러스®️의 출발은 '면역으로의 항해'라 할 수 있으며, 여기서 바로 '로봇 파지' 기술이 필요했다. 이는 잇트리신®️을 선택했을 때와 비슷하다. 당시에는 엔도리신을 마음대로 만들어야 했다. 테크놀로지와 마켓에 기반하되 이것을 가능케 하는 테크닉이 필요했다. 프로틴 엔지니어링[03]. 우리 같은 바이오기업에는 그다지 어려운 테크닉은 아니다.

파지리아®️와 파지러스®️의 경우도 유사하다. 박테리오파지를 마음대로 만들어야 했다. 테크놀로지와 마켓에 기반하되, 이것을 가능케 하는 테크닉이 필요했다(테크닉 〈 테크놀로지 〈 마켓). 제네틱 엔지니어링[04]. 이는 프로틴 엔지니어링과는 사뭇 다르다. 특히 박테리오파

---

01 Immune & Immunotherapeutics 면역 및 면역치료제
02 From Superbug to Immune 수퍼벅에서부터 면역까지
03 Protein engineering 단백질 공학
04 Genetic engineering 유전 공학

지의 경우에는 더욱 그러하다. 일반적인 기술이 아니었기에 모든 것을 하나씩 구축해 나가야 했다. 지난하고 험난한 과정이다.

원하는 타깃 유전자[05]를 박테리오파지에 발현시키기 위해서는 일종의 삽입하는 과정이 손쉽고 원활해야 한다. 이를 위해서는 먼저 수백여 개의 박테리오파지를 대상으로 스크리닝 과정을 통해서 목업-파지(Mock-up Phage)로 사용할 박테리오파지를 선발해야 한다. 그 다음에는 선발된 박테리오파지(목업-파지) 캡시드에 원하는 유전자를 삽입할 수 있도록 손쉽게 넣다 뺐다 할 수 있는 일종의 카세트를 갖도록 해야 한다. 이러한 제네틱 엔지니어링 기술을 확보하게 된다면 개발 목적에 맞게 특정 유전자의 삽입 및 삭제 등이 원활해지기 때문에 이에 대한 기술 구축에 전념하였다.

기술 개발은 처음부터 난관이었다. 보편적으로 알려진 박테리오파지 T4[06], T7[07] 등의 박테리오파지와는 달리, 인트론바이오가 자체적으로 분리해 확보한 박테리오파지들(개량 목적으로 선정한 박테리오파지 포함)

---

05 Target gene 목표 유전자
06 T-even phage T-짝수 파지
07 T-odd phage T-홀수 파지

은 전체 유전체 대비 절반 이상의 유전자가 기능이 밝혀지지 않은 상태다. 목업-파지 선발을 위해서는 우선 전장 유전체 서열(Whole genome sequence, WGS) 분석을 통해서 어떠한 유전체로 구성되어 있는 지부터 분석할 필요가 있었다.

즉, 목업-파지로 사용될 후보 박테리오파지는 ① 제네틱 엔지니어링을 위해 전장 유전체 서열이 확보되어 있어야 하고, ②유전체 내 유해 유전자(독소, 항생제 저항성)가 없어야 하며, ③ 동물 또는 사람 대상 활용을 고려하여 넌-스페시픽[08]한 항체 형성이 되지 않아야 하고, 마지막으로 ④ 생산 및 제조가 용이해야 한다. 이것을 목업-파지의 후보 기준으로 삼은 것이다. 물론 이것은 쉽지 않은 기준이며, 선발 과정에서 상당한 시간과 노력이 필요했다.

인트론바이오는 지난한 과정을 거쳐 목업-파지의 조건을 충족한 세 가지 박테리오파지를 선발하였다. 각각 '목업-파지 P', '목업-파지 B', '목업-파지 E'라 칭하고 있으며, 향후에는 더욱 종류를 확대할 계획이다. 여기서는 목업-파지 P를 예로 들어서, 신약 개발 과정을 설명하겠다.

08 Non-specific 비특이적

목업-파지 P는 전장 유전체 서열이 확보되어 있으며, 형태학적으로 T7 박테리오파지와 같은 포도비리데과(Podoviridae family)에 속하는 박테리오파지다. 목업-파지 P의 유전체의 크기는 약 39kbp이고, ORF[09] 분석 결과 총 51개의 유전자로 구성되어 있음이 확인되었다. 먼저 이러한 유전자 중에서 T7 박테리오파지의 캡시드 단백질 G(G로 칭함)와 호모로그[10]가 높은 GP 단백질 서열을 확보하였다. 이후 GP 단백질에 특정 펩타이드의 표지 가능성 및 적정 부위 확인을 위해 C-말단의 두 지역에 각각 링커 및 히스티딘-택(Histidine-tag) 등의 다수 펩타이드(Peptide)를 도입하여 그 적정성을 확인하였고, 결과적으로 실현 가능한 기술을 확보할 수 있었다.

다만 초기 계획은 목업-파지 P의 마이너 캡시드(Minor capsid) GBP의 말단에 카세트를 만들어 타깃 유전자를 도입하고자 하였다. 이는 GAP의 말단에 카세트를 도입하는 것이 이상적이지만, 이 경우 목업-파지 P의 구조적 불안정성이 높아져 목적한 목업-파지를 확보할 수 없다는 예측에 따른 것이다. 하지만 예측과는 달리 GAP의 말단에 카세트를 도입하더라도 목업-파지의 구조적 안정

09 Open reading frame 열린 해독틀
10 Homolog 유사체

성을 담보할 수 있었고, 이는 연구 진척도를 한 단계 높였을 뿐만 아니라 후속 개발의 성공 가능성도 보다 높이는 계기가 되었다. 놀라운 일이다.

한편 이러한 목업-파지 P의 GAP 말단에 카세트를 도입할 때 사용한 크리스퍼/캐스 시스템(CRIPR/Cas system)의 경우, 첫 시도에서 는 스트렙토코커스 파이로제네스(Streptococcus pyrogenes) 유래의 캐스 시 스템을 사용하였다. 하지만 원활히 작동되지 않아 목업-파지 P에 최적화된 크리스퍼-캐스 시스템을 별도로 추가 개발할 필요가 있 었다. 완전히 새로운 시도인 것이다.

먼저 목업-파지 P의 생산 균주(호스트)로 사용될 수 있는 수십 종의 스트레인(Strain)들을 대상으로, 목업-파지 P에 대한 감염능은 물론, 엔도지너스[11] 캐스의 유무를 확인하였다. 세균 P32에는 캐스가 없 고, 세균 P6과 세균 P8에는 캐스가 있음을 확인하였다. 따라서 당 연히 세균 P6과 세균 P8에는 목업-파지 P가 감염능이 없었다. 하 나씩 점검이 필요했다. 세균과 박테리오파지의 관계는 무척이나 흥미롭고 재미있음을 다시금 느꼈다. 흠뻑 빠지게 된다. 그 매력에.

11 Endogenous 내재된

크리스퍼/캐스 시스템은 세균이 박테리오파지로부터의 공격을 막기 위해 일종의 방어 수단으로 갖고 있는 것이다. 이를 발견한 이들[12]은 모두 2020년 노벨화학상을 수상하였다. 쉽게 말해서 캐스 시스템이 있는 경우에는 박테리오파지가 감염하지 못하고, 없는 경우에만 박테리오파지가 감염할 수 있는 것이다. 하지만 반드시 모든 세균이 크리스퍼/캐스를 갖고 있는 것은 아니다. 다행히 인트론바이오가 목업-파지로 선택한 박테리오파지와 이에 대응하는 세균에는 캐스를 갖고 있는 것과 없는 것이 있었기에 궁극적으로 크리스퍼/캐스 시스템을 적용할 수 있게 된 것이다. 운이 좋았던 것일까? 하지만 세상에 노력 없는 운은 없다.

캐스만 있다고 크리스퍼/캐스 시스템이 적용되는 것은 아니다. 캐스가 인식할 수 있는 trRNA, 타겟 유전자의 스페이서, 그리고 리페어 유전자가 있어야 한다. 이후 다양한 유전자의 개량 측면을 고려해 볼 때, 스페이서와 리페어 유전자를 손쉽게 교체 사용이 가능하도록 벡터 형태로 제작하면 유용하게 활용할 수 있다. 이에 따라 세균 P에 최적화된 벡터를 구축하여 개발을 진행하였다. 이후 과정은 복잡한 과정을 거치게 되니, 설명에서 제외하도록 한다.

---

12 에마뉘엘 샤르팡티에(Emmanuelle Charpentier)와 제니퍼 다우드나(Jennifer A. Doudna)

결론적으로 인트론바이오는 세균 P에 감염하는 목업-파지 P를 얻게 되었고, 이러한 목업-파지 P는 원하는 타깃 유전자를 삽입할 수 있는 카세트를 갖고 있다. 다시 말해서 원하는 유전자를 마음대로 삽입하여 목업-파지의 캡시드에 표지할 수 있는 플랫폼이 개발되었다.

하지만 여기서 끝이 아니다. 특정 기능 부여를 위해 유전자를 도입하게 될 경우, 도입하고자 하는 유전자의 크기에 제한이 있을 수 있는데 이러한 점을 보완 및 개선하기 위해서는 박테리오파지 유전체 내 이센셜/넌-이센셜[13] 유전자를 식별할 수 있는 기술의 확보가 필요했다. 우선 제네틱 엔지니어링과 관련하여 랜덤 뮤테이션[14]을 통한 유전자 기능 검정 기술을 확보하는 것은 매우 중요하다고 할 수 있다.

---

13 Essential/Non-essential 필수/비필수
14 Random mutation 무작위 돌연변이

일반적으로 세균의 경우, 넌—이센셜 유전자를 파악하기 위해 다양한 뮤타제네시스[15] 전략들이 사용되고 있다. 하지만 앞서 설명한 바와 같이 박테리오파지를 대상으로 유전자 기능 검정에 사용 가능한 방법은 지금까지 크리스퍼/캐스 또는 BRED[16] 기술 외에는 특별히 없었다.

특히 이러한 기술들 또한 일부 라이소제닉[17] 박테리오파지를 라이틱[18] 박테리오파지로 변환시키거나 특정 유전자를 제거하여 그 기능을 살펴보는 연구에만 한정적으로 사용되고 있을 뿐이다.

인트론바이오는 많은 검토를 하였다. 먼저 크리스퍼/캐스 또는 사이트—디렉티드 뮤타제네시스[19] 기술들은 뮤턴트[20] 유도에 있어 여러 부수적인 작업과 재료들(숙주 적합 벡터 제작, 유전체 서열 확보/점검, 메틸레이션—스페시픽 엔자임[21] 등)이 많이 요구된다. 특히 단일 ORF를 타깃으로 하기 때

---

15   Mutagenesis 돌연변이 기법
16   Bacteriophage Recombineering of Electroporated DNA 박테리오파지 재조합 기법
17   Lysogenic 용원성
18   Lytic 용균성
19   Site-directed mutagenesis 특정 유전자 돌연변이
20   Mutant 돌연변이체
21   Methylation-specific enzyme 메틸화 효소

문에 박테리오파지 내 많은 유전자들의 기능을 빠르게 확인할 수 없다는 단점이 있다.

BRED의 경우, 크리스퍼/캐스 시스템과 같이 주로 단일 ORF를 타깃으로 하기 때문에, 리컴피네이션[22] 효율이 낮고(약 10% 미만) 실험에 소요되는 시간이 길며(약 3~4주/gene) 다양한 박테리오파지를 대상으로 적용한 사례가 적어서 범용적으로 활용하기에는 어려울 것이라 판단하였다. 따라서 비교적 간단하고 효율적으로 박테리오파지 유전체 내에 존재하는, 하지만 필요 없을 수 있는 넌-이센셜 유전자를 스크리닝할 수 있는 기술로, 트랜스포존-베이스드 랜덤 뮤타제네시스[23]가 적합할 것이라 판단하였다.

통상 트랜스포존 뮤타제네시스는 트랜스포존이 DNA 서열상에 무작위로 삽입된다는 특징이 있어 유전자 조작을 위한 별도의 재료가 필요하지 않다. 특히 트랜스포제이스(Transposase)만을 이용하는 것으로도 비교적 높은 돌연변이 효율을 나타내는 것으로 알려져 있다. 이를 이용하면, 박테리오파지 전장 유전체 내 임의의 염기 서열 사

---

22 Recombination 재조합
23 Transposon-based random mutagenesis 트랜스포존-기반 무작위 돌연변이

이에 삽입되어 해당 유전자의 기능을 확인할 수 있고, 단 한 번의 트랜스포존 처치를 통해 다양한 뮤턴트 표본을 얻을 수 있다고 판단하였다.

결과적으로 이러한 인트론바이오의 예측과 선택은 맞았다. 모든 것이 원활하게 작용한 것이다. 이러한 개발 프로젝트를 통해서 인트론바이오는 박테리오파지에 대한 제네틱 엔지니어링 기술 구축에 한걸음 더 내딛을 수 있게 되었다. 박테리오파지 유전체 내 트랜스덕션[24] 기술의 확보는 물론, 트랜스포존 뮤타제네시스 기술을 이용한 박테리오파지 뮤턴트 확보, 그리고 유전체 내 존재하는 넌-이센셜 유전자에 대한 정보를 획득하게 된 것이다. 지금까지 이러한 기술의 박테리오파지 적용 사례가 전무하고, 특히 박테리오파지를 대상으로 트랜스포존 기술을 적용한 사례를 찾기 어렵다는 점 등에 기초했을 때, 박테리오파지에 대한 제네틱 엔지니어링 기술구축은 보다 큰 걸음을 떼게 된 것이다.

로봇 파지, 박테리오파지에 대한 제네틱 엔지니어링. 사실 쉽지 않은 길이었다. 하나씩 하나씩 물건을 들어 올릴 수 있는 로봇

---

24 Transduction 형질도입

처럼 단순해 보이지만 결코 쉽지 않았던 개발이었다. 인트론바이오는 이러한 험난한 R&BD 과정을 통해서 타겟 유전자를 박테리오파지 유전체 내로 손쉽고 원활하게 삽입 또는 도입할 수 있는 목업-파지를 확보함과 더불어, 이를 통해 타깃 유전자가 도입된 Tg-파지를 자유롭게 개발해 낼 수 있게 되었다. 이는 지금까지 누구도 시도하지 않았던 일이다. 인트론바이오가 '퍼스트-인-건셉' 신약개발이라고 부르는 이유다.

로봇. 요즘 산업적으로 로봇 기술이 대세다. 로봇에 대한 하드웨어가 빠른 속도로 발전하고 있는 만큼 이를 실제 작업에 어떻게 적용할지에 대한 논의도 활발하다. 특히 '휴머노이드'의 복잡한 구조를 똑똑하게 제어하기 위해서는 고도화된 응용 기술이 필요하다는 것이 중론이다. 인간처럼 다양한 작업이 가능한 '범용 로봇 기술(Generalist robot tech)'의 개발에 사활을 걸고 있는 것이다.

로봇 파지. 앞으로 세균과 바이러스에 대한 치료제 및 백신을 개발할 때 대단히 유용하게 활용될 기술이다. 범용 로봇 파지. 즉, 목업-파지가 그것이 될 것이며, 여기에 타깃 유전자가 삽입된 각각의 Tg-파지 및 Ag-파지가 그 열쇠를 제공하게 될 것이다.

인트론바이오는 '박테리오파지 제네틱 엔지니어링 관련 목업-파지 및 Tg-/Ag-파지 플랫폼 기술'이 세균 및 바이러스, 그리고 그 속에서 인간(=동물)의 질병을 통제하는 중요한 수단이며, '조만간 닥쳐올 세균과 바이러스의 위협에서 인류가 해결해야 할 가장 흥미로운 문제를 풀 열쇠'라고 판단하고 있다.

로봇 파지의 개념을 세우다 it is iNtRON.

인트론바이오는 로봇 파지의 첫 적용분야로
대장암을 선택하였다.
인간에 부작용을 초래하지 않고 특정 세균 숙주만을
타깃으로 하는 박테리오파지를 잘 활용한다면
'퍼스트-인-컨셉' 항암 제제로
자리매김할 것이라 생각한다.

━━━━━━ 로봇 파지의 첫 걸음(CRC 대장암을 타깃하다)

로봇 파지의 첫걸음
(CRC 대장암을 타깃하다)

목업-파지(Mock-up Phage)와 Tg-파지(Tg-Phage)는 파지리아® 에 있어 로봇 파지의 핵심 기술이자 소중한 자원이다. 앞서 얘기한 바와 같이 인트론바이오는 목업-파지 기술을 구축하였고, 이를 통해 궁극적 목표인 Tg-파지를 만들어 낼 수 있게 되었다.

구축된 목업-파지 관련 기술을 통해서 지속적으로 보다 새롭게 진일보한 목업-파지를 개발해 낼 것이다. 즉, 목업-파지 A, 목업-파지 B, 목업-파지 C, 목업-파지 D, 목업-파지 E와 같이 다양한 목업-파지가 개발되는 것이다. 뿐만 아니라 파지리아® 플랫폼 기술에 기초하여, 다수의 Tg^A-파지, Tg^B-파지, Tg^C-파지, Tg^D-파지, Tg^E-파지처럼 다양한 Tg-파지가 개발될 것이다. 다양한 쓰임새를 갖는, 다양한 신약 후보물질이 될 수 있는, 혁신적-혁신 신약이 될 것이라고 믿고 있다.

전 세계 최초의 로봇은 무엇일까? 어디에 중점을 두느냐에 따라 답은 제각각이다. 체스를 두는 로봇이라고 말하는 사람들도 있다. 하지만 지금의 개념, 즉 휴머노이드 개념의 로봇은 '와봇-1(WABOT-1)'이 처음이지 않을까 한다. 와봇-1은 1973년 일본 와세다 대학교 가토 이치로 교수팀이 개발한 최초의 휴머노이드 로봇이라고 할 수 있다. 와봇-1은 '와세다 어드번스트 로봇-1(Waseda Advanced Robot-1)'의 약자로, 두 발로 걸을 수 있는 최초의 로봇이다. 키 180cm, 무게 90kg에 달하는 거대한 로봇이었으며, 30개의 관절과 전동기로 구성되었다. 당시에는 획기적인 기술로 손꼽혔던 공기압식 액추에이터(Pneumatic type actuator)를 사용하여 인간과 유사한 동작을 구현했다.

이처럼 로봇 기술이 처음 적용된 것은 아주 기본적인 부분이었다. 바로 두 발로 걷는 것이다. 사람의 경우에도 두 발로 걸을 때 부모는 크게 기뻐한다. 인간이 동물과 구별되는 가장 큰 차이 또한 두 발로 걷는 것, 즉 직립 보행이다. 그렇다면 로봇 파지 기술을 처음으로 적용할 분야는 무엇이어야 할까. 해야 할 일. 해내야 할 일이 무엇일까.

인트론바이오는 로봇 파지의 첫 적용분야로 암, 그중에서도 대장암(Colorectal cancer, CRC)을 선택하였다. 대장암은 마이크로바이옴[25]과 밀접한 관계에 있다. 한국인의 대장암 발병률은 세계 1위다. 세계보건기구(WHO) 산하 국제 암연구소(IARC)가 전 세계 184개국을 대상으로 조사한 '세계 대장암 발병 현황'에 따르면 한국인의 대장암 발병률은 10만 명당 45명으로 대상 국가 중 가장 높게 나타났다.

현재 다양한 CRC 치료제가 시판되고 있지만 여전히 새로운 후보물질에 대한 개발 및 임상이 진행 중에 있다. 당연하다. 그만큼 환자가 지속적으로 증가하고 있기 때문이다. 쉽게 말해서 돈이 되는 분야인 것이다. 여기에 기존 약제들의 약효에 대한 의구심도 여전히 존재하고 있기 때문이다. 하지만 대부분의 CRC 치료제는 엄밀히 말하면 신약 개발이라기보다는 주로 기존 약제와의 혼합제제 형태로 개발 및 임상이 진행되고 있다. 새로운 신약개발에 어려움이 많고 부담 역시 크기 때문이다.

현재 개발되고 있는 CRC 약제들은 ① 맞춤 의학 관점의 접근, ② 외과적 수술 후 항암제제, ③ 재발 방지 및 예방 약제로의 개발

---

25 Microbiome 미생물총

이 주를 이루고 있고, 이 중에서도 특히 재발 방지 및 예방 목적의 CRC 신약 개발에 거는 기대가 큰 실정이다. 이에 대해 하나씩 살펴보자.

먼저, 일명 '맞춤 의학'이다. CRC 환자의 유전자 변이에 따라서 기존 약제들이 효과를 보기 어려운 경우가 꽤 존재하는데, 이에 대한 개발 및 임상이 상대적으로 많이 진행되고 있다. 예를 들어 EGFR[26]을 표적으로 하는 세툭시맙(Cetuximab)이나 파니투무맙 (Panitumumab)은 암세포 성장 신호를 차단하는 안티 EGFR(anti-EGFR) 치료제인데, KRAS나 NRAS 유전자[27]에 돌연변이를 가지고 있을 경우에 치료 효과를 보기 어려운 것으로 알려져 있다.

다른 예로는 세포 간 신호 전달 및 성장에 관여하는 BRAF 유전자에 변이가 있을 경우, 항암제에 대한 반응이 떨어지고 암이 급격하게 진행되는 성질을 갖기 때문에 해당 유전자의 표적 항암제를 사용하기도 한다. 이 외에도 대장암에서 발생 빈도가 낮지만 향후 치료 표적이 될 가능성이 있는 유전자들(HER2, ALK 등)도 존재한다. 이처럼 CRC 환자가 가지고 있는 유전자 변이에 따라서 치료

---

26 Epidermal Growth Factor Receptor 상피세포 성장인자 수용체
27 Ras 유전자. 세포의 성장 및 사멸을 조절하는 유전자

제의 효과에 차이가 발생하는 경우가 비일비재하고, 이에 따라 적절한 약제들이 개발되고 있다.

두 번째, 외과적 수술 후 사용하는 항암제제다. 대장암 수술은 크게 치료 목적과 수술 방법에 따라 분류하고 있다. 대장암의 병기가 1기나 2기처럼 다소 초기 단계인 경우, 암 조직을 완전히 제거하여 치료하는 근치적 수술(Radical operation)을 시행한다. 하지만 대장암의 병기가 3기 혹은 4기인 경우나 근치적 수술이 불가능한 경우, 고식적 수술(Palliative operation)을 시행한다. 이는 암 조직을 완전히 제거하지 못하더라도 증상을 완화하고 삶의 질을 향상시키는 수술이라 할 수 있다.

수술 방법으로는 크게 개복 수술(Open surgery)과 복강경 수술(Laparoscopic surgery)로 나눌 수 있다. 개복 수술은 말 그대로 복부를 절개하여 직접 수술하는 방법이다. 전통적인 수술 방법이며 비교적 시야가 확보되어 암 조직을 정확하게 절제할 수 있다는 장점이 있다. 하지만 절개 부위가 크기 때문에 회복에 시간이 오래 걸리고 통증이 심할 수 있다는 단점이 존재한다. 복강경 수술은 복벽에 작은 구멍 몇 개를 뚫고 카메라와 수술 기구를 삽입하여 수술하는 방법이다. 개복 수술에 비해 절개 부위가 작아 회복이 빠르고 통증이 적다는 장점이 있다. 하지만 시야가 제한적이기 때문에 암 조직을 정확하게 절제하기 어려울 수 있다는 단점이 있다. 또 대장암의 위치에 따라서도 경항문 내시경 절제술, 인공항문 조성술 등 다양한 수술 방법이 있다.

이처럼 과거 수십 년간 CRC 환자를 대상으로 하는 외과적 수술은 의학기술 및 의료기기 등의 발달과 맞물려 급속도로 발전해 왔다. 이 때문에 정기적으로 대장검사만 잘 받아서 조기에 발견만 되면 외과적 수술로 비교적 쉽게 병변을 제거할 수 있다. 문제는 수술 후 항암 화학요법, 방사선 치료 등의 보조 치료가 필요한 경우가 일반적인데, 많은 기업에서 이처럼 외과적 수술 후 항암제제를 처방 목적으로 개발하고 있다. 일종의 재발 방지이자 예방이라 할 수 있겠다.

그래서 등장한 것이 세 번째, 재발 방지 및 예방 약제 개발이다. 외과적 수술 후 대장암의 재발 빈도는 여타 암종에 비해서 상당히 높은 편이다. 대장암의 재발 빈도는 병기, 수술 절제 여부, 보조치료 여부 등에 따라 달라질 수 있다. 하지만 일반적으로 수술 후 3년 이내에 약 70%, 5년 이내에 약 90%의 환자가 재발한다고 알려져 있다. 재발을 방지하는 약제의 개발이 절실한 이유다.

모든 사람들은 발병 후의 치료보다는 당연히 예방을 통해서 질병에 걸리지 않는 것을 선호한다. 당연하다. 하지만 이는 사실상 불가능한 영역이다. 모르는 것이 아니라 못하는 것이다. 특히 대장암의 경우에는 더욱 그러할 것이다. 먼저 대장암의 원인을 살펴볼 필요가 있다. 대장암의 원인은 크게 유전적 요인과 환경적 요인으로 나눈다.

대표적인 유전적 요인에 의한 대장암으로는 유전성 대장암 증후군(Familiar colorectar cancer syndrome)을 들 수 있다. 유전자 돌연변이로 인해 대장암 발병 위험이 매우 높아지는 질환으로, 유전적 폴립(용종) 증후군(Hereditary polyposis colorectal cancer syndrome) 및 유전적 비폴립(비용종) 증후군(Hereditary Non-Polyposis colorectal cancer sydrome)으로 나뉜다. 유전성 폴립 대장암은 대장에서 다발성으로 폴립이 생기는 유전적인 질환들을 총칭하는 용어로, 가족성 선종성 폴립증, 연소기 폴립증, 포이츠-예거스 증후군 등 다양한 질환이 있다. 이에 반해 유전성 비폴립 대장암은 유전자 검사에서 관련 유전자(MLH1, MSH2, MSH6, PMS2)의 돌연변이가 확인된 경우를 말하며, 지금까지 알려진 유전성 종양 중 발생 빈도가 가장 높다고 할 수 있다. 유전성 비폴립 대장암은 일반적인 대장암에 비해 약 20세 정도 이른 나이인 평균 45세경에 많이 발생한다. 게다가 이러한 유전자의 돌연변이가 있는 경우,

자궁이나 난소, 위, 신장, 요관, 소장 등 대장 외의 다른 장기에도 암이 생길 가능성이 있다. 따라서 자신이 유전성 비폴립 대장암이라면 자녀에게도 관련 유전자를 물려줄 가능성이 높기 때문에 자녀에게 관련 유전자의 돌연변이가 있는지 먼저 검사할 필요가 있다. 만약 자녀가 관련 유전자를 가지고 있다면 암이 생길 가능성은 대장암이 70~90%, 자궁내막암은 40~70%, 난소암은 5~15% 정도이기에 반드시 검사가 필요하다.

대장암에 걸리는 환경적 요인을 살펴보면, 우선 가장 중요한 것이 섭취하는 음식 종류다. 붉은 고기, 가공육, 포화 지방, 섬유질 부족 등의 식이 요인이 대장암 발병 위험을 높이는 것으로 알려져 있다. 특히 붉은 고기는 대장암 발병 위험을 증가시키는 것으로 가장 널리 인정되고 있다. 당연히 모든 질병에 있어서 문제를 야기하는 담배, 음주, 비만 등도 대장암의 주요 발병 원인이라 하겠다. 이처럼 대장암의 원인은 유전적 요인 및 환경적 요인에 의해 발병되는 것으로 알려져 있지만, 여전히 정확한 발병 원인을 알기는 어려우며, 실질적으로 정확한 발병 원인에 대해서는 더욱 연구가 필요한 실정이다.

앞서 기술한 바와 같이 현재 개발되고 있는 CRC 약제들은 '맞춤 의학 관점의 접근', '외과적 수술 후 항암제제', '재발 방지 및 예방 약제'로의 개발이 주를 이루고 있고, 특히 '재발 방지 및 근본적 예방 목적'의 CRC 신약 개발이 절실하다. 이러한 차원에서 최근에는 장내 존재하는 마이크로바이옴을 타깃으로 하는 약제의 개발에 주목하고 있으며, 설득력을 얻고 있다. 인트론바이오 또한 이러한 시대적 흐름에 따라 '재발 방지 및 근본적 예방 목적'의 대장암 신약개발에 나서고 있다.

인트론바이오는 '프롬 수퍼벅 투 이뮨'이라는 R&BD 방향성을 갖고 있다. 특히 박테리오파지를 활용하여 장내 유해한 마이크로바이옴을 제어함으로서 질병 예방과 치료에 특화된 제제를 개발하는 것을 목표로 하고 있다. 한국인 발병률 세계 1위라는 달갑지 아니한 타이틀. 여기에 장내 마이크로바이옴을 제어하려는 인트론바이오의 R&BD 방향성. 그야말로 딱 맞아 떨어진다.

인트론바이오는 박테리오파지의 장내 세균 제어 및 상호작용을 통해 직·간접적으로 사람의 면역과 건강에 영향을 줄 수 있는 개발 프로젝트를 진행하고 있다. 이와 관련해 1차 타깃으로 대장암 발병에 밀접히 연관된 세균으로 알려진 ETBF와 pks+ *E. coli*[28]을 대상으로 선정하였다. 특히 대학병원 암연구소와 공동 연구를 통해 두 균종에 제어력을 갖는 박테리오파지를 이용해 오가노이드(Organoid) 모델에서 입증 데이터를 확보(POC[29])한 바 있다.

ETBF는 장내 미생물총과 공생하면서 응집해 바이오필름[30] 형성을 유도하고, 장 상피세포 간의 연결 고리인 E-캐드헤린(E-Cadherin)을 절단한다. 아울러 장막을 느슨하게 하는 BFT[31] 톡신을 분비한다. 또한 라미나 프로피리아[32] 내 상재하고 있는 면역세포로 하여금 IL-17의 생산을 자극하면서 장 상피세포의 STAT3/NF-κB 신호 전달 경로를 과도하게 활성화함으로써 대장암 발생을 유도하는 기전을 가지고 있다고 알려져 있다. pks+ *E. coli*의 경우, 콜라이박틴(Colibactin)을 생성 및 분비함으로써 장 상피세포의 DNA에 돌연변이를 유도케 하여 궁극적으로 대장암의 발생 비율을 높이는 것으로 알려져 있다. 이러한 이유로 인트론바이오는 해당 균을

28 Genotoxic pks+ *Eschererichia coli* 유전독소성 pks+ 대장균
29 Proof of concept 개념 증명
30 Biofilm 생물막
31 Bacteroides fragilis toxin BF 독소
32 Lamina propria 점막고유층

제거하거나 균 유래 독소의 기능 저하를 유도하는 것이 CRC 발병 및 진행 억제에 있어서 매우 중요하다고 판단하고 있다. 이것이 바로 마이크로바이옴 신약, 파지옴 신약, 파지리아® 신약을 개발하는 이유다.

 인간에 부작용을 초래하지 않고, 특정 세균 숙주만을 타깃으로 하는 박테리오파지를 잘 활용한다면 기존 약제들을 대신해 존재하지 않던 '퍼스트-인-컨셉'의 항암제제로 자리매김할 것이라 생각한다. CRC 관련 항암제제로 주요 사용되는 세포독성치료제 및 분자표적치료제 등의 경우, 세포의 DNA 합성을 중지시켜 암세포를 사멸시키거나 암세포의 성장과 증식에 관련된 분자들에 결합해 항암 효과를 나타내는 기작을 갖고 있다. 하지만 인트론바이오의 파지리아 신약개발은 CRC를 일으키는 원인균을 제거하여 체내에서 유해균이 증식할 수 없는 환경을 조성함으로써 CRC의 재발을 근본적으로 예방하기 위한 목적이 크다. 본 신약개발을 통해서 박테리오파지 유전체에 타깃 유전자를 도입한다는 신기술을 보다 발전시키는 것은 물론, 추후 박테리오파지 캡시드에 특정 단백질을 마음대로 표지 및 탑재시킬 수 있는 플랫폼 기술을 확보한다는 점에서 그 의의는 남다르다 하겠다. 로봇 파지의 첫걸음 it is iNtRON.

바이러스를 예방하는 가장 확실한 방법은 백신이다.

다만, 먼 미래를 내다보는 식견으로,

해외 기술 경쟁력을 확보할 수 있는

새로운 독자적인 백신기술에 대한 투자가 필요하다.

국민보건은 이익의 관점보다 투자의 관점,

그리고 국민을 위하는 관점을 지향해야 한다.

━━━━━━ 돼지야! 손 씻었니?(이야기 둘)

돼지야! 손 씻었니?
(이야기 둘)

앞서 얘기했던 것처럼 회사가 코스닥 상장을 목표로 기술성평가 제도의 문을 두드릴 무렵에 썼던 또 하나의 글을 그대로 옮겨본 다. 코로나(COVID-19)가 첫 발생한 2019년, 그보다 약 10여 년 전인 2009년에 '신종플루'라는 팬데믹이 전 세계를 강타했던 기억이 생 생하다. 물론 코로나와 신종플루를 지금 비교해보면 하늘과 땅 차 이의 팬데믹 느낌이지만 그 당시에도 전 세계는 감염병의 위협에 고스란히 노출되어 있었다. 아울러 동물에서는 구제역 바이러스 가 창궐하기도 했고, 이어서 조류독감 또한 큰 문제를 야기한 적 이 있다. 지금도 그러하지만 말이다.

신종플루가 유행할 당시 대부분의 언론 매체에서 매일 쏟아진 전 국민 홍보사항 중 하나가 '손을 깨끗이 씻자'라는 캠페인이었는데, 아래 글은 이를 회상하면서 쓴 것이다.

돼지야! 손 씻었니?
바이러스 지피지기면 100전 100승

2008년, 닐 마샬 감독은 마치 2009년, 전 세계적인 신종플루(New Flu) 대유행을 예견이라도 한 듯이 〈둠스데이-지구 최후의 날〉이라는 영화를 제작했다. 전 세계의 생존을 위협하는 치명적인 바이러스가 발생했고, 이 살인적인 바이러스는 발견된 지 며칠 만에 지구의 수많은 사람들을 감염시켰다. 정부는 이곳을 '위험 지역'으로 선포함과 동시에 바이러스의 확산을 막고자 이곳과 연결된 모든 도로와 다리, 철도를 봉쇄하고 통행금지를 목적으로 아무도 침입할 수 없는 격리지역으로 만들었다.

이 영화는 그 속에서 이뤄지는 일들을 픽션화한 것이다. 영화를 볼 때만 하더라도 단순한 허구에 불과하지 않을까 싶었지만 2009년 신종플루라는 대유행 앞에서 전 세계의 많은 사람들이 죽음 앞에서 울고 괴로워했던 기억이 있다. 아울러 국내의 경우에는 작년부터 올해 초까지 돼지 구제역 바이러스로 인해 많은 소, 돼지 등이 매몰되는 끔직한 광경을 목격하기도 했다.

2009년 신종플루가 한창 유행하던 때가 기억난다. 초등학교 6학년이었던 큰 아들이 학교에 다녀와서 평소와 달리 손을 깨끗하게 씻는 것을 보았다. 아들 녀석 얘기로는 "학교에서 손만 잘 씻어도 신종플루 감염 위험이 90%는 줄어든다"고 했다는 것이다. 나는 그 얘기가 맞고 안 맞고를 떠나서 손을 잘 씻는 것이 여러모로 좋기에 그저 웃음 짓고 말았다. 손을 잘 씻으면 된다. 아, 돼지는 손이 없기 때문에 못 씻어서 구제역에 잘 걸리는 것이었구나. "돼지야~ 발이라도 씻어!"

바이러스는 참으로 무섭다. 특히 인류가 경험치 못했던 새로운 신종 바이러스의 출현은 사람은 물론, 동물에게도 그 어떤 질병보다 무서운 대상이 되고 있다. 지피지기면 100전 100승. 바이러스를 공부해 보자. '바이러스에는 어떤 것이 있나?', '향후 문제를 야기할 수 있는 바이러스는 무엇이 있을까?', '우리의 대처 방안은?' 이렇게 크게 세 가지 부분으로 나누어 얘기해 보고자 한다.

첫 번째, 바이러스에는 어떤 것이 있나?

바이러스학에 있어서 바이러스를 구분하는 기준은 코어(Core)를 구성하고 있는 핵산(Nucleic Acid)의 종류 등에 따라 DNA 바이러스 또는 RNA 바이러스로 양분되기도 하고, 또는 껍질(Envelope, 외피)이 있느냐 없느냐로 양분되기도 하는데, 이에 따라 소독제 등을 달리 사용하는 것이 좋다. 신종플루나 조류독감은 모두 인플루엔자 바이러스(Influenza virus)의 일종으로, RNA 바이러스이면서 지질(Lipid)로 구성된 껍질이 있는 바이러스다. 껍질에 지질이 있기 때문에 계면 활성제(비누 등)에 의해 제거되는데, 그 이유는 계면활성제는 물질의 표면에 붙어 그 물질의 표면 장력을 감소시켜 쉽게 떨어져 나오게 하기 때문에 일종의 소독 효과가 나타나는 것이다.

반면, 구제역 바이러스는 아프토바이러스(Aphthovirus)의 일종으로, RNA 바이러스이지만 껍질이 없는 바이러스이다. 지질로 구성된 껍질이 없기 때문에 아무래도 계면활성제에 의한 소독 효과가 감소할 수밖에 없는 것이고, 이 때문에 구제역 바이러스의 소독에는 염소계, 산소계 등의 산화제나 또는 산성제 및 염기성제 등의 pH 조절제가 주로 사용된다. 여기서 잠깐! 구제역의 영문명은 FMD(Foot-and-Mouth Disease)인데, 발과 입 주변에 수포가 발생한다고 하여 붙여진 이름이며, 소·돼지 등 발굽이 있는 동물에 감염되는데, 말의 경우에는 발굽이 하나이기 때문에 걸리지 않으며 코끼리는 감염된다.

두 번째, 향후, 문제를 야기할 수 있는 바이러스는 무엇이 있을까?

나는 돼지독감(Swine Flu)이라고 확신한다. 돼지의 호흡기 상피세포에는 사람, 돼지, 조류의 인플루엔자 바이러스가 모두 달라붙을 수 있는 수용체(Receoptor)가 있기 때문에 바이러스의 중합체(mixing vessel)라고 부르고 있다. 쉽게 말해서 사람은 사람 인플루엔자 바이러스만, 조류는 조류 인플루엔자 바이러스만 감염되는데, 돼지는 모두 감염될 수 있는 수용체를 가지고 있는 것이다. 살아있는 돼지를 직접 접촉하지 않은 상태에서 돼지고기만을 소비하는 사람들이 돼지독감에 전염될 가능성은 거의 없지만, 돼지독감에 걸린 돼지는 3개월간 무증상 상태에서 전파자 역할을 할 수 있는 점을 간과해서는 안 된다.

즉, 향후 사람 및 조류 인플루엔자 바이러스가 돼지에 감염되고, 여기에 돼지 인플루엔자 바이러스까지 감염된 상태에서 돌연변이가 일어나 돼지까지도 죽게 하는 인플루엔자가 돼지 체내에서 만들어진다면? 돼지가 죽을 정도로 심한 인플루엔자! 정말로 생각하고 싶지도 않은 슈퍼바이러스가 출현하게 되는 것이다.

2009년 신종플루 얘기는 이렇다. 미국 CDC(질병통제예방센터)는 2009년 4월 15일 돼지 인플루엔자 A 바이러스(H1N1) 환자를 공식 확인했다. CDC는 바이러스 명칭을 돼지 인플루엔자(Swine Influenza)라고 불렀으며, 언론들은 이를 줄여서 돼지독감(Swine Flu)이라고 불렀다.

그런데 미국 축산업계와 농무부 등이 경제적 이유 때문에 명칭의 변경을 요구했다. 국내의 경우에도 비슷했다. 2009년 말 신종플루는 초기 돼지독감이라고 불렸다. 그런데 언제부터인가 언론에서는 신종플루라는 말로 바꾸기 시작했고, 신종플루는 돼지와 상관없는 바이러스처럼 느끼게 되었다. 이러한 상황을 두고 유명 과학 잡지 『사이언스』의 블로그에는 "돼지독감의 명명법이 돼지독감 그 자체보다도 더 빨리 진화했다"는 비판의 글이 올라오기도 했다.

마지막으로, 우리의 대처 방안은?

바이러스 감염에 대한 예찰 활동을 강화해야 한다. 특히 양계, 양돈, 축우 분야 전반에 걸쳐 주요한 바이러스 감염체에 대한 일정 모니터링을 지속적으로 수행해서 국내의 감염 상황을 체크해야 하며, 중앙정부의 국립수의과학검역원 외에도 각 지방방역단체에 관리감독 권한을 부여하는 예찰 활동을 강화해야 한다. 공항, 항만 등 국외 바이러스 유입에 대한 모니터링도 강화해야 한다. 최근 구제역 여파로 축산 관련인의 해외여행 심사가 강화되었다. 이보다 더 나아가서 주요한 감염 질환에 대한 진단 모니터링을 옷, 신발 등으로 확대하는 예찰 활동을 강화해야 할 것이다.

또한 이력관리제를 확대 시행해야 한다. 현재 축우의 경우에는 '한우'라는 큰 브랜드로 인해 백화점 등에서 '소 이력추적제'라는 시스템을 쉽게 접할 수 있게 되었다. 이를 돼지 등으로 계속 확대 시행해야 하며, 이러한 이력추적제가 현재처럼 단순히 국내산과 수입산을 구분 짓는 목적 외에 각 동물 또는 농장별 상기의 바이러스 등 감염 질환의 발생여부 또한 함께 체크할 수 있도록 구축되어야 한다.

무엇보다 백신사업에 보다 큰 투자를 해야 한다. 바이러스를 예방하는 가장 확실한 방법은 백신이다. 2009년 신종플루가 유행했던 때를 보더라도 국가 차원의 선제적 백신 구축이 두려움과 공포로부터 얼마나 국민을 보호할 수 있는지 확인할 수 있었다.

이처럼, 전 세계적으로 자국의 국민에게 자체 개발한 백신을 보급할 수 있는 국가는 많지 않다. 우리는 행복한 나라의 국민이다. 하지만 더욱 광범위한 대규모 백신 투자가 필요하다. 사람 백신 외에도 동물 백신 등 폭넓고 먼 미래를 내다보는 식견으로 백신사업에 투자해야 한다. 국민보건은 이익의 관점보다 투자의 관점, 그리고 국민을 위하는 관점을 지향해야 한다.

위와 같은 대처 방안 외에도 정부에서는 보다 광범위하고 범국가적인 감염 예방법을 마련해야만 한다. 그렇지 않다면? 할 수 있는 것은 결국 이런 표어뿐이다. "손을 잘 씻자." 소, 닭, 돼지는 손이 없는데, 어쩌지? 발이라도 잘 씻기자! "마스크를 쓰자." 소, 닭, 돼지에게도 마스크를 씌우자. 아차, 돼지는 코로 냄새를 맡으며 밥을 먹는데, 어쩌지?

"돼지야! 손 씻었니?"

2010년 7월, 어느 날

앞서 얘기했듯이 2010년 여름에 코스닥 기술성평가를 준비하면서 복잡한 머리를 식히기 위해 가볍게 글을 써 본 것이다. 10여 년이 흐른 2019년. 신종플루와는 비교할 수 없을 만큼 강력한 코로나19 바이러스가 전 세계를 강타했다. 바이러스성 감염질환에 대비해 인트론바이오가 박테리오파지로 파지러스® 기술 분야를 추구하는 이유 중 하나다. 지금부터 이에 대해 하나씩 설명해 보도록 하겠다. 돼지야! 손 씻었니? it is iNtRON.

인플루엔자는 계속 돌연변이를 거치면서
사람과 동물에 위협을 가하고 있다.
끝없는 진화이고, 이는 본인들 스스로
끝까지 생존하고자 하는 몸부림으로 볼 수 있다.
인트론바이오는 이를 박테리오파지가
중재할 수 있다고 믿는다.

━━━━━━ 마스크가 아니라 방독면, 인플루엔자

마스크가 아니라 방독면,
인플루엔자

2019년, 코로나 대유행. 인류 역사상 마스크가 이처럼 위대한 적도 없었고, 집에 산더미처럼 쌓아둔 적도 없었다. 마스크로는 완벽한 방어가 불가능하다. 머지않아 방독면의 시대가 열릴 것이다. 집에 산더미처럼 방독면을 쌓아두고, 방독면을 확보하기 위해 미친 듯이 뛰어다닐 것이다. 방독면 찾아 삼 만 리. 어쩌면, 과거보다 짧은 미래. 희망이 필요하다. 인트론바이오는 과거보다 긴 미래를 소망한다.

독감, 신종플루, 코로나, 인플루엔자. 이 중에서 유사한 것과 다른 것을 바로 구별할 수 있다면 위 챕터 제목의 중요성을 이해할 것이다. 얼핏 보면 모두 같은 바이러스성 감염질환이지만 그렇지 않다. 독감, 신종플루, 인플루엔자는 유사한 바이러스성 감염질환이다. 하지만 코로나는 다르다. 독감 ≅ 신종플루 ≅ 인플루엔자 ≠ 코로나.

첫 번째 이야기, 사람 인플루엔자(독감)

본론에 앞서 인플루엔자에 대한 기본적인 내용을 먼저 알 필요가 있다. 인플루엔자는 크게 A형, B형, C형으로 나뉘는데, C형은 드물게 감염되기 때문에 일반적으로 인플루엔자라고 하면 A형, B형을 말한다. 특히 인플루엔자 A형 바이러스는 세포 침투 기능을 하는 헤마글루티닌(H)[33] 단백질과 세포 탈출 기능을 담당하는 뉴라미니데이즈(N)[34]라는 단백질 유형에 따라서 다수의 아형(Subtype)으로 분류된다. 지금까지 알려진 H 단백질의 유형은 H1, H2, H3, H5, H6, H7, H8, H9, H10, H11, H12, H13, H14, H15, H16, H17, H18의 18개 유형이 있지만, 사람에게 주로 감염되는 유형은 H1, H2, H3으로 알려져 있다. 아울러 현재까지 확인된 N 단백질 유형은 아홉 가지 유형으로, N1, N2, N3, N4, N5, N6, N7, N8, N9가 있고, 사람에게 감염되는 주요 N형은 N1, N2이라고

---

33 Hemagglutinin 혈구응집소
34 Neuraminidase 뉴라미니다아제

할 수 있다. 여기서 H 단백질과 N 단백질의 유형에 따라 인플루엔자 A형 바이러스는 162개$(H18 \times N9)$의 아형이 존재할 수 있다. 물론 이것은 이론적인 내용이다. 그렇다면 역사적으로 맹위를 떨친 인플루엔자를 하나씩 살펴보자.

스페인 독감

인류가 기억하고 있는 가장 최근의 팬데믹은 스페인 독감이다. 스페인 독감은 1918년 발생했던 인플루엔자 A형 바이러스 H1N1 아형을 갖는 바이러스성 감염질환의 대유행을 말한다. 20세기 최악의 유행병으로, 전 세계적으로 5억 명 이상이 감염되었고 1,700만 명에서 5,000만 명에 달하는 사망자가 발생했다. 이는 인류 역사상 가장 치명적인 전염병 중 하나로 기록되고 있다.

아시아 독감

아시아 독감은 1957년부터 1958년까지 전 세계적으로 유행했던 인플루엔자 A형 H2N2 바이러스로 인한 대유행을 말한다. 당시 전 세계적으로 약 100만 명에서 200만 명의 사망자가 발생하는 큰 피해를 입혔으며, 특히 어린아이와 청년들이 높은 사망률을 보인 바 있다.

홍콩 독감

홍콩 독감은 1968년부터 1969년까지 전 세계적으로 유행했던 인플루엔자 A형 H3N2 바이러스로 인한 대유행을 말한다. 당시 전 세계적으로 약 100만 명에서 200만 명의 사망자가 발생하는 큰 피해를 입혔다.

신종플루

신종플루는 2009년에 발생한 인플루엔자 A형 H1N1 바이러스로 인한 대유행을 말한다. 당시 전 세계적으로 약 6억 명이 감염되었고, 15만 명에서 50만 명에 달하는 사망자가 발생했다. 돼지로부터 인간에게 전파되었고, 그래서 초기에는 돼지독감(Swine Flu)이라고 칭하기도 했다. 하지만 축산업계의 반발로 '신종플루'로 개명되었다.

앞서 언급한 스페인 독감, 아시아 독감, 홍콩 독감, 신종플루 등은 바이러스의 아형은 다르지만 모두 인플루엔자 감염이라고 할 수 있다. 이에 반해 코로나 바이러스는 근본적으로 인플루엔자 바이러스와 다르다. 정확하게는 SARS-CoV-2 또는 COVID-19 바이러스라고 표현한다. 일반인들에게는 COVID-19이 더 친숙

할 것이다. 'CO'는 코로나[35], 'VI'는 바이러스[36], 'D'는 질환[37], '19'는 신종 코로나바이러스 발병이 처음 보고된 2019년을 의미한다. 'SARS-CoV-2'라는 이름을 보면, 2002년 중국 광둥성에서 처음 발견되어 전 세계를 강타했던 사스와 유사해 보인다. 당시 전국이 사스로 인해 떠들썩했고, 한국과 중국의 관계가 급속도로 냉각되기도 했다. SARS, 사스, 중증 급성 호흡기 증후군[38]. 이를 모두 SARS-CoV-1이라 칭하고 있기 때문에 사스와 코로나 둘 다 코로나 바이러스 계열이라 할 수 있지만 사실 다른 바이러스이고, 이에 WHO에서도 COVID-19를 새로운 코로나 계열의 바이러스로 정의하고 있다. 이처럼 코로나 바이러스는 인플루엔자와 전혀 다른 바이러스다. 문제는 여기서부터 출발한다.

COVID-19 바이러스가 사스와 비교할 수 없을 정도로 대유행을 일으켰지만 어쨌든 기본적으로는 코로나 바이러스 계열이다. 코로나 계열의 바이러스가 이 정도로 인류에게 크나큰 대재앙을 일으켰다면, 만약 과거 스페인 독감, 아시아 독감, 홍콩 독감, 또

---

35 Corona 코로나
36 Virus 바이러스
37 Disease 질병
38 Severe Acute Respiratory Syndrome 사스(중증 급성 호흡기 증후군)

는 신종플루와 같은 인플루엔자 바이러스에 돌연변이가 발생할 경우 인류에게는 어떤 재앙이 일어날 것인가. 이에 대한 상상은 각자에 맡기겠다. 그런데 인플루엔자의 위협은 아직도 첩첩산중이다. 사람에 감염하는 바이러스만의 문제가 아니기 때문이다. 이제 두 번째 이야기를 시작할 차례다.

두 번째 이야기, 조류독감[39] (인플루엔자)

양계 산업에서 큰 문제가 되고 있는 조류독감 바이러스의 전파가 심상치 않다. 조류독감은 말 그대로 닭, 오리, 철새 등 주로 조류에게 영향을 주는 바이러스성 질병으로 알려져 있고, 대부분의 경우 사람에게 전파되지 않지만, 일부 조류독감 바이러스 아형은 사람에게 전파될 수도 있다고만 알려져 왔다. 그런데 2003년 말부터 2008년 2월까지 고병원성 조류 인플루엔자 바이러스[40]가 인체에 감염된 사례가 640건 이상 보고되었다. 또한 2013년 3월, 중국에서 H7N9이 유행하여 400명 이상이 감염된 것으로 확인되었다. 지금까지의 아형과는 전혀 새로운 변형 H7N9으로, 중국 상하이시 안후이성에서 거주하는 사람이 바이러스에 감염되어 결국

---

39 Avian influenza virus 조류 인플루엔자 바이러스
40 highly pathogenic avian influenza A. H5N1 고병원성 인플루엔자 A

사망하였다. H7N9 바이러스가 사람에게 감염된 것은 이 사례가 세계 최초다. 중국에서는 H7N9형 인체감염 사례가 발행한 2013년 이후, 매년 10월에서 다음 해 4월까지 계절마다 지속적으로 유행하고 있는 것으로 알려져 있다.

H7N9 바이러스에 감염된 사람의 치사율은 25% 전후인 것으로 알려졌는데, 이는 기존 H5N1 등 고병원성 AI의 치사율 34%대와 유사할 정도로 치명적이다. 전 세계적으로 계절성 독감의 사망률은 0.1%대, 신종플루의 경우 1%대 이하로 알려져 있다. 고병원성 조류독감의 치사율이 상상 이상으로 높은 것이다. 무섭다. 감염된 10명 중 2~3명이 죽을 수 있다는 것이니 끔찍할 뿐이다. 국내에서는 2014년 H5N8이 조류에서 문제가 되었고, 2016년에는 H5N6가 확인되었으나 아직까지 국내에서 사람에게 감염된 사례는 보고된 바 없다. 하지만 과연 언제까지 없을까. 조류독감이 사람에게 전염되어 팬데믹으로 나타날, 즉 대유행을 일으킬 시기는 언제일까. 당연히 정확히 알 수는 없다. 다만 두 가지 측면에서 징후가 나타난다면 그것이 가까워졌다는 시그널이다.

첫 번째 징후는 '조류독감의 사람감염 확인'이다. 이는 앞서 설명했지만 이미 사람감염이 확인된 사례가 많다. 그리고 사망자도 많이 나타났다. 치사율은 무려 25~34%에 이른다.

두 번째 징후는 '사람과 사람 사이의 전파'다. 앞서 조류독감에 감염된 사람의 경우, 양계 산업과 밀접한 관계에 있는, 농장에서 일하는 사람에 국한되는 경우가 많았다. 즉, 조류에서 사람으로의 전파는 나타났지만 조류독감에 감염된 사람으로부터 직접 사람 간 전파가 확인된 경우는 없었다.

그런데 결국 최근에는 사람 간 전파가 확인되었다. 2023년 2월, 캄보디아에서 H5N1 바이러스에 감염된 11세 소녀가 사망한 사례가 발생한 것이다. 당국이 이 소녀와 접촉한 12명에 대해 검사한 결과, 소녀의 아버지에게서도 조류독감 양성 반응이 나왔다. 즉, 지금까지의 사례와는 완전히 다른 것으로, 조류독감에 감염된 사망자의 주변인 역시 함께 감염된 것이다. 사람과 사람 사이의 조류독감 전파, 정말 큰일이다.

워싱턴포스트지는 "조류독감 바이러스가 사람 간 전파가 가능한 바이러스와 결합해서, 더욱 쉽게 전염되는 새로운 변종이 나타날 수 있다"고 우려했다. 다시 말해 조류독감이 사람에 감염된 것이 확인되었고, 또한 사람과 사람 사이의 전파도 확인되었다. 만약 사람에게 흔히 감염되는 인플루엔자 바이러스와 조류독감이 만나서 돌연변이를 일으키게 된다면. 이는 또 다른 팬데믹의 시작이자 인류에게 치명적인 위협이 될 것이다. 하지만 조류독감만이 문제가 아니다. 아직도 첩−첩첩산중이다.

세 번째 이야기, 돼지독감[41](인플루엔자)

돼지독감 자체는 돼지에게 큰 문제가 되지는 않는다. 문제는 사람에게 미치는 영향이다. 대표적인 돼지독감은 우리가 이제는 흔하게 접하고 있는 2009년 신종플루다. 앞서 설명처럼 이는 돼지의 인플루엔자 A형(H1N1) 바이러스가 돌연변이를 일으켜 생긴 바이러스다. 2009년 3월 말 미국 캘리포니아주 샌디에고에서 발열, 기침 및 구토로 내원한 10세 소아의 비인두 흡입 검체에서 처음으로 검출된 바 있다. 초기에는 돼지독감으로 불렸다가 축산업계의 반발로 '신종플루'로 개명된 이후, 돼지독감이란 표현은 가급적 사용을 자제한다. 하지만 어쨌든 돼지로부터 사람으로 감염이 확인된 대표적인 사례라고 할 수 있겠다.

돼지독감의 사람감염은 더 큰 문제가 될 수 있는데, 그 이유는

---

41   Swine influenza virus 돼지 인플루엔자 바이러스

돼지에 있는 인플루엔자 바이러스 수용체(Receptor)의 특징 때문이다. 쉽게 말해서 인플루엔자 바이러스가 감염하기 위해서는 그에 맞는 수용체가 있어야 한다. A라는 바이러스가 사람이나 동물에 감염되더라도 수용체가 없으면 세포 내 침투가 불가능하며, 결국에는 몸에서 자연적으로 없어지게 된다. 사람의 경우 사람에 감염되는 인플루엔자 바이러스에 대한 수용체만 갖고 있고, 조류의 경우 조류 인플루엔자 바이러스에 대한 수용체만 갖고 있다. 하지만 돼지의 경우에는 사람이나 조류의 인플루엔자 바이러스가 감염하여 침투할 수 있는 수용체를 모두 갖고 있다. 돼지에 존재하는 α2,3-시알산은 사람의 인플루엔자 바이러스인 H1N1, H2N2, H3N2와 결합하는 것으로 알려져 있다. α2,6-시알산의 경우에는 조류 인플루엔자 바이러스와도 결합한다. 이는 돼지가 새로운 인플루엔자 바이러스의 혼합을 위한 일종의 '혼합용기' 역할을 할 수 있다는 것을 의미한다.

문제는 여기에 있다. 수평 전이. 만약에 어떤 돼지에 사람 인플루엔자 바이러스 및 조류 인플루엔자 바이러스가 감염되고, 또한 돼지 인플루엔자 바이러스도 감염되는 등 세 종류의 바이러스가 감염되었다고 가정해 보자. 서로 다른 바이러스들은 돌연변이를 일으켜 지금까지 세상에 없던 전혀 새로운 바이러스로 변이할 수 있는 것이다. 이러한 복합 감염으로 돌연변이가 일어난 돼지 바이러스가 사람에 감염하는 능력을 갖고 있다면? '과거보다 짧은 미래'는 그저 글 제목으로 끝나지 않을 것이다. 인플루엔자 바이러스의 '혼합용기' 역할을 수행할 수 있는 돼지에서 수평 전이가 일어나 정말로 사람에 감염하는 인플루엔자 바이러스로 돌연변이가 일어나고, 이것이 돼지를 죽일 수 있을 만큼 강력하다면, 사람은 그냥 죽는다.

예를 들어보겠다. COVID-19의 정확한 발생 기원은 여전히 밝혀져 있지 않지만, 박쥐 유래의 바이러스가 여러 숙주를 거치는 수평 전이를 통해 다른 종류의 바이러스와 혼합 및 재조합 등으로 돌연변이를 만들게 되었고, 이것이 사람감염까지 가능해졌다는 게 가장 유력한 가설로 알려져 있다. 이는 돼지에서도 가능한 일인 것이다. 이에 세계보건기구에서도 다른 종과의 새로운 조합에 의한 유전적 변이를 통해 이종 간 감염능을 가질 수 있는 바이러스에 대해 관심과 우려를 나타내고 있는 상황이다. 사람보다 몸집이 큰 돼지도 죽일 수 있는 바이러스라면, 사람이 감염될 경우 매우 치명적이다. 치사율이 50%를 넘길 수 있다. 남편과 아내 중 한 사람이 죽을 수 있다. 아들과 딸 중 한 자식이 죽을 수 있다. 상상할 수 있는가. 그 공포와 패닉을. 우려는 현실이 된다고 했던가.

결국 우려하던 일이 발생하였다.

G4 바이러스[42]의 출현

2011년에 중국의 돼지 농장에서 최초로 발견되었으며, 기존의 돼지 인플루엔자 바이러스와 다르게 높은 전파력을 가지고 있다. 중요한 것은 사람에게도 감염하는 것으로 알려진 G4 바이러스가 출현한 것이다. G4 바이러스는 기존의 돼지 인플루엔자 및 조류 인플루엔자 유래의 유전자와 사람 인플루엔자 유래의 유전자가 돼지 몸에서 재조합되어 생성된 신종 바이러스라 할 수 있다. 돼지가 '혼합용기' 역할을 한 것이다.

2020년 PNAS 저널에 보고된 문헌에서 G4 바이러스의 확산을 확인할 수 있다. 2011~2018년 중국 내 10개 성에 분포한 농장에서 3만 건의 돼지 검체 시료를 채취해 바이러스의 유전형을 검사했다. 이후 유전자 내부 서열 차이의 특성에 따라 세분화하고 각 유전형의 변이 여부를 바탕으로 서로 다른 6가지 '지노타입[43]'으로 분류하여 연도별 분포를 확인하였다. 그 결과, 초창기 2011~

---

42 Genotype 4 virus, G4 EA H1N1 유전형 4 바이러스
43 Genotype 유전형

2013년 대다수를 차지하던 G1이 2014년 이후 급격히 줄어들고, 2014~2015년 일시적으로 G5가 유행하다, 2016년 이후에는 G4가 크게 유행하고 있다는 사실을 확인하였다. 또한 G4는 2013년에 처음 그 분포가 유의미하게 관측된 이후 약 5년 만에 100%에 가깝게 우점화된 것을 확인하였다. 이후 G4 바이러스가 사람에게 감염하는지 여부를 파악해 보기 위해 돼지 농장 15곳에서 일하는 노동자 338명의 혈청을 채취해 항체를 검사한 결과, 약 10%에 해당하는 35명이 G4 바이러스에 대한 항체를 가지고 있음을 확인하였다.

이러한 G4 바이러스는 여타의 G계열(G1, G2, G3, G5, G6) 바이러스에 비해 인체 세포의 수용체에 잘 부착하고, 또한 인체의 기도 상피 세포에서 증식도 활발하게 일어난다는 점을 확인하였다. 뿐만 아니라 인간과 호흡기 구조가 유사한 실험동물인 페럿[44]을 이용해 감염능을 실험하였을 때 공기 전파를 통해 감염이 활발히 일어난다는 사실 또한 확인하였다. 이는 매우 놀라운 일로, 우려하던 바이러스가 출현한 것이다.

연구자들은 이러한 G4 바이러스가 사람의 인플루엔자에서 일부

---

44 Ferret 족제비과의 포유류

유래하였기 때문에 기존 인플루엔자 항체로 예방할 수 있는지 확인했다. 하지만 우려했던 것처럼 항원 교차반응이 낮은 것을 확인하였고, 이는 기존 인플루엔자 백신으로는 예방이 되지 않는다는 것을 의미했다. 돌연변이로 인해 전혀 새로운 바이러스가 되었다는 것이다.

우려했던 일이 결국 발생한 것이다. 아직까지 전 세계는 G4 바이러스에 대해 크게 염려치 않고 있지만 인트론바이오의 생각은 다르다. 기존 인플루엔자 백신으로 예방 효과를 기대하기 어렵고 그 전파력 또한 높기에 추후 유전자 변형 및 재조합을 거쳐 '신종플루'나 'COVID-19'처럼 전혀 새로운 모습으로 변형되어 사람들에게 쉽게 전파될 가능성이 있다고 예측한다. 이러한 신규 G4 바이러스에 대응할 수 있는 백신과 치료제가 부재하기에, 한번 전파가 될 경우 새로운 팬데믹 시대가 열릴 수도 있다고 생각한다.

지금까지 사람의 인플루엔자, 조류 인플루엔자, 돼지 인플루엔자에 대해서 살펴보았다. 그리고 본질적으로 무엇이 문제인지에 대해서도 알아보았다. 인플루엔자는 계속 돌연변이를 거치면서 사람과 동물에 위협을 가하고 있다. 끝없는 진화이고, 이는 본인들 스스로 끝까지 생존하고자 하는 몸부림으로 볼 수 있다. 누가 이길까. 바이러스 vs 사람. 인트론바이오는 이를 박테리오파지가 중재할 수 있다고 믿는다.

사람 인플루엔자, 조류 인플루엔자, 돼지 인플루엔자. 복합, 돌연변이, 사람감염, 사람-사람 감염, 팬데믹, 마스크, 방독면. 다시 말하지만, 신종플루나 COVID-19와 같이 팬데믹을 일으킨 인플루엔자 바이러스는 일반적으로 인간에게 영향을 미치지 않는 동물 바이러스에서 변형되거나 새롭게 나타난 것이다. 동물 바이러스에 대한 연구가 필요한 이유이기도 하다.

어쨌든 인플루엔자 팬데믹은 심각한 질병과 사망을 초래할 수 있으며 사회, 경제, 의료 시스템에 큰 부담을 줄 수 있음을 과거 사례로 충분히 느꼈을 것이다. 전 세계적인 확산. 팬데믹 인플루엔자 바이러스는 빠르게 전 세계적으로 확산되어 수백만, 수십억 명의 사람들에게 영향을 미칠 수 있음 또한 확인하였다. 과거보다 짧은 미래가 아니라, 과거보다 긴 미래가 필요하다. 인플루엔자 팬데믹을 예방하기 위한 가장 좋은 방법은 손을 씻는 것이 아니다. 돼지는 손이 없다. 준비하여야 한다. 바이러스 감염질환에 대한 적극적인 투자. 퍼스트-인-클래스 신약개발의 필요성이 절실하다. 마스크가 아니라 방독면, 인플루엔자 it is iNtRON.

박테리오파지는 과거의 역사 및 경험을 기반으로
현재에 다시 부각되고 있으며,
이는 분명 미래의 인류의 복지 및 의료에
커다란 획을 그을 것이라 생각한다.
이 모든 것이 지금 현재 안에서
이뤄지고 있는 일인 것이다.

━━━━━ 백 투 더 퓨처; 박테리오파지가 가져올 새로운 세상(이야기 셋)

백 투 더 퓨처;
박테리오파지가 가져올 새로운 세상
(이야기 셋)

　과거에 쓴 세 번째 이야기를 다시 그대로 옮겨본다. 이 글을 읽어보면 인트론바이오의 박테리오파지를 바라보는 시각이 지금과는 많이 달랐음을 알게 될 것이다. 인트론바이오 또한 '박테리오파지는 세균을 죽이는 바이러스이다'라는 명제로 시작하였다. 하지만 지금은 다르다. 일단 과거의 이야기이니 참고로 읽어주면 좋겠다. 아마도 지금의 R&BD 방향을 이해하는 데 도움이 될 것이라 생각한다. 시작은 과거로의 여행. 끝은 미래로의 여행. 영화 〈백 투 더 퓨처〉로 시작한다.

백 투 더 퓨처

박테리오파지가 가져올 새로운 세상

1987년 마이클 J. 폭스 주연의 〈백 투 더 퓨처(Back to the Future)〉가 처음 소개되었을 때 상상 속의 이야기가 전 세계 많은 사람들에게 흥미와 재미를 주었다. 마티 맥플라이라는 고교생이 괴상한 에메트 브라운 박사가 만든 '드로리안'이라는 일종의 타임머신 자동차를 타고 30년 전으로 돌아가서 겪게 되는 스토리다. 1탄의 성공에 이어 3탄까지 나오면서 과거와 미래를 오가며 현실과 함께 겪는 상상 속 이야기를 흥미롭게 구성해 많은 사람들에게 사랑을 받았던 영화다. 미래 또는 과거의 이야기가 현재의 시간 안에서 이뤄지는 영화이며, 이 때문에 단순한 공상 과학 영화나 미래 소재 영화에 비해 큰 관심을 불러일으킨 것이 아닌가 싶다.

박테리오파지(bacteriophage, 파지)에 대한 이야기를 하기에 앞서, 마치 박테리오파지 이야기가 〈백 투 더 퓨처〉의 스토리와 비슷하다는 인상을 크게 받는다. 즉, 과거의 일이 미래의 일이 되고, 이것이 현재에 이뤄지고 있다는 점에서 비슷하지 않나 생각한다. 이제부터 박테리오파지가 가져올 새로운 세상에 대한 이야기를 해보고자 한다.

1. 박테리오파지는 무엇인가 ?

파지는 자연계에 널리 존재하는 일종의 생물체로서 세균에만 특이적으로 작용하여 세균을 잡아먹는 생물체다. 세균의 천적이라 할 수 있으며, 모든 세균에는 그에 상응하는 특이적인 파지가 존재한다. 이 때문에 최근 항생제를 대체할 수 있는 천연치료제로서 집중적으로 조명되고 있다.

생명공학관련 기술이 21세기 들어 급속한 발전을 이루고 항생제 문제가 점차 심각해지면서, 항생제를 대체할 수 있는 대안으로서 파지 연구가 다시 활발해지고 있는 상황이다. 특히 자연적인 치료제라는 점, 그리고 특이적으로 원하는 세균만 죽일 수 있다는 점, 항생제 내성균에 효과적이라는 점 등 여러 장점으로 인해 그 영역을 점차 확대해 나가고 있는 중이다.

파지는 세균(박테리아)에만 특이적으로 감염되며, 사람이나 동물 그리고 식물체 등에는 감염되지 않는 안전한 생물체로 알려져 있으며, 세균에 비해 약 1/75,000 크기로 매우 작고 눈에 보이지 않는 생물체다. 파지의 형태는 마치 '달 착륙 우주선' 모양을 하고 있으며, 파지 유전자가 들어 있는 머리 부분과, 터널 형태를 보이는 꼬리 부분, 그리고 긴 여러 개의 다리 형태를 갖고 있다.

2. 박테리오파지 연구 배경

1915년 트워트(Frederick. Twort)와 데렐(Felix d'Herelle)이 파지를 처음 발견한 이후, 파지 연구는 세균에 의해 감염되는 질병을 치료할 수 있다는 인류의 희망을 담아 출발하게 되었고 많은 관심 속에서 관련 연구가 이뤄졌다. 이때만 하더라도, 농양, 화농, 질염, 만급성감염 등은 치료할 수 없는 감염성 질환으로 알려져 있었는데, 이러한 세균에 의한 질환을 파지를 통해 치료하고자 했던 것이다. 특히 미국 및 서유럽 등에서 활발히 연구되었으며, 동유럽 및 러시아(구 소련)에서는 민간요법으로도 널리 사용되어 왔다. 최근 항생제 오남용 및 내성세균 문제 등으로 인해 박테리오파지 연구가 다시 부각되고 있는데, 실제로 박테리오파지는 항생제를 대체할 수 있는 대안으로서 매우 활발한 연구와 더불어 많은 조명을 받고 있다.

3. 박테리오파지 과거 이야기

1900년대 초반까지 활발했던 박테리오파지 연구는, 1928년 알렉산더 플레밍(Alexander Fleming)이 페니실린을 발견하면서 주춤해졌다. 특히 제2차 세계대전이 발발하면서 페니실린이 만병통치약으로 널리 사용되었고, 뒤이어 많은 항생제가 개발되면서 1940년대부터 급속히 관련 연구가 감소하게 되었다. 왜일까? 과거로 여행을 떠나보자. 당시 파지 연구 감소의 주요 원인으로는 크게 세 가지 정도를 들 수 있다.

첫 번째,

박테리오파지의 치료 범위, 즉 대상 세균이 좁았다. 박테리오파지의 특징 중 하나인 세균특이성 때문에 항생제에 비해 치료 범위가 좁다는 것이 사용에 있어 제한을 가져왔던 것이다. 항생제는 특정 세균에만 작용하는 것이 아니라 유해하든 유익하든 거의 모든 세균을 비특이적으로 손쉽게 제거할 수 있었기 때문에 박테리오파지보다 더욱 효과적이라고 생각했던 것이다.

두 번째,

제2차 세계대전의 발발 때문이었다. 제2차 세계대전으로 많은 사상자가 생기고 그로 인해 세균에 의한 다양한 감염성 질환이 무차별로 발병하였는데, 이는 당시 가장 심각한 사망 원인이었다. 적이 쏜 총이나 폭탄에 의한 사망자보다 오히려 세균 감염에 의한 사망자가 더 많을 정도로 감염성 세균은 아군과 적군을 가리지 않고 온 전쟁터를 휩쓸었다. 이런 상황에서 페니실린이 거의 모든 세균을 죽이는 것으로 알려지면서 전 세계적으로 페니실린 등 항생제가 널리 사용케 된 것이다.

세 번째,

생명공학 관련 기술의 미성숙 및 미발전 때문이었다. 박테리오파지는 눈에 보이지 않는 생물체로서 이에 대한 연구가 활발해지기 위해서는 관련 생명공학 기술이 발전되어 있어야 한다. 하지만 그 당시만 하더라도 관련 기술이 매우 낙후되어 있었고, 특히 박테리오파지 자체를 눈으로 확인할 수조차 없었다. 예를 들어, 박테리오파지의 형체가 어떻게 생겼는지조차 전자현미경이 개발된 20세기 후반에 비로소 알 수 있게 되었고, 더불어 박테리오파지 자체의 생활사, 분리 및 정제법 등도 최근에서야 개발된 것이다.

상기의 이유 등으로 1900년대 초반 활발했던 파지 연구가 1940년대를 거치면서 급속히 감소되었으며, 동유럽 및 러시아 등 일부의 국가 및 연구자들에 의해서만 연구가 진행되어 왔던 것이다. 하지만 최근에 박테리오파지 연구가 다시 부각되는 이유 또한 위에서 언급한 원인들을 반대로 생각해보면 쉽게 이해할 수 있다.

4. 박테리오파지 현재 이야기

최근 항생제 오남용 문제 및 이에 따른 내성세균의 출현 등으로 인해 항생제 문제점이 전 세계적인 이슈가 되고 있고, 이 때문에 파지에 대한 연구 개발이 매우 빠른 속도로 증가되고 있다. 오늘날 파지 연구에 있어서 앞서 있는 국가는 여전히 러시아라 할 수 있고, 특히 엘리아바 연구소가 그 대표격이다. 그 뒤를 이어 미국과 유럽의 몇몇 기업들이 최근 파지 관련 연구를 활발히 하고 있다. 특히 미국과 캐나다의 일부 기업들은 공동으로 동물 및 인체를 대상으로 많은 임상연구를 진행하고 있고, FDA 승인을 추진하는 등 활발한 행보를 펼치고 있는 중이다.

미국의 파지 관련 파이오니아 기업은 인트라리틱스(Intralytix)다. 1998년 설립되었고, 오늘날 파지 연구에 있어서 빠른 상업화를 진행하고 있는 기업이다. 특히 식중독을 일으키는 리스테리아(Listeria) 및 살모넬라(Salmonella) 파지에 집중하고 있으며, 지난 2006년에는 FDA 승인을 얻는 등 발 빠른 행보를 보이고 있다. 관련 연구비만도 한해에 1억 달러 (한화 1,100억 원) 이상을 지원받아서 관련 연구를 진행하고 있는 중이다. 이외에도 러시아 등 유럽 지역에서는 이러한 파지에 대한 연구 및 상업화가 매우 빠르게 부각되고 있다. 식품, 백신, 바이오필름, 사료첨가제, 치약, 상처치유용 밴드 등 그 적용 영역이 무한하다는 것이 커다란 장점으로 부각되면서, 항생제를 대체하는 하나의 방안으로서 자리매김해 나가고 있는 중이다.

5. 박테리오파지 미래 이야기

박테리오파지는 21세기 항생물질의 새로운 모델을 제시할 것이다. 세균과 바이러스로 대표되는 '감염성 생물체'는 사람을 포함한 모든 생명체에 무차별적으로 심각한 문제를 야기하고 있으며, 이는 건강하고 행복한 삶을 추구하는 'Human & Animal Healthcare' 관점에서 매우 심각한 문제라 할 수 있다. 감염성 생물체는 전 세계적으로 위협이 되고 있으며, 이러한 감염성 생물체가 문제되는 산업 분야는 매우 다양하다. 수퍼박테리아 감염 질환 등이 심각한 '의료 분야', 항생제 내성균에 의한 병원 2차 감염 문제가 이슈가 된 '보건위생 분야', 충치 및 치주질환 등의 '치의학 분야', 기존 항생제의 교차 내성으로 인하여 사용할 수 있는 항생제가 계속적으로 줄어들고 있는 '농축산 분야', 발암성 항생제 사용이 문제가 되고 있는 양식업을 포함한 '수산 분야'는 물론, 생물학적 테러 대비를 목표로 하는 바이오디펜스(Bio-Defense) 등의 '국방 분야', 생태계 교란 및 전염병 원인체의 전파를 막기 위한 밸러스트 용수(Ballast Water) 처리 등의 '조선 해양 분야'까지 다양한 분야에 있어서 문제를 야기할 것이다.

> "어렵게 얻은 제 첫 아이는 물론이고,
>
> 제 아내도 지금 죽었습니다!
>
> 제 아내는 헌신적으로 자기 일을 열심히 했던

아주 건강한 사람이었습니다.

그리고 우리 부부에게 첫 아이는 축복이었습니다.

그런데 제 아내와 첫 아기가 금방 죽었습니다.

저도 죽고 싶은 심정입니다."

이 절규는 영국의 '에스파다'라는 한 남성의 울부짖음이다. 2006년
10월 20일, 아내가 첫 아이를 분만한 후 6일 만에 병원 내 MRSA(수퍼
박테리아) 감염으로 첫 아이와 아내가 사망한 것이다. 내성을 획득해 더
이상 기존 항생제로는 효과적 치료를 기대할 수 없는 일명 '수퍼박
테리아' 또는 '수퍼벅'라 불리는 내성균의 문제는 이제 더 이상 경시
할 수 없는 심각한 사회문제로 대두되고 있다. 이처럼 내성균이 증
가하게 된 주된 원인은 무분별한 항생제 오남용으로 사람, 가축,
야생동물, 양식어류, 토양, 하천, 바다 등 환경 전체가 항생제로 오
염되고 있기 때문이다. 서두에 제시한 수퍼박테리아 감염증에 의한
불행한 일은 더 이상 영국이라는 다른 나라만의 문제도 아니며, 또
한 '에스파다'라는 한 남성만의 불행만도 아닐 것이다.

기존 항생제의 장점이었던, 유해하든 유익하든 거의 모든 세균을
죽일 수 있는 폭넓은 치료 범위가 오히려 문제가 되고 있다. 즉, 21
세기에는 죽이고자 하는 특정 세균만을 죽일 수 있는 선택가능성이

요구되고 있으며, 바로 박테리오파지가 이러한 특성을 갖고 있는 것이다. 또한 상기 항생제의 폭넓은 사용으로 인해 항생제 오남용이 발생되었고, 이는 곧 수퍼박테리아 등 내성세균으로 이어지면서 이제는 어떠한 항생제로도 죽일 수 없는 세균이 나타나고 있다. 이러한 항생제의 문제점을 해결할 수 있는 대안으로서 자연적인 박테리오파지 치료제가 새롭게 집중 조명되고 있는 것이다.

이처럼 항생제의 문제점이 점차 세계적인 문제를 야기하고 있는 상황에서 과거에 이뤄졌던 파지 관련 산업이 21세기 새로운 형태로 가시화되고, 항생제 문제를 해결할 수 있는 대안으로서 자리매김해 나가고 있는 중이다. 특히, 20세기 후반 및 21세기에 걸쳐 급속하게 발전하고 있는 생명공학 기술이 접목되면서 이제 파지를 더욱 효과적으로 컨트롤할 수 있게 되었다. 뿐만 아니라 파지의 생활사 및 그 치료효과, 범위 등 다양성이 접목되면서 파지 관련 연구도 빠르게 증가하고 있으며, 상업적인 관점에서도 커다란 관심을 불러일으키고 있는 중이다.

6. 박테리오파지의 장점

박테리오파지는 기존 항생제와 비교할 때 여러 장점을 갖추고 있다. 주요 장점들을 소개하면 다음과 같다.

파지는 사람이나 동물에 안전하다.

박테리오파지가 안전한 이유는 사람이나 동물세포 등에는 전혀 감염되지 않고, 세균에만 특이적으로 감염되기 때문이다. 파지는 세균에만 특이적으로 감염되어 해당 세균을 죽이게 되며, 사람 및 동물세포 등에는 전혀 감염되지 않고 영향도 미치지 않는 것으로 알려져 있다.

파지는 항생제 내성세균을 없앨 수 있다.

최근 파지에 대한 연구가 집중적인 조명을 받고, 항생제를 대체할 수 있는 약제로서 재부각되는 이유 중 하나는 바로 항생제 내성세균, 즉 수퍼박테리아가 전 세계적으로 출현하고 있기 때문이다. '수퍼박테리아'는 어떠한 항생제로도 없앨 수 없기 때문에 붙여진 이름이며, 전 세계적으로 매년 수백만 명 이상의 환자들이 이러한 수퍼박테리아 때문에 사망(폐렴, 패혈증 등)하고 있다. 미국 CDC 자료에 따르면 2006년 한 해 동안 미국에서 2만여 명이 수퍼박테리아 감염으로 사망했으며, 이는 에이즈(AIDS)로 인한 사망자 1만 9,000여 명보다 많은 숫자로서, 점차 수퍼박테리아로 인한 사망자는 증가 추세에 있다.

파지는 주변에서 흔히 접하고 있는 생물체다.

동유럽 및 러시아 등의 과거 연구 결과에 따르면, 파지는 세균을 제거하는 데 효과적일 뿐만 아니라 안전한 것으로 보고되고 있다. 특히 파지는 사람에 있어서 알러지(allergy) 반응을 일으키지 않는 것으로 알려져 있다. 사실 파지는 주변 환경에 많이 존재하고 있다. 우리가 흔히 섭취하고 있는 음식은 물론, 상업적으로 판매되고 있는 백신 등 병원치료제, 그리고 흙·호수·강 등 주위 환경에도 폭넓게 존재하고 있다. 한 예로, 깨끗한 물에도 파지가 존재하는데, 물 1ml에 약 1억 개 정도의 파지가 존재한다고 알려져 있으며, 파지 치료 관련 연구 결과에 따르면 파지에 의한 부작용, 또는 환경적 오염 및 임상적 이상 징후 등이 관찰된 적이 없다고 할 정도로 안전한 것으로 알려져 있다. 또한 우리가 인지하지 못하고 있을 뿐이지 사람이나 동물 주변 매우 가까운 곳에 존재하는 생물체이기도 하다. 이 때문에 파지를 이용하려는 시도가 식품, 의료, 환경소독제 등 매우 폭넓은 분야에 걸쳐 이뤄지고 있다.

7. 맺음말

이 글의 도입부에서 언급했던 〈백 투 더 퓨처〉는 과거와 미래를 왕래하면서도 그 근간은 현재를 지향했던 영화다. 박테리오파지는 분명 과거의 이야기였고, 세균질환에 대한 치료 방안이었다. 1900년대 초반, 트워트와 데렐에 의해 파지가 처음 발견된 이후, 파지를 이용하면 세균성 질환으로부터 해방될 수 있다는 희망을 갖고 관련 연구와 산업화가 이뤄졌었지만, 항생제의 발견과 당시 부족했던 생명공학 기술 등으로 인해 관련 연구가 급감되었다. 하지만 최근 항생제 오남용 등으로 인한 수퍼박테리아 등 내성세균의 출현은 물론, 생명공학 기술의 발전 및 기술접목을 통해 파지에 대한 연구가 급속히 활발해 지고 있으며, 이는 항생제를 대체할 수 있는 미래의 희망으로서 자리매김해 나가고 있는 중이다.

파지는 과거의 역사 및 경험을 기반으로 현재에 다시 부각되고 있으며, 이는 분명 미래의 인류의 복지 및 의료에 커다란 획을 그을 것이라 생각한다. 이 모든 것이 지금 현재 안에서 이뤄지고 있는 일인 것이다. 박테리오파지는 분명 세균과 싸워나갈 인류 구원의 열쇠로서 자리매김할 것이라 믿는다. 여기에 생명공학 기술의 발전으로 최근 그 존재를 알게된 '리신(Lysin)'이라는 단백질의 발견은 인류와 세균의 싸움에서 커다란 무기가 될 것이다.

2008년 3월, 어느 날

이 글을 읽으면서 충분히 느꼈을 것이다. 인트론바이오의 박테리오파지에 대한 시각의 변화 또는 변모를. 과거 인트론바이오는 대다수 기업들과 마찬가지로, '박테리오파지는 세균을 죽이는 바이러스'라는 명제에서 출발하였다. 하지만 15여 년이 흐른 지금, 인트론바이오는 '박테리오파지는 세균을 죽이는 바이러스'라는 명제 속에서 행간의 의미를 살려 새롭게 정의하고 다르게 접근하고 있다. 다른 것이다.

세균을 죽일 수 있는 특성을 이용하여 박테리오파지가 아닌, 그 유래의 엔도리신(잇트리신®)을 이용한다. 수퍼벅 마켓은 물론, 언멧 니즈 마켓을 공략하고 있다. 이것이 잇트리신® 플랫폼 기술이다.

세균과 관계가 있기 때문에 세균을 컨트롤하여 체내 면역을 불러일으켜 궁극적으로 암, 파킨슨병, 알츠하이머 등의 질환에 도전해 나가고 있다. 이것이 파지리아® 플랫폼 기술이다.

박테리오파지 자체는 바이러스이기 때문에 바이러스를 무력화하는데 박테리오파지 자체를 활용하고 있다. 이것이 파지러스® 플랫폼 기술이다.

세균과 바이러스, 그리고 사람(=동물)에 있어서 상호관계가 존재하
듯이 그 중심에 박테리오파지가 있을 것이라 생각하고 있다. 이것
이 파지리아러스® 플랫폼 기술이다.

인트론바이오의 이러한 '퍼스트-인-클래스' 및 '퍼스트-인-컨
셉' 신약개발의 길이 가설에 의한 것이라 여길 수도 있겠지만, 모
든 정설은 가설에서 출발하였다. 사실에 기초하면 정설이 된다.
500여 년 전까지 태양이 지구를 돌고 있었다. 가설로 출발하였지
만 인류역사상 최고의 정설로 꼽히는 지동설. 지금은 81억여 명의
인류가 모두 '갈릴레오 갈릴레이[45]'다. 백 투 더 퓨처 it is iNtRON.

---

45   Galileo Galilei(1564 ~ 1642) 갈릴레오 갈릴레이. 이탈리아의 천문학자·물리학자·수학자

인트론바이오는 *RNA* 박테리오파지가

바이러스로 진화한 것이 아닐까 추측한다.

아직까지 옳다 아니다를 판단할 때는 아니다.

하지만 어떤 연관성을 갖고

두 종의 바이러스들이 생존하기 위해

진화를 거듭하고 있다는 것은 분명하다.

──────── 박테리오파지에서 바이러스 엿보기

박테리오파지에서
바이러스 엿보기

인트론바이오는 박테리오파지를 지속적으로 분리해 오고 있다. 세상에 존재하는 모든 박테리오파지를 분리할 수는 없겠지만 지금까지 500~600여 종의 박테리오파지를 주변으로부터 분리하였다. 그중에서 특히 중요하게 생각되는 박테리오파지에 대해서는 WGS 분석을 통해서 유전체를 확보함과 더불어 국내외 특허를 통해 그 자산성을 인정받고 있다.

박테리오파지에 대한 특허를 검색해 보면, 당연히 인트론바이오가 큰 경쟁력을 갖고 있다는 것 또한 알게 될 것이다. 다만 지금까지는 '박테리오파지는 세균을 죽이는 바이러스'라는 관점에서 필요한 박테리오파지를 지속적으로 분리하여 특허출원을 해오던 전

략을 사용해 왔다. 하지만 박테리오파지에 대한 시각과 R&BD 방향성에 변화를 꾀한 이후부터는 이러한 박테리오파지 자체에 대한 특허출원 후 자산화는 가급적 피하고 있다. 왜냐고? 다른 생각을 했으니 다르게 행동해야 하지 않겠는가. 생각이 변하면 행동도 달라져야 한다. 물론 필요한 부분은 동일하게 자산화하고 있지만, 필요성에 대해 열 번 정도 되짚고 나서 자산화를 실행하고 있다. 어쨌든 지금까지 자산화되어 있는 박테리오파지만 해도 여러 다양한 R&BD에 적용할 수 있을 정도로 많다. 인트론바이오의 보이지 않는 기술경쟁력이기도 하다.

『박테리오파지 I』에서도 밝혔듯이, 인트론바이오는 박테리오파지로부터 바이러스가 진화한 것이 아닐까 생각했다. 이렇게 생각하는 이유는 여러 가지다. 그중 하나가 RNA 박테리오파지가 거의 발견되지 않고 있다는 것이다. 바이러스는 통상 RNA 바이러스, DNA 바이러스로 나뉘며, 다수의 RNA 및 DNA 바이러스가 흔하게 주변에서 발견된다. 예를 들어 여성에게 자궁암을 일으키는 바이러스로 알려진 인체유두종 바이러스는 DNA 바이러스이며, COVID-19 바이러스는 대표적인 RNA 바이러스다. 이처럼 바이러스는 RNA 및 DNA 바이러스로 되어 있는 것이 자연스럽고 과학적 시각에도 맞다. 박테리오파지도 바이러스다. 따라서 이론적으로는 RNA 박테리오파지 및 DNA 박테리오파지가 존재해야 한다. 물론 RNA 박테리오파지도 발견된 바는 있다. 하지만 레비비리데(Leviviridae) 및 싸이토비리데(Cytoviridae)와 같이 지금까지 발견된 RNA 박테리오파지는 매우 드물다. 거의 없다고 할 정도다. 모두 어디로 갔을까?

인트론바이오는 RNA 박테리오파지가 바이러스로 진화한 것이 아닐까 추측한다. 이에 대한 가정 및 설명은 『박테리오파지 I』에 설명해 두었다. 읽어보면 이해할 것이다. 인트론바이오가 가정하고 있는 것을 지금 당장 증명하려는 것은 아니다. '바이러스는 박테리오파지로부터 진화한 것이다'라고 그저 가정해 보자는 것이다. RNA 박테리오파지를 거의 찾을 수 없으니까. 설명이 어렵고, 이해도 되지 않으니까. RNA 박테리오파지는 도대체 어디로 간 것일까?

박테리오파지가 RNA 바이러스로 변신했다. 박테리오파지로부터 바이러스가 진화했다. 그냥 이렇게 심플하게 생각해 보자. 이렇게 가정하고 나니 이해가 좀 된다. 그럴 듯하다. 공교롭게도 병원성을 보이는 대부분의 바이러스는 DNA보다는 RNA 바이러스인 경우가 많다. 이것이 박테리오파지 진화의 흔적일 수 있다고

『박테리오파지 I』에서 설명해 두었다. 그렇다면 박테리오파지와 RNA 바이러스의 유전체를 분석해 보면 유사성이 있지 않을까? 흔적이 남아있지 않을까? 당연한 추론이자 궁금증이다. 모든 연구 개발의 출발은 호기심에서 출발한다. 물론 유전체가 유사하다고 이것이 진화의 흔적이라고 단정할 수는 없지만 그럼에도 불구하고 궁금하였다. 뭔가 퍼즐을 맞춰나가는 하나의 조각으로 사용할 수 있지 않을까 생각했다.

인트론바이오는 COVID-19의 팬데믹이 전 세계적으로 일어나고 있을 즈음인 2020년 중반, COVID-19의 원인체인 SARS-CoV-2 바이러스와 유사한 유전체 서열이 박테리오파지에도 존재하는지 확인해 보기로 하였다. 흔적이 있지 않을까 한 것이다. 분석에 앞서 문헌 조사를 통해 첫 번째로 SARS-CoV-2 및 구조 단백질들의 특징을 정리하였고, 두 번째 단계로 SARS-CoV-2의 전체 ORFs[46]에 대한 아미노산 서열을 추출한 다음, 마지막으로 유전체 서열이 확보된 회사가 보유하고 있는 박테리오파지들과 BLAST[47] 분석을 통해 SARS-CoV-2 호모로그를 클러스터링

---

46 Open reading frame 열린 해독틀
47 Basic Local Alignment Search Tool 미국 국립생물정보센터 상동성 분석

(Clustering)하는 단계로 수행하였다. 쉽게 설명하면, 코로나 바이러스의 유전체 구조를 분석한 후에 단백질로 발현되는 주요 아미노산 서열만을 대상으로 회사가 보유한 박테리오파지 유전체들과 유사한 정도를 비교 및 분류하는 과정을 거친 것이다.

바이오 연구를 설명하는 데 참으로 어려움 많다. 모두가 영어인 데다가 전문적인 학문 용어이기에 그대로 옮기기도 어렵고, 이를 풀어서 하나하나 설명하자니 이 또한 그 뜻이 제대로 전달되지 않는다. 이러한 유전체 분석 과정은 매우 힘들고 지난한 과정이다. 코로나 바이러스의 유전체를 하나하나 분석하는 것도 어렵고, 이를 위해서는 전문적인 지식 또한 필요하다. 게다가 회사가 보유한 수백여 종의 박테리오파지들에 대한 유전체와 하나씩 비교 분석하는 일은 말 그대로 '노가다'일 것 같지만 또 아무나 수행할 수 있는 일은 아니다. 연구는 내공이 필요하다. 10명으로 1년에 끝내는 것이 아니라 1명으로 10년을 바라보는 것이 바이오 연구라 생각한다.

먼저 SARS-CoV-2의 스트럭츄럴 프로틴[48]에 관한 분석이다. SARS-CoV-2의 외피는 크게 S 프로틴[49], E 프로틴[50], M 글라이코프로틴[51], N 포스포프로틴[52]의 4가지 구조 단백질로 구성되어 있다. 즉, 'SEMN'이다. 유전체 서열 크기는 29,903bp[53]로, 30kb[54]가 좀 안되며, 유전체 내 ORFs는 스트럭츄럴 프로틴 외에 16개의 넌-스트럭츄럴 프로틴[55]과 더불어, 9개의 액세서리 프로틴[56]들로 이루어져 있다. 간단히 쉽게 요약하면, 코로나 바이러스는 약 30kb 정도 되는 크기의 바이러스이다. 그리고, S, E, M, N이라 불리는 4개의 구조 단백질과 16개의 비-구조 단백질, 그리고 9개의 액세서리 단백질로 되어 있다는 정도만 기억하자. 30-4(SEMN)-16-9.

---

48 Structural protein 구조 단백질
49 Spike protein 스파이크 단백질
50 Envelope protein 엔벨롭 단백질
51 Membrane glycoprotein 막 당단백질
52 Nucleocapsid phosphoprotein 뉴클레오캡시드 인단백질
53 Base pair 염기쌍
54 Kilo base-pairs 킬로 염기쌍
55 Non-structural protein 비구조 단백질
56 Accessary protein 비필수 단백질

코로나 바이러스의 스트럭츄럴 프로틴 중에서 S 프로틴은 사람이 갖고 있는 '리셉터'라는 수용체와 상호작용을 하며, 특히 감염 인간 세포의 셀룰러 리셉터와 상호작용하여 초기 감염 유도에 핵심적인 역할을 하게 된다. 코로나 바이러스의 리셉터는 ACE-2로 알려졌는데, 이는 과거 유사한 코로나 계열의 바이러스라 할 수 있는 사스(SARS) 바이러스와 같은 리셉터이며, 또 하나의 코로나 계열 바이러스였던 메르스(MERS) 바이러스의 DPP[57]-4라는 리셉터와는 다른 것이다. 간단히 쉽게 설명하면, 코로나 바이러스가 사람에 감염할 때 S 단백질이라는 놈이 주요 기능을 하는 것이고, 사람의 ACE-2라는 수용체가 있을 때 체내로 감염되어 큰 문제를 일으킨다는 것으로 이해하면 되겠다. 더 쉽게 설명하면, 코로나 바이러스의 S 단백질이 없거나 사람에게 ACE-2라는 수용체가 없으면, 아무리 강한 코로나 바이러스에 노출되더라도 사람은 코로나 바이러스에 감염되지 않는다. 지난 코로나 팬데믹 시기에 똑같이 코로나 감염 환경에 있었더라도 코로나에 걸리지 않는 사람이 있었다면, 이 사람에게는 ACE-2라는 수용체의 수가 매우 적었을 수도 있다.

---

57 Dipeptidyl peptidase 다이펩티딜 펩티데이즈

코로나 바이러스에 대한 분석 자료를 더 설명하겠다. SARS-CoV-2의 S 프로틴은 SARS 바이러스의 S 프로틴과 대략 75% 수준으로 낮은 아미노산 서열 유사도를 갖는다. 그런데 S 프로틴의 RBD[58] 서열 부분은 매우 유사한 서열이다. 이 때문에 동일한 리셉터인 ACE-2를 인식한다고 알려져 있다. 즉 COVID-19와 SARS는 사람에 존재하는 유사한 ACE-2라는 수용체로 감염된다. 다만 결합력은 SARS가 COVID-19에 비해서 약 10~20배 정도 높은 것으로 보고된 바 있다. 이는 SARS에 감염되었던 사람은 COVID-19에 감염될 확률이 높다는 것이다. 왜냐고? 사람은 ACE-2라는 리셉터를 갖고 있으며 이는 COVID-19나 SARS 바이러스의 S 프로틴과 결합하는 부위이기 때문이다. 여기까지 한 번 더 쉽게 정리한다. 당신의 몸에 ACE-2라는 수용체가 없으면 COVID-19과 SARS와 같은 코로나 계열의 바이러스가 S라는 바늘로 찌르더라도 감염되지 않는다. 찔리더라도 시름시름 앓는 일은 없다는 것이다.

이제부터는 추가 분석 내용이다. 후속 분석을 위해 유전체 데이터베이스로부터 SARS-CoV-2의 전체 ORFs에 대한 아미노산

---

58   Receptor binding domain. RBD 수용체 결합부위

서열을 추출하여 확보하였다. 그리고 유전체 서열이 확보된 회사가 갖고 있는 박테리오파지 유전체를 대상으로 애노테이션 분석 (Annotation analysis)을 통해 어떠한 유전자들로 구성되어 있는지를 파악하였다. 박테리오파지에 대한 ORFs 개수를 파악한 것으로, 실로 엄청난 양의 자료인 것이다. 아무나 할 수 없는 일이었다. 어찌 보면 무식한 일이다. 가정이 정설이 되는 길에는 이런 무식함도 한몫을 한다. 무식하면 용감해지니까.

인트론바이오는 수백여 종의 박테리오파지를 보유하고 있고, 이 중에서 유전체를 확보하고 애노테이션 분석을 완료한 박테리오파지들만을 대상으로 SARS-CoV-2와 유사체 분석을 실시하였다. 쉽지 않은 일이다. 분석을 통해 박테리오파지 유전체 내 SARS-CoV-2 유사체가 발견된 경우에, 기 분석된 박테리오파지 애노테이션 결과로 도출된 ORF 서열과 매치되는지 여부와 ORF의 기능을 함께 확인하였다. 상세 설명은 지양하겠다. 아무튼 엄청난 수고가 뒤따랐다는 것만 밝혀둔다.

분석 결과를 요약하면, 회사가 갖고 있는 박테리오파지 중에서 SARS-CoV-2와 유사체가 발견된 박테리오파지가 생각 이상으로 많았다. '총 21종'이 확인되었다. 해당 호모로그의 기능별 빈도를 살펴보면, 넌-스트럭츄럴 프로틴이 14종, S 프로틴 서열 부위가 6종, N 프로틴 서열 부위가 2종, M 프로틴 서열 부위가 1종이었으며, 기타 액세서리 서열 부위가 6종으로 비교적 높은 빈도로 나타나고 있음을 확인하였다. 쉽게 말해서, 21종의 박테리오파지가 COVID-19의 흔적이 있다는 것이다. 재미있다.

한 번 더 확인이 필요했다. COVID-19 외에 또 다른 바이러스의 유전체를 분석하여 인트론바이오가 갖고 있는 박테리오파지들과 비교해 볼 필요가 있었다. 과연 또 다른 흔적을 발견할 수 있을까. 이때 선택한 바이러스가 바로 G4 바이러스다. 향후 팬데믹을 가져올 인플루엔자 바이러스 중에서 가장 근거리에 있다고 생각했기 때문이다. 돼지 바이러스지만 사람과 조류 바이러스가 함께 재조합되어 사람에게 감염이 확인되었고 끝내 사람을 사망으로 이끈 첫 번째 바이러스이며, 또 다른 유사한 경우를 대비해서라도 한번쯤 분석이 필요해 보였다. 다행히 COVID-19과 비교 분석을 통해 확보 및 구축된 일종의 바이러스 호모로그 분석법은 또 다른 바이러스와 비교 시 여러 면에서 시간과 노력을 줄여주었다.

G4 바이러스를 보다 명확히 표현하면, '지노타입 G4 유라시안

에이비언-라이크 H1N1 인플루엔자 A 바이러스[59]'이며, 또 다른 팬데믹 바이러스의 강력한 후보이기도 하다. 우선, G4 바이러스의 유전체 서열을 대상으로 구축된 바이오인포매틱스 분석[60]을 통해 박테리오파지 유전체 내 G4 바이러스와의 호모로그 분석을 실시하였다. 그리고 후속 분석을 위해 NCBI 데이터베이스로부터 G4 바이러스의 전체 ORFs에 대한 아미노산 서열을 추출하여 확보하였다. 2022년 6월 PNAS에 보고된 논문에서 분류된 G4 바이러스는 총 29개의 스트레인(Strain)인데, 상호 비교해본 결과 29개 스트레인들 간에 큰 서열 차이가 없었다. 이에 하나의 스트레인만을 선택하여 해당 유전체 서열을 기준으로 ORFs 아미노산 서열을 분석하였다. 이는 G4 바이러스 호모로그는 인하우스 블라스트 분석[61]을 통해 실시하였다 (쿼리[62]: G4 바이러스의 전체 ORFs, 서브젝트[63]: 박테리오파지의 유전체 서열). 이때 서브젝트 서열은 페어와이즈[64](최소 1개) 또는 멀티플[65](최소 5~10개 이상)로 설정 및 입력하여 수행하였다.

59   Genotype G4 Eurasian Avian-like H1N1 Influenza A virus. G4 EA H1N1 IAV
60   Bioinformatics analysis 생물정보학 분석
61   in house BLAST (tBLASTn algorithm) analysis 인하우스 블라스트 분석
62   Query 쿼리 분석
63   Subject 서브젝트 분석
64   Pairwise 페이웨이즈 분석
65   Multiple 멀티플 변수

분석 결과를 요약하면 회사의 박테리오파지 중에 G4 바이러스와 유사한 호모로그를 가진 박테리오파지는 '총 15종'임이 확인되었다. 해당 호모로그의 빈도를 살펴보면 폴리머레이즈[66] 구성 단백질이 10종, 누클레오캡시드 단백질이 5종, 헤마글루티닌 단백질이 2종이며, 기타 액세서리 단백질이 3종으로, 폴리머레이즈 계열의 서열이 높은 빈도로 존재하였다. 재미있는 것은 인트론바이오가 갖고 있는 박테리오파지들 중에서 장염비브리오균에 감염능을 보이는 박테리오파지에서 유독 G4 바이러스와 유사한 유전체가 높은 빈도로 나타났다는 것이다. 또한 돼지 호흡기 질환의 원인균으로 알려진 세균들에 감염하는 박테리오파지들에서도 G4 바이러스의 유전체가 높은 빈도로 나타났다는 것은, 향후 여러 R&BD의 방향성을 생각할 때 매우 흥미로운 결과였다.

앞서의 COVID-19과 G4 바이러스 분석 결과를 살펴볼 때, 박테리오파지와의 유전체와 이들 바이러스들 간에는 어느 정도 높은 수준에서 유사성을 갖는 유전체들이 엿보였다. 이것이 도대체 무엇을 의미할까? 그저 결과일 뿐일까? 자연에 답이 없는 경우는 없다. 아직 모르고 이해할 수 없을 뿐이다. 분명히 무엇인가를 말

---

66 Polymerase 중합효소

하고 있다. 알아내는 데 시간과 노력이 걸릴 뿐이다. 찾아낼 것이다. 언젠가는. 어쨌든 박테리오파지로부터 바이러스가 진화한 것이라는 가정. 이러한 가정 하에 출발한 박테리오파지와 바이러스들 간의 유전체 분석으로 상당히 재밌는 결과를 얻었다. 아직까지 가정이 옳다 아니다를 판단할 때는 아니다. 그리고 그 수단과 방법 또한 맞느냐를 논할 단계도 아니다. 다만 뭔가 관계를 명확히 설명할 수는 없더라도 전혀 무관한 존재라고 치부할 수는 없다.

박테리오파지와 바이러스. 분명 어떤 연관성을 갖고 두 종의 바이러스들이 생존하기 위해 진화를 거듭하고 있다는 것은 분명하다. 그 중심에는 사람(=동물)이라는 매개체이자 먹이가 있다. 이를 대상으로 끝없이 위협하고 또한 생존하고 있다. 언제까지 함께 생존할까. 과거보다 긴 미래. 인트론바이오에게 주어진 숙제다. 파지러스® 플랫폼 기술에 기반한 신약개발은 이미 출발하였다. 그 종착역을 향해서 차분하게 나아가고 있다. 분명한 목표를 향해서 뚜벅뚜벅 발걸음을 옮기고 있다. 언제까지 지속될까. 과거보다 긴 미래. 인트론바이오가 만들어 가고 있으며, 반드시 만들 것이라 확신한다. 조각이 하나씩 맞춰지고 있다. 완성된 전체 모습은 무엇일까? 기대가 크다. 과거보다 긴 미래. 그것을 희망이라고 부르고 싶다. 박테리오파지에서 바이러스 엿보기 it is iNtRON.

인트론바이오는 박테리오파지를 통해서
바이러스를 무력화시킬 수 있는
인플루엔자 관련 범용백신을 개발해 낼 것이다.
완성될 경우 매년 독감백신을 맞지 않아도 된다.
그리고 인플루엔자 팬데믹에도
발 빠르게 대처할 수 있다. 기대와 환희.

──── 여보, 독감백신을 올해도 또?

여보, 독감백신을 올해도 또?

"여보, 올해도 독감백신을 또 맞으러 가야 해?"
"아빠, 난 독감백신을 맞고 싶지 않아."
"윤 사장, 독감백신은 매년 맞아야 하나?"

모두가 같은 질문이고, 답은 당연히 "Yes"다. 더욱 엄밀히 말한다면 "그 방법 외에는 아직 없다"고 할 수 있다. 독감백신, 계절성 인플루엔자 백신, 플루백신, 여러 말로 불리지만 모두 동일한 의미다. 우선 앞에서 인플루엔자에 대해서 간단히 설명하였지만 여기서 좀 더 상세히 얘기해 보겠다.

인플루엔자 바이러스는 유전학적 특징에 따라 A, B, C, D의 네 가지 형태로 분류되며, 이 중 인간에 감염능이 있는 것은 A, B, C의 세 가지 형태로 알려져 있다. 인플루엔자 A 또는 B 형태에 비해서, C와 D는 상대적으로 중요도가 낮은 이유로 연구가 많이 진행되어 있지 않다. 이에 일반적으로 독감(=플루=Flu)이라고 하면, 학문적으로는 각각 IAV 및 IBV로 표기되는 인플루엔자 A형 또는 B형을 의미한다.

  이러한 IAV 및 IBV는 막단백질의 항원 특성에 따라서, 보다 세분화된 아형들로 분류한다. IAV의 경우, H 및 N의 항원 유형 및 이들의 조합에 따라 다양한 아형들로 구분된다. H는 18종의 항원 유형, N은 11종의 항원 유형이 현재까지 보고되어 있다. 그에 비해 IBV는 H의 항원 특성에 따라 빅토리아 리니지[67] 및 야마가타 리니지[68]의 두 종류의 아형으로만 구분된다. 이러한 차이는 IAV가 IBV에 비해서 돌연변이율이 2~3배 정도 높게 나타남은 물론, 사람·돼지·말·박쥐·조류 등에 걸쳐 폭넓게 감염하는 특성으로 나타난다. 이에 반해 IBV는 비교적 변이가 적기 때문에 덜 유행하는 특성이 있고, 또한 사람이나 물개 등 상대적으로 감염하는 대상 또한 IAV에 비해 상대적으로 적다.

---

67 Victoria lineage 빅토리아 계
68 Yamagata lineage 야마카타 계

특히 RNA 바이러스의 특성을 고스란히 가지고 있는 IAV는 돌연변이가 높은 비율로 나타나는데, H 항원 혹은 N 항원이 동일하더라도 에피토프[69]의 핵심 서열들의 변이가 일어나기도 한다. 이 때문에 특정 아형의 스트레인에 대한 면역이 형성되었다 하더라도 다른 스트레인에 대해서는 면역 효과가 현저히 떨어질 수 있다. 이러한 특성으로 인해서 아직까지 모든 아형에 효과적인 백신은 부재한 상황이다. 이에 따라 1973년부터 WHO 산하 GISRS[70]에서는 IAV의 H1N1, H3N2 아형과 IBV의 두 아형들에 대하여 북반구 및 남반구에서 각기 당해 연도 겨울에 유행할 스트레인에 대한 예측을 실시하고 이를 효과적으로 예방하기 위한 백신 조성을 발표하고 있다.

쉽게 설명하면, 독감 바이러스는 크게 A와 B형으로 나뉘는데, A형은 변이가 잘 일어나고, B형은 변이가 상대적으로 적다. 이에 WHO에서는 A형에서 몇 종을 고르고 B형의 두 가지 모든 아형을 넣어서 매년 북반구 및 남반구에서 유행할 백신의 조합을 발표하게 되며, 이를 토대로 각 국가의 백신 회사들이 독감백신을 출시

---

69 Epitope 항원결정기
70 Global Influenza Surveillance and Response System 글로벌 인플루엔자 감시 및 대응 시스템

하는 것이다. GISRS가 그 역할을 담당하는데, 100여 개가 넘는 국가의 인플루엔자 관련 정책 기관들이 가입되어 있다. 그야말로 전문가 집단으로, 이것이 독감백신을 맞아야 하는 이유이기도 하다. 전 세계에서 인플루엔자 관련 전문가라고 할 수 있는 수많은 과학자와 의사 등이 참여해 그해에 가장 좋은 백신의 조합을 선정하여 생산하도록 하는 것이다.

간혹 전문가 또한 믿지 못하는 사람들이 있는데 그것은 과학을 거부하는 것이다. 과학을 거부하면 무엇을 믿을 것인가. 샤머니즘? 아니면 자연치료법? 인간은 자연에 비해 턱없이 부족한 존재이니 '믿음'이란 차원에서는 뭐라 하고 싶지 않다. 하지만 그럼에도 과학을 믿는 것이 현대를 살아가는 인간과 미물의 구분점이지 않을까 한다. 게다가 과학은 자연의 섭리를 밝혀나가는 것이다. 과학을 믿자. 백신 접종을 하자. 이것이 자연스럽다. 어쨌든 각 국가에서는 GISRS의 권고 사항을 배경으로 계절성 인플루엔자 백신(독감백신)을 제작하여 접종을 시행하고 있다. 이러한 독감백신들은 크게 주사 형태로 접종되는 '불활성화 인플루엔자 백신[71]'과 코에

---

71 Inactivated influenza vaccine(IIV) 불활화 사백신

직접 스프레이 형태로 분무하는 '약독화 인플루엔자 백신[72]'의 두 종류로 접종되고 있다. 국내에서는 주사제 형태인 IIV가 주로 접종되고 있다.

이제 '불활성화 인플루엔자 백신(IIV)'과 '약독화 인플루엔자 백신(LAIV)'에 대해서 간략히 설명해 보겠다. 현대를 살아가려면 백신 접종과는 떼려야 뗄 수 없는 사이가 될 테니 대략적인 차이 정도는 알 필요가 있지 않을까.

첫 번째로, 먼저 IIV는 인플루엔자 바이러스를 특정 약품 혹은 열처리하여 바이러스의 활성을 없앤 백신이라고 할 수 있다. 세부적인 생산 방식에 따라 ① 지금은 안정성 문제로 거의 이용되지 않지만 불활성화된 바이러스를 통째로 활용하는 WIV백신[73], ② 불활성화된 바이러스의 지질을 용해시키는 다이에틸 에테르 또는 계면활성제 등을 처리하여 바이러스를 조각내는 방식으로 생산되는 스플릿 백신(Split vaccine), ③ 추가적인 정제를 통해 HA 및 NA 항

---

72 Live attenuated influenza vaccine(LAIV) 약독화 생백신
73 Whole inactivated virus vaccine 전 불활화 백신

원 부위만을 포함한 서브유닛 백신[74]으로 나눌 수 있다. 최근에는 리포솜 표면에 서브유닛 항원을 표지시킨 제형 형태의 백신 또한 활용되고 있다.

두 번째로, LAIV는 체내에서 증식하지 못하도록 약독화된 바이러스를 사용하는 것이다. 주사에 내해 민감하게 반응하는 소아 혹은 노인 연령층이나 기타 기존 주사제형에 비호감을 나타내는 사람들을 위해서 특수한 목적으로 개발된 백신이라 할 수 있다. 주로 코(비강)에 스프레이로 투여하는 형태의 백신이다. IIV와 달리 LAIV는 실제 바이러스가 인체에 감염하는 주요 경로인 비강을 통해 주입된다. 이에 점막 면역 반응을 유도하여 통상의 IIV에 비해 면역력이 장기간 지속되는 특징을 가지고 있다. 살아있는 인플루엔자 바이러스를 사용하기 때문에 백신으로 주사된 인플루엔자 바이러스 자체가 몸에서 증식하는 문제를 우려하는 경우도 있지만 걱정은 접어도 된다. 이 또한 과학이다. LAIV에는 계대 배양을 통해 선별된, 사람의 체온보다 낮은 온도에서만 증식할 수 있는 바이러스만을 사용하며, 그로 인해 비강 점막을 통해 들어온 바이러스는 면역 반응만 유도할 뿐 자체적으로는 증식하지 못하고 사

74 Subunit vaccine 구성단위 백신

멸하는 특징을 가지고 있다.

앞서 얘기한 것처럼 인플루엔자 백신은 크게 IIV 혹은 LAIV 백신이 주로 사용되고 있다. 다만 비용에서 유리하고 그 생산 방법이 용이한 면이 있는 IIV가 주로 사용되고 있다. 특히 LAIV는 약독화된 바이러스주를 확보하기 위해 장기간의 계대 배양이 필요하다는 점과, 체내 감염된 바이러스가 돌연변이를 통해 독성을 재획득할 가능성이 있어 IIV에 비해 상대적으로 많이 활용되고 있진 않다. 이에 대부분 국가에서는 IIV를 주된 독감백신으로 접종하고 있다.

하지만 이러한 독감백신들에 근본적인 문제가 있다. 현재 활용되고 있는 독감백신들은 대체로 면역원성이 장기간 지속되지 않을 뿐만 아니라 매년 유행하는 인플루엔자 바이러스의 스트레인 또한 변화하기 때문에 매해 새로 접종해야 한다는 한계점이 존재한다. 앞서 설명한 바와 같이 인플루엔자 바이러스는 일반적으로 표면 항원의 변이율이 높기 때문에 해마다 다른 형태의 변종이 빈번하게 발생하고 있다. 이에 선제적인 방어의 수단으로 활용될 수 있는 장기적이고 효과적인 백신 개발이 쉽지 않은 상황이다.

독감백신은 약 1940년대부터 개발이 시작되었으며, 현재 독감 예방에 있어 가장 핵심적인 역할을 하고 있는 것은 부인하기 어렵다. 하지만 최근 진단 기술의 발전으로 인해 실제 독감백신의 효과가 그리 크지 않음이 밝혀지고 있다. 실례로 혈중 바이러스의 탐지 기술의 미비로 인해 감염 후 항체 생성 여부만 측정했던 1970년대까지는 독감백신이 약 70~90%의 인플루엔자 예방 효과가 있는 것으로 보고되었다. 하지만 리얼-타임 PCR을 이용하여 바이러스를 정량화할 수 있게 된 1990년 이후부터는 독감백신의 예방 효과가 약 10~60% 수준으로 보고되고 있다. 다소 충격적인 결과다. 그럼에도 앞에서 언급했듯이 지금은 다른 정답이 없으며, 접종하는 것이 옳다고 말한 것이다.

독감백신의 효과가 실제 기대치보다 떨어지는 이유는 무엇일까? 백신 기술 자체의 문제라기보다는 앞서 설명처럼 인플루엔자 바이러스의 특성에 기인한다고 보는 것이 더 합리적이다. 인플루엔자의 항원에서 돌연변이가 활발히 일어나고, 유전체가 매우 세분화된 조각으로 구성되어 있기 때문에 이러한 조각들 사이에 서로 간 재조합이 빈번하고, 이로 인해 항원성에 큰 변화를 가져오는 것이다. 이러한 돌연변이를 기존 백신 기술만으로 효과적으로 대처하기에는 어려움이 분명히 있다.

여기에 최근 또 다른 원인으로 지목되는 것이 지속적으로 밝혀지고 있다. 현재의 독감백신에 사용되는 바이러스는 대부분 달걀을 이용해 배양되고 있다. 그런데 달걀 속에서 배양 중 발생하는 돌연변이에 의해서 독감백신의 효과가 떨어질 수 있음이 2014년 보고되기도 했다. 또한 현재 독감백신 후보 선정은 백신 후보 바이러스를 페럿에 정맥 투여한 다음 혈청을 확보하고, 전년도 9월부터 당해 연도 1월 사이에 유행하였던 독감 감염 환자로부터 유래한 독감 바이러스와 H 항원 저해시험법을 통해 후보 바이러스를 스크리닝하는 과정으로 이루어진다. 문제는 페럿과 사람의 면역 체계가 완벽히 같지 않으므로 이로 인해 부적절한 후보가 선정될 수 있다는 가능성도 제기되었다. 아울러 사람이 생애 처음으로 인플루엔자 혹은 유사한 바이러스에 노출되어 항체를 생성하는 장기기억 B 세포(Long-lived memory B cell)가 만들어지게 되면, 그 이후 새로운 감염에 반응할 수 있는 B 세포들이 상대적으로 적게 생성된다. 때문에 기존의 독감 바이러스와 다른 종류의 새로운 독감 바이러스에 감염되었을 때 면역 반응이 떨어지게 될 수 있다는 보고 역시 있었다.

지금까지 여러 가지 예를 들어서 기존 인플루엔자 백신의 유용성 또는 그 한계성 등에 대해서 설명하였다. 이러한 내용을 정리해보면 사람들의 반응은 당연히 두 가지로 나뉘게 된다. 유용하지도 않은데 독감백신을 왜 접종하냐는 사람과 그럼에도 불구하고 독감백신을 접종하여 얻을 수 있는 효과가 있다고 판단하는 사람들로 나뉘는 것이다. 당연히 과학적으로 후자에 동의한다. 사람은 죽는다. 그렇다고 살아가야 할 이유가 없는 것은 아니다. 독감백신을 접종할 때 가실 수 있는 효과가 부정적인 시각보다 훨씬 우위에 있다. 이것이 과학이고, 우리가 과학을 믿어야 하는 이유다.

어쨌든 기존 인플루엔자 백신은 효과 면에서 보다 개선되어야 할 필요가 있다. 문제가 아니라 채워나가면 되는 것이다. 여러 백신 회사 및 바이오 기업들이 단점을 채워나가고자 노력하고 있다. 인트론바이오 또한 관련 부분에 대해 큰 관심을 갖고 투자하고 있기에 간략하게라도 일부 소개하겠다. 여러 가지 인플루엔자 바이러스에 효과적으로 작용하고 비교적 오랜 기간 백신 효과를 유지할 수 있는 일종의 범용백신(Universal vaccine)개발의 필요성이 크게 대두되고 있다. 이를 구현할 수 있는 몇 가지 방법들이 있다.

첫 번째로, 백신 항원 자체를 새롭게 결정하는 것이다. 독감백신의 주요 타깃 부위로는 크게 ① 바이러스의 구조 단백질 중 컨저브드[75] 부위를 잡는 것과 ② 바이러스 입자 자체의 컨저브드 부위를 적용하는 것이다. 쉽게 말해서, 인플루엔자 안쪽에 있는 단백질 부위 혹은 껍데기 쪽 단백질을 항원으로 활용하는 것이다. ①의 예로는 HA(=H)의 스톡 도메인을 활용하는 방안, HA의 헤드 도메인 쪽의 에피토프를 활용하는 방안, NA(=N)의 효소 활성 부위를 활용하는 방안, M2의 엑토도메인(M2e)을 활용하는 방안 등이 시도되고 있다. ②의 예로는 N 프로틴 및 M1 프로틴의 컨저브드 펩타이드 등을 활용하기도 한다. 더불어 최근 개발 동향을 살펴볼 때 특정 단일 항원만을 활용하기보다는 여러 항원을 키메라(Chimera) 형태로 제작하여 개발하는 시도들도 다수 있다.

두 번째로, 사람의 면역 시스템과의 시너지 효과를 나타낼 수 있도록 어쥬번트[76] 혹은 캐리어[77]를 적극 활용하는 방안이다. 이상적인 독감백신은 효과적으로 인플루엔자 바이러스의 제거와 더불어 장기적인 면역력, 그리고 재감염 예방을 위해 B 세포, CD8 T 세포 그리고 CD4 T 세포 등의 다양한 면역 시스템을 자극할 수 있

---

75 Conserved 보존된
76 Adjuvant 면역증강제
77 Carrier 전달체

어야 한다. 하지만 지금까지의 바이러스 부분 입자 또는 펩타이드 기반의 독감백신들은 항원이 상대적으로 작아서 낮은 면역원성 등으로 인해 백신 효과가 크지 않다는 한계가 있었다. 이에 미네랄 오일(Mineral oil), 만나이드 모노올리에이트계(Mannide monooleate family) 등의 어쥬번트를 사용하거나, 살모넬라 세균의 플라젤라(Flagella) 등을 캐리어로 사용하는 방안도 시도되고 있다.

세 번째로, 유전자 재조합 및 세포 배양을 통한 전통적인 항원 제조법을 변경하고자 하는 시도 또한 이뤄지고 있다. 현재까지 인플루엔자 백신을 생산하는 주된 방식은 달걀을 이용하는 것인데, 여기에 여러 가지 문제점이 제기되고 있다. 배양 과정 중에 백신 후보인 인플루엔자 바이러스 자체의 돌연변이로 인해 백신 효과의 감소가 일어나기도 한다. 백신을 만들 수 있는 등급의 달걀 수급에 문제가 발생하기도 하며, 달걀 알레르기가 있는 사람에 대한 백신 접종에도 한계가 있다. 이러한 이유 등으로 범용 독감백신으로 다양한 항원 유전자 재조합 기술을 통해 유효 항원을 확보함과 동시에 대상 항원에 대해 빠르고 안정적으로 대량 제조가 가능한 발현 숙주 시스템을 확립하는 쪽으로 방향 전환을 시도하고 있다. 즉 최근에는 전통적인 IIV 및 LAIV 형태의 백신이 아닌 새로운 플랫폼 재조합 백신을 활용하는 쪽으로 개발이 진행되고 있다. COVID-19 개발에 사용되었던 mRNA 백신 및 아데노바이러스 벡터[78]를 이용한 백신 기술이 대표적이다. 이외에도 리컴비넌트 서브유닛 백신[79], 신테틱 펩타이드 백신[80], 바이러스 라이크 파티클 백신[81] 등 다양한 형태들의 백신 플랫폼 기술들이 개발되고 있다.

이처럼 전 세계 주요 국가에서는 향후 인플루엔자 팬데믹을 대비하여 새롭고 다양한 백신 플랫폼 기술 개발에 전력을 다하고 있다. 나아가 인플루엔자 바이러스 자체 컨저브드 항원을 탑재한 형태의 다양한 백신 후보 물질을 개발하는 데 범정부 차원의 연구개발 투자는 물론, 관련 지원이 이뤄지고 있다. 하지만 국내의 경우, 아니나 다를까 역시 관심과 투자에서 밀려나 있다. 기업의 문제이냐, 정부의 문제이냐는 아니다. 코로나 때 정부는 백신 개발의 중요성을 충분히 인지하였고, 정책적 집행 또한 꽤나 이뤄진 것으로 알고 있다. 하지만 결국 국내에서 자체적인 코로나 백신 개발은 성공하지 못했다.

---

78 Adenovirus vector vaccine 아데노바이러스 벡터 백신
79 Recombinant subunit vaccine 재조합 서브유닛 백신
80 Synthetic peptide 합성 펩타이드
81 Virus like particle(VLP) 바이러스 유사 입자

문제는 기술경쟁력이다. 국내 백신 시장의 규모가 작은 것이 문제가 아니라 해외에 수출할 수 있는, 해외 경쟁력을 가지는 백신 기술의 유무라고 생각한다. 즉 경쟁력을 갖춘 독창적인 백신 기술력을 확보하고 있느냐 아니냐의 문제로 봐야지, 정부의 책임이냐 기업의 책임이냐의 문제로 볼 것은 아니다. 독창적인 백신 기술경쟁력. 말이 쉽지, 결코 쉽지 않은 길이다. 왜냐고? 백신 R&BD의 방향성, 즉 자체적으로, 독자적으로 추구해야 할 핵심 방향성이 필요하기 때문이다. 모든 R&BD에는 그 방향성이 중요하다. 무엇을 방향으로 삼아야 하는지 그것을 정하기가 어려운 것이다. 커서 뭐가 될래? 어린아이에게 가장 중요한 질문이지만 그것을 답하기 쉽지 않은 것과 같다. 방향을 알기만 하면 그때부터는 시간과 노력을 들이면 되는 것이다.

인트론바이오는 박테리오파지를 통해서 바이러스를 무력화하고자 한다. 이는 '박테리오파지는 세균을 죽이는 바이러스'라는 명제에서 새로운 개념을 도입한 것이다. 인트론바이오는 인플루엔자 관련 범용백신을 개발하고 있다. 경우에 따라서는 인플루엔자에 걸린 후 치료할 수 있는 신약으로 개발될 수도 있다. 어쨌든 첫 시도는 범용백신 개발이다. 완성될 경우 매년 독감백신을 맞지 않아도 된다. 평생 한 번만 맞아도 될지 모른다. 그러면 돈이 안 되려나? 3~4년에 한 번, 5~6년에 한 번이면 어떤가? 달걀이 필요 없다. 달걀에 알레르기를 갖고 있어도 하등의 문제가 없다. 생산성이 높다. 이에 저개발국가에서도 문제없이 접종할 수 있다. 인플루엔자 팬데믹에 발 빠르게 대처할 수 있다. 지금까지의 백신 기술과는 사뭇 그 컨셉이 다르다. 신약으로 개발할 수도 있다. 단순히 백신에만 머무르지 않는다. 인플루엔자에만 머무르지 않는다. 사람에만 머무르지 않는다. 사람이나 동물 모두가 바이러스의 먹잇감이고 대상이다. 함께 대처해야 한다.

사랑하는 아내와 아이들이 싫다고 한다. 박테리오파지로 바이러스를 무력화할 것이다. 파지러스® 플랫폼 기술로. 아직은 가설이지 않냐고들 한다. 하지만 모든 정설은 가설에서 출발한다. 그리고 이를 증명하는 일은 데이터에 기초한다. 인트론바이오는 하나씩 그 퍼즐의 조각을 모으고 있다. 여보, 독감백신을 올해도 또? it is iNtRON.

인트론바이오는 넓은 숙주 감염 범위를 가질 수 있도록
박테리오파지를 제작 및 개량하여
새로운 '로봇 파지'를 개발했다.
이 기술을 현재 CRC와 연관된 마이크로바이옴에
우선 접목하고 있으며,
향후 적용 분야를 확대할 것이다.

━━━━━━━ 로봇 파지, 세균 스펙트럼을 넓히다

로봇 파지,
세균 스펙트럼을 넓히다

앞서 '로봇 파지의 개념을 세우다' 편에서 설명한 바와 같이, 파지리아®와 파지러스® 플랫폼 기술 구축에서 중요한 것은 박테리오파지를 마음대로 만들어 내는 것이다. 박테리오파지에서의 제네틱 엔지니어링은 여타 엔지니어링과는 다르다. 관련된 기술과 정보가 많이 부족하기 때문에 이에 따라 하나씩 하나씩 점검하면서 회사 상황에 맞는, 그리고 연구 목적에 맞는 방법을 새롭게 구축해 나가야 한다.

인트론바이오는 로봇 파지의 개념에서 출발하여, 목업-파지, Tg-파지, Ag-파지 등의 원천 플랫폼을 개발할 수 있었다. 앞에서도 설명한 바와 같이, 예를 들어 목업-파지 A, 목업-파지 B,

목업–파지 C, 목업–파지 D, 목업–파지 E 등으로 표현되는 다수의 목업–파지가 개발되어 파지리아® 및 파지러스® 신약개발에 사용될 것이다. 아울러 파지리아® 플랫폼 기술에 기초하여 다수의 Tg^A–파지, Tg^B–파지, Tg^C–파지, Tg^D–파지, Tg^E–파지 등 타깃 유전자가 탑재된 Tg–파지가 개발될 것이다. 또한 Ag^A–파지, Ag^B–파지, Ag^C–파지, Ag^D–파지, Ag^E–파지 등으로 표현되는 다수의 파지러스®와 관련한 Ag–파지 또한 선보이게 될 것이다.

특히 파지리아® 플랫폼 기술 개발에서 세균에 대한 스펙트럼을 넓히는 것 또한 놓쳐서는 안 되는 기술 방향이다. 박테리오파지가 세균을 죽일 때는 아무런 세균이나 막 죽일 수 있는 것이 아니다. 대단히 철저한 소위 '나와바리'가 있다. 자신만의 영역이 있는 것이다. 이를 세균 특이성 또는 숙주 특이성[82] 이라고 한다.

먼저, 세균 명명법을 살펴보자. 'Staphylococcus aureus'라는 황색포도상구균을 예로 든다. 지금은 황색포도상알균이라 한다. 세균을 표기할 때는 이탤릭체를 사용하거나, 밑줄로 표기하는 것이 일반적인 규칙이다. 즉, 'Staphylococcus aureus'라고

82 Host(bacteria) specificity 세균 특이성

하거나 'Staphylococcus aureus'와 같이 표기한다. 여기서 중학교 생물학 시간에 배웠던 종·속·과·목·강·문·계[83] 를 떠올려 보자. 'Staphylococcus'는 속, 지너스에 해당하는 것이며, 'aureus'는 종, 스피시즈에 해당한다. 박테리오파지는 스피시즈-스페시픽[84] 한 특성이 있고, 더 나아가 스트레인-스페시픽[85] 또는 서브스피시즈-스페시픽[86] 을 나타내기도 한다. 쉽게 말해서, 같은 종이라도 박테리오파지에 따라서 죽이기도 하고 죽이지 못하기도 한다. 박테리오파지의 입맛이 참으로 까다로운 것이다.

이러한 박테리오파지의 특성은 어떤 면에서는 장점이고 또 한편으로는 단점이 되기도 한다. 기존 항생제는 무해하든 유해하든 모든 세균을 죽이기 때문에 이것이 결국 수퍼박테리아를 출현케 하는 주요 원인이 되기도 한다. 하지만 박테리오파지를 이용하면 죽이고 싶은 세균만을 죽일 수 있기 때문에 이 경우 숙주 특이성은 장점이 된다. 하지만 박테리오파지로 특정 세균을 없애고자 할 때에는 이러한 박테리오파지의 숙주 특이성은 역으로 단점이 된다.

---

83 Species·Genus·Family·Order·Class·Phylum·Kingdom
84 Species-specific 종 특이성
85 Strain-specific 스트레인 특이성
86 Subspecies-specific 아종 특이성

즉 한 종류의 세균을 죽이기 위해서는 여러 가지 박테리오파지를 섞어서 사용해야 하는 단점이 있을 수 있다. 물론 세균 스펙트럼 (Spectrum)이 넓은 박테리오파지를 갖고 있다면, 1~2종류의 박테리오파지만을 사용하면 되겠지만, 일반적으로 꽤 많은 박테리오파지를 섞어서 사용해야 할 때가 더 많다. 이러한 경우 숙주 특이성은 단점이 된다.

인트론바이오는 박테리오파지에 있어서 단점으로 여길 수 있는 이러한 숙주 특이성을 조정할 필요가 있었다. 또 다른 '제네틱 엔지니어링'의 필요성이 있었던 것이다. 물론 세균에 대해 보다 넓은 스펙트럼을 갖는 박테리오파지를 지속적으로 분리하는 일 또한 의미가 있다. 하지만 로봇 파지 기술의 방향, 즉 박테리오파지를 원하는 대로 '제네틱 엔지니어링'하자는 방향에 맞춰서 세균에 대한 스펙트럼을 넓힐 수 있는 기술 구축에 또 다른 투자를 진행하게 된 것이다. 이렇게 세균 스펙트럼을 넓히자 로봇 파지의 여정에서 발걸음을 또 한 번 내딛게 된다. 바로 BHR[87] 엔지니어링 기술의 축적, BHR 로봇 파지다.

---

87 Broad host range 넓은 균주 범위

박테리오파지는 세균성 감염 질환의 치료 목적으로 오래 전부터 사용되어 왔지만 감염할 수 있는 숙주 세균의 범위가 한정적이기 때문에 이러한 문제점을 대처 및 극복할 수 있도록 관련 연구를 진행할 필요가 있다. 인트론바이오는 넓은 숙주 감염 범위를 가질 수 있도록 박테리오파지를 제작 및 개량하여 새로운 'BHR 로봇 파지'를 개발하는 것에 초점을 두었다. 우선 'BHR 로봇 파지'를 개발하기 위해서는 ① 자연적으로 발생하는 돌연변이 박테리오파지를 확보하는 방안, ② 제네틱 엔지니어링을 기반으로 유전자를 타깃하여 궁극적으로 필요한 재조합 박테리오파지를 얻는 방안이 있다.

인트론바이오는 다수의 방안을 접목해 보았다. ① 환경시료를 이용한 반복 스크리닝 기법, ② 다이렉트 이볼루션[88] 기법, ③ 박테리오파지의 숙주 감염과 연관된 RBD[89] 대상 엔지니어링 기법 등 다양한 기술을 구축하면서 'BHR 로봇 파지' 개발의 기술과 경험을 축적해 나갔다. 이와 관련한 지난한 R&BD 과정은 책이라는 한계로 생략하겠다.

---

[88]   Direct evolution 직접 진화기법
[89]   Receptor binding domain or protein(RBD or RBP) 수용체 결합 부위/단백질

결과적으로 RBD를 대상으로 제네틱 엔지니어링을 하는 것이 최선의 방안이었고, 이를 통해 'BHR 로봇 파지'의 초기 버전을 개발할 수 있었다. 더욱 중요하게는 지속적으로 향후 다양한 'BHR 로봇 파지' 개발을 위한 플랫폼 기술을 확보할 수 있게 되었다. 모든 R&BD는 내공이 필요하다. 방향성이 필요하다. 그 이후에는 시간과 돈이면 충분하다. 여기서는 RBD 타깃의 'BHR 로봇 파지' 개발에 대해서만 요약하여 설명해 보겠다. 과연 어떠한 내공이 있었는지.

RBD란 리셉터 바인딩 도메인(Receptor binding domain)이라 표기하는데, 쉽게 설명하면 박테리오파지가 세균의 리셉터에 부착될 때 필요한 부위로, RBP라고 불리기도 한다. 세균마다 리셉터의 모양이 다르기 때문에 이 지점에서 숙주 특이성이 나타나는 것이다. 그러니 이론적으로는 이러한 RBD에 변이를 일으키면, 즉 일종의 만능키가 되도록 만들면 세균에 대한 스펙트럼이 넓어질 수 있다는 가설에서 출발하는 것이다. 모든 정설은 가설에서 출발한다. 그리고 데이터에 기초하면 가설은 정설이 된다.

'BHR 로봇 파지'의 첫 출발은 우선 원하는 박테리오파지를 선정하는 것이고, 여기에 대상 박테리오파지의 RBD 부위가 어디인지를 예측 및 선발해야 한다. 물론 이것이 쉽지는 않다. 박테리오파지에 RBD라는 이름표가 붙어 있는 것도 아니고, 박테리오파지의 유전체를 분석하여 파악해야만 한다. 하지만 유전체를 확보했다고 하더라도 RBD에 대한 정보가 많이 밝혀져 있지 않다. 특히 인트론바이오가 원하는 박테리오파지에 있어서는 지금까지 BHR 기법이 적용된 바 없었기 때문에 이 모든 과정을 하나씩 알아내고, 분석하고, 구축해 나가야 하는 작업이다. R&BD 내공이 필요한 이유다.

이처럼 원하는 특정 박테리오파지의 RBD를 예측하고 선발한 이후에는 RBD 자체에 대한 뮤타제네시스[90]를 통해서 원하는 BHR 박테리오파지, 즉 BHR 로봇 파지를 확보하는 과정이 필요하다. 대장암의 주요 원인균인 BF 세균을 예로 들어서, 위의 과정을 보다 상세히 설명하도록 하겠다.

먼저 인트론바이오는 지적재산권으로 보호되고 있는 BF 대응 박테리오파지 4종의 균주 스펙트럼을 조사하였고, 전장 유전체 서열의 크기 및 형태학적 특성을 조사하였다(표 참고). 표에 나타난

90 Mutagenesis 돌연변이기법

박테리오파지 중에서 숙주 스펙트럼이 비교적 넓다고 할 수 있는 BFP-1, BFP-3, BFP-4, BFP-5를 적절한 대상으로 선발하고, 후속 분석 및 연구를 진행하였다.

[표] 확보 BF 대응 박테리오파지의 정보 요약

박테리오파지 명	BFP-1	BFP-3	BFP-4	BFP-5
Host range (68 균주에 대한 항균력)	6	9	8	8
Genome size (bp)	50,136	45,462	46,960	46,506
Family	Siphoviridae	Siphoviridae	Siphoviridae	Siphoviridae

선발된 BFP-1, BFP-3, BFP-4, BFP-5의 전장 유전체 서열 정보를 바탕으로 각각의 RBD에 대해 파악하였다. 일반적으로 RBD는 테일 파이버[91] 또는 테일 스파이크[92] 주변에 위치하는 경우가 대부분이다. 하지만 예외적으로 별도의 오페론(Operon)으

---

91   Tail fiber 꼬리 섬유
92   Tail spike 꼬리 스파이크

로 존재하는 경우도 있기 때문에 꽤 심도 있는 유전체 분석이 필요하다. 특히 인트론바이오가 처음으로 선정한 BFP-1, BFP-3, BFP-4, BFP-5와 같은 사이포비리데 계열(Siphoviridae family)에 속하는 박테리오파지 TP901-1, PSA, P2의 경우가 그러한 예이다.

다음으로는 박테리오파지 BFP-1, BFP-3, BFP-4, BFP-5의 유전체 서열에 대한 애노테이션 분석을 실시하여, 테일 파이버 또는 테일 스파이크 유전자가 어떻게 존재하는지 살펴보아야 한다. 선정된 대상 박테리오파지는 모두 테일 파이버 유전자만 있는 것을 확인하였다. 이러한 분석 결과에 따라서 박테리오파지 BFP-1, BFP-3, BFP-4, BFP-5의 RBD는 테일 파이버 지역에 위치해 있을 것으로 판단하였고, RBD는 숙주를 결정짓는 인자이므로 서로 다른 숙주 범위를 가지는 박테리오파지 간에는 RBD의 서열에 현저한 차이가 있을 것이라 합리적으로 추론 및 가정하였다. 이에 같은 테일 파이버 지역 내에서도 RBD 지역은 가장 베리어블[93]이 심할 것으로 생각되어, 박테리오파지 BFP-1, BFP-3, BFP-4, BFP-5의 테일 파이버 서열을 확보한 후에 멀티플 얼라인먼트(Multiple alignment) 분석을 통해서 가장 변이가 많은, 즉 하이퍼-

93 Variable 변이

베리어블[94] 부위를 확보하였다. 이 부분이 실질적으로 제네틱 엔지니어링을 수행할 타깃 유전자 부위가 되는 것이다.

이러한 복잡한 분석 및 선발 과정은 물론, 다양한 인-실리코(in silico) 분석 결과를 거쳐 4종의 박테리오파지 중에서 최종적으로 박테리오파지 BFP-4를 선정하였다. 이것도 노하우이자 내공이기에 정확한 내용은 설명치 아니하겠다. 선발된 BFP-4의 하이퍼-베리어블 지역이 결정되었으므로 이제는 실질적으로 RBD에 제네틱 엔지니어링을 접목해야 한다. 인트론바이오가 선정한 박테리오파지로는 이와 같은 일을 해 본 연구진들이 아직 없다. 이 또한 도전이었다. R&BD는 늘 도전해야 한다. 도전이 없는 R&BD는 결국엔 경쟁력을 잃고 도태되고 만다. 도전한다는 것은 살아 있다는 증거이며, 살아갈 굳건한 이유이기도 하다.

RBD에 있어서 제네틱 엔지니어링은 크게 두 가지 관점에서 시도가 이뤄졌다. 첫 번째는 도메인 스와핑[95] 기법이며, 또 하나는

94 Hyper-variable 고변이
95 Domain swapping 도메인 교환

스트럭처-가이디드 뮤타제네시스[96] 기법에 기초하여 인트론바이오만의 기술로 변형시켰다. 도메인 스와핑을 통해서 서로 다른 숙주를 인지하는 박테리오파지의 RBD 내 코어 도메인 부위를 서로 스왑하여 새로운 키메릭 RBD가 되도록 하는 것이다. 쉽게 설명하면, 다른 균주로부터 RBD를 교환하여 전혀 새로운 RBD로 만드는 것이다. 유전체 정보를 토대로 애노테이션 분석을 통해 RBD로 예상되는 테일 파이버 유전자를 선별하였고, 해당 유전자를 대상으로 에러-프론[97] PCR 기반의 랜덤 뮤타제네시스[98] 및 깁슨 어셈블리[99] 기술을 통해 일종의 뮤턴트[100] 박테리오파지를 확보하였다. 기존에 감염하지 않던 숙주 세균에 감염능을 가지는 'BHR 로봇 파지'를 확보할 수 있게 된 것이다. 이렇게 또 하나의 퍼즐 조각이 맞춰졌다.

도메인 스와핑 방식 외에 스트럭처-가이디드 뮤타제네시스 기법 또한 적용해 보았다. 랜덤 프라이머 라이브러리를 이용한 PCR

---

96   Structure-guided mutagenesis 구조기반 돌연변이
97   Error-prone 에러 용이 기법
98   Random mutagenesis 무작위 돌연변이
99   Gibson assembly 깁슨 조합
100   Mutant 돌연변이체

기반 뮤테이션을 통해서 RBD 내에 서열 다양성을 부가하는 방식이다. 이는 항체를 이용하여 재조합 신약을 만들 때 주로 사용되는 기술인데, 박테리오파지의 팁 부분에 랜덤 뉴클레오타이드를 이용한 라이브러리를 도입하는 것이다.

그 결과, 기존 박테리오파지에 비해서 숙주 감염능이 넓어진 다수의 'BHR 로봇 파지'를 확보할 수 있었다. 이렇게 확보한 'BHR 로봇 파지'들을 통해서 숙주 감염 범위의 개선뿐만 아니라 박테리오파지로 인한 내성균주의 발생률도 감소시킬 수 있는 플랫폼 기술을 구축한 것이다. 다음 퍼즐 조각을 또 하나 얻은 셈이다.

인트론바이오는 현재 CRC와 연관된 마이크로바이옴에 우선 'BHR 로봇 파지' 기술을 접목하고 있다. 대표적으로 ETBF 및 pks+ *E. coli*에 제어력을 갖는 유효 박테리오파지를 확보하고 있다. 하지만 여기에 멈추지 않고 더욱 그 분야를 확대할 것이다. 추후 산업적 활용이나 제품화를 고려할 때 숙주 감염 범위를 좀 더 넓히는 개량 연구 및 그와 관련한 플랫폼 기술의 구축이 지속적으로 이뤄져야 한다. 즉 범용적으로 사용 가능한 'BHR 로봇 파지' 개발이 필요한 상황이며, 관련 기술의 확립은 박테리오파지 개량 플랫폼, 즉 제네틱 엔지니어링의 방향성에도 부합한다.

인트론바이오는 끝없이 도전한다. 순탄치 않은 길이라도 마땅히 갈 것이다. 목적지는 앞에 있다. 옆에 있지 않다. 그저 앞만 보고 도전해 나간다. 인트론바이오의 R&BD에는 방향성이 명확하다. 앞만 바라보고 도전할 수 있는 가장 중요한 이유다.

로봇 파지, 세균 스펙트럼을 넓히다 it is iNtRON.

인트론바이오는 장내 마이크로바이옴 중에서
유산균이 박테리오파지와 어떤 연관성이 있는지
조사했다. 그 결과 상당수 유산균 균주 내에
박테리오파지가 존재하고 있었다.
왜 유산균들에 박테리오파지가
존재하고 있을까?

━━━━━ 박테리오파지, 유산균에서 뭐하고 있니?

박테리오파지,
유산균에서 뭐하고 있니?

『박테리오파지 I』에서 유산균을 '껍데기'에 비유했더니 그 이후에 여러 소리를 들었다. 오해가 없도록 다시 얘기하자면, 유산균을 복용할 필요가 없다고 한 것이 아니라 복용하는 이유를 정확히 이해하고 적절한 유산균을 선택해야 한다는 것이었다. 유산균은 왜 먹나? 변을 잘 보려고? 장이 편해지려고? 소화가 잘되라고? 살을 빼려고? 면역을 강화하려고? 피부가 좋아지려고? 자신이 복용하는 이유가 맞는지, 적절한 유산균을 복용하고 있는지 한번쯤 의문을 가질 필요는 있겠다.

유산균은 젖산균으로 불리기도 하며, 영어로는 '락틱애씨드 박테리아(Lactic acid bacteria)'로 표현하는데, 탄수화물을 젖산(락틱애씨드)으로 분해시키는 세균이라는 뜻이다. 종·속·과·목·강·문·계의 생물 분류상으로는 락토바실러스(Lactobacillus) 속에 속하는 세균들이 주를 이루며, 최근 스트렙토코커스 써모필러스(Streptococcus thermophilus)라는 새로운 속에 속하는 세균이 포함되기도 했다. 그러니까 쉽게 말해서 유산균을 복용한다는 것은 젖산을 생성하는 세균들을 먹는다는 것과 같다. 젖산은 인체 대사 과정에서 중요한 역할을 하며 다양한 산업 분야에서 유용하게 활용되는 물질이다. 하지만 과도한 젖산 축적은 건강에 문제를 일으킬 수 있으므로 적절한 균형이 중요하다.

그러면 유산균을 많이 섭취해서 우리 몸에 유산균 숫자가 엄청 늘어나게 되면 젖산이 과다하게 몸에 축적되어 문제를 일으키지 않을까? 걱정하지 않아도 된다. 다행히 유산균은 우리 몸에서 오래 살지 못한다. 아이러니하지만 유산균을 계속 섭취한다고 해서 우리 몸에 유산균 숫자가 많아질 이유는 없다. 몸에서 생존하지 못하는데 젖산이 과도하게 쌓일 일이 없지 않겠나. 젖산 때문에 유산균을 복용한다는 것은 빈대 잡으려고 초가삼간 태우는 격이다. 그럼 무엇 때문에 유산균을 먹는 것일까. 맛있으니 먹는다면 뭐라 할 말은 없다. 다만 조심하자. 충치나 당뇨의 원인이 될 수 있으니까. 유산균은 락틱애씨스 세균을 먹는 것인데, 체내에 유산균 때문에 락틱애씨드가 축적되는 것이 아니라면 도대체 무엇 때문에 유산균을 복용하는 것일까? 더 이상 유산균 자체에 대해 언급하는 것은 자제하겠다. 여기서는 유산균의 유용성에 대해서 설명하려고 하는 것이 아니라, 유산균이 몸에서 어떠한 기능을 하는지, 이러한 기능은 무엇 때문인지 설명하려는 것이기 때문이다. 나아가 유산균이 박테리오파지와 밀접한 연관이 있다고 말하고 싶은 것이다.

지금까지 계속 인트론바이오는 '박테리오파지는 세균을 죽이는 바이러스'라는 명제로부터 다른 컨셉에 기초하여 R&BD에 나서고 있다고 밝혔다. 특히 세균과 박테리오파지, 그리고 사람의 면역에 있어서 이들은 서로 간에 직접적으로 매우 밀접하게 연관되어 있을 것이라 가정했다. 이는 『박테리오파지 I』의 파지리아러스® 플랫폼 기술에서 설명하였고, 또한 '넥스트 아이' 항목의 주된 내용이었다. 파지리아러스® 플랫폼 기술을 설명할 때 놓치지 않고 항시 염두에 두고 있는 것이 바로 마이크로바이옴이다. 장내 마이크로바이옴. 사람마다 천차만별이고 이것이 몸에 존재하는 이유 자체에 대해서 큰 의문을 가지고 있다. 이 또한 『박테리오파지 I』에 설명해 두었다. 어쨌든 인트론바이오는 마이크로바이옴 중에서 우선 유산균에 주목하였다. 우유, 요구르트, 치즈, 김치 등 다양한 발효식품으로부터 사람은 지속적으로 유산균을 직·간접으로 섭취해 왔다. 그리고 오늘날 여러 상품화된 유산균 제품을 섭취하고 있다. 이러한 이유로 인트론바이오는 장내 마이크로바이옴 중에서 유산균이 박테리오파지와 어떤 연관성이 있는지 조사해 보기로 하였다.

시중에서 시판되고 있는 유산균 제품들 중에서 이름이 알려진 제품들을 우선 조사하였다. 매우 다양한 제품이 있고 이들 제품에는 다양한 유산균들이 여러 종씩 섞여서 판매되고 있다. 제품 설명서 등에 기재되어 있는 유산균들을 조사하고 이 중에서 회사마다 공통적으로 함유되어 있는 대표 유산균 12종을 1차로 선발한 후, NCBI 등 유전체 정보 사이트부터 전장 유전체 서열을 확보하였다. 물론 다음의 균주명이 반드시 해당 회사 제품에 함유된 유산균이라고 단정할 수는 없다. 왜냐하면 제조 회사들이 제품 내 함유된 유산균 정보에 대한 공개를 지극히 꺼려한다. 이러한 이유로 함유된 유산균 균주 정보를 정확히 기재치 아니한 경우도 있기 때문에 관련 균주 정보의 정확성에는 일부 제한이 있음을 이해해야 한다. 회사 기밀 정보일 수도 있으니. 어쨌든 다음에 제시된 균주들에 대해서 확보한 WGS 정보를 바탕으로 우선 유전체 서열을 상세 분석하였다.

Limosilactobacillus reuteri RC-14

Lacticaseibacillus rhamnosus GG

Lacticaseibacillus rhamnosus HN001

Lacticaseibacillus rhamnosus GR-1

Lactobacillus acidophilus NCFM

Lactobacillus acidophilus La-14

Lactiplantibacillus plantarum 299V

Bifidobacterium longum subsp. infantis 35624

Bifidobacterium animalis subsp. lactis Bi-07

Bifidobacterium animalis subsp. lactis BI-04

Bifidobacterium animalis subsp. lactis HN019

Bifidobacterium animalis subsp. lactis BB-12

이들 균주에 대해서 인트론바이오가 분석한 유전체 분석 정보를 모두 오픈하는 것은 회사의 내부 정보일 수도 있고, 또한 각 유산균 회사의 비밀 내용이 될 수도 있기에 조심스럽게 접근할 필요가 있겠다. 이에 어떤 방식으로 업무가 진행되는지를 *E. coli* 니슬 1917[101] 균주를 예로 들어 설명하겠으며, 이러한 방식으로 모든

---

101 *E. coli* Nissle 1917 대장균 니슬 1917

유산균들에 대해 분석을 완료했다고 이해해 주길 바란다. 정말 지난한 과정이었다.

먼저, 니슬 1917 균주는 대장균 균주이지만 유산균과 같이 프로바이오틱 특성을 가지고 있기 때문에 의료와 건강관리에 사용되고 있는 균주다. 이 균주는 독일의 의사이자 세균학자인 알프레드 니슬(Alfred Nissle)이 1917년에 처음 분리했으며, 그의 이름을 따서 명명되었다. 니슬 1917은 안전하게 사용될 수 있는 비병원성 대장균 균주로, 장내 면역계를 조절하여 염증 반응을 완화시키고 면역 반응을 조절하는 데 도움을 준다고 알려져 있다.

아울러 장내 유익한 세균의 성장을 촉진하고 해로운 병원성 세균의 성장을 억제함으로써 장내 미생물 균형을 유지하는 데 기여하며, 장벽을 강화하여 병원균의 침입을 방지하고 장내 환경을 건강하게 유지한다고 알려져 있다. 특히 크론병과 궤양성 대장염과 같은 염증성 장 질환(IBD) 환자의 염증을 줄이고 증상을 완화하는 데 이용되고 있다. 또한 과민성 장 증후군(IBS) 환자의 증상을 완화하고 복부 불편감을 줄이는 데 효과적이며, 병원성 세균에 의한 감염성 설사를 예방하고 치료하는 데 사용되기도 한다.

이처럼 니슬 1917 균주는 시판되고 있는 다양한 프로바이오 틱 제품들에 함유된 균주들 중에서 가장 유명한 균주라 할 수 있 기 때문에 이 균주를 대상으로 인트론바이오가 어떻게 어떤 방식 으로 유전체를 분석하는지 예시로 설명하겠다. 다음은 니슬 1917 균주의 유전체 정보를 분석한 결과다.

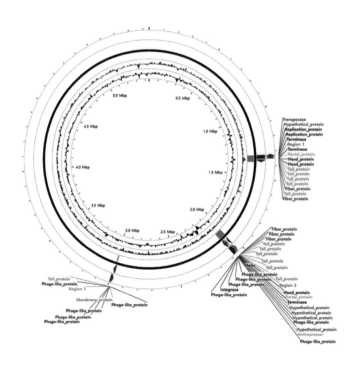

니슬 1917 균주의 유전체 정보 분석 결과

니슬 1917의 유전체는 약 5.3 메가베이스(Mb) 크기의 단일 원형 염색체로 구성되어 있다. 전체 유전체에서 GC 함량은 약 50.6%이며, 유전체는 약 4,500여 개의 ORF를 포함하고 있다. 재미있는 것은 일반적인 병원성 대장균에서 발견되는 독소 유전자가 상대적으로 적게 분포되어 있고, 이것이 니슬 1917 균주가 비병원성으로서 프로바이오틱스로 사용되는 이유이기도 하다.

인트론바이오가 니슬 1917 균주에 대한 유전체를 분석하면서 흥미롭게 본 것은 박테리오파지 유사 유전체의 존재 여부였다. 유산균을 분석하는데 왜 박테리오파지 유전체를 분석하냐고? 『박테리오파지 I』을 읽어보면 대략 이해할 수 있을 것이다. 유산균 등 마이크로바이옴이 체내에, 특히 장내에 존재하는 이유를 가설로서 설명해 두었다. 장내 미생물이 우리 몸에 존재할 수 있는 이유는 박테리오파지가 면역세포로부터 회피되도록 돕기 때문이 아닐까 싶다. "아이 엠 셀프"라고. 물론 아직은 가설이자 가정이다. 어쨌든 니슬 1917 균주를 조사해 보니 재미있게도 박테리오파지 유전체가 앞에서 제시된 그림에서처럼 세 군데에서 발견되었다. 여기서 새로운 용어를 정의하였는데, 이를 우선 이해할 필요가 있겠다.

『박테리오파지 I』에서 설명한 바와 같이 박테리오파지는 라이틱 사이클 및 라이소제닉 사이클의 생활사를 가지며 이에 라이틱 파지(Lytic phage) 또는 라이소제닉 파지(Lysogenic phage)라 구분하기도 한다. 라이틱 파지란, 말 그대로 세균을 죽이는 파지를 말하며, 라이소제닉 파지는 세균의 유전체에 끼어 들어가 있는 파지를 말한다. 세균의 유전체에 삽입되어 있다가 필요에 따라 세균을 죽이고 자손들을 퍼트리게 된다. 이러한 라이소제닉 파지들을 프로파지(Prophage)라고 한다. 일반적으로 프로파지 또는 라이소제닉 파지는 세균에 삽입되어 살고 있다가 세균을 죽이고 튀어나온다. 이렇게 세균을 죽이고 튀어나올 때 필수적인 유전자들이 있는데, 이들 유전자들을 온전히 갖고 있는 파지들을 라이소제닉 또는 프로파지라고 한다.

인트론바이오는 이러한 일반적인 프로파지와는 달리 세균에 삽입되어 있기는 하지만 유전자들이 온전치 못하여 세균을 죽이고 튀어나올 수 없는 파지 유전체들을 확인하였고 이러한 파지들을 잼파지(Jamphage)라는 용어로 새롭게 정의했다. 프린터에 용지가 걸린 것과 같이 잼에 걸려다는 의미로 잼파지라는 용어를 사용한다. 아울러 잼파지 중에서도 ORF를 갖고 있는 유전체로 구성된 파지를 ORF-잼파지(ORF Jamphage), 그렇지 아니한 파지들을 Non-ORF-

잼파지(Non-ORF Jamphage)로 명명한다. 이러한 명명에 따르면, 박테리오파지는 일반적인 라이틱 파지, 프로파지(라이소제닉 파지), 그리고 잼파지로 구분되며, 잼파지는 다시 ORF-잼파지 및 Non-ORF-잼파지로 구분되는 것이다.

앞서 니슬 1917 균주가 갖고 있는 3가지 박테리오파지들을 재분류하면 2개의 프로파지(연두) 및 1개의 ORF-잼파지(회색)로 나눌 수 있게 되며, 이를 모식도로 표현하면 그림과 같다. 물론 아직까지 정설이라 할 수 없다. 어디까지나 인트론바이오만의 자체 명명이고 분석법이다.

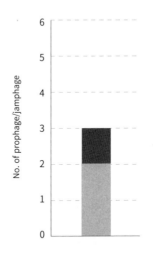

[모식도 1] 니슬 1917 균주 재분류

이러한 유전체 분석법과 분류 기준 등에 따라 앞서 시판 중에 있는 유산균들을 분석한 결과를 모식도로 나타내면 그림과 같다. 살펴보면 상당수 유산균 균주 내에 박테리오파지가 존재하고 있다. ORF-잼파지도 있고, 프로파지가 보이기도 하며, Non-ORF-잼파지들도 다수 있다. 이것이 무엇을 의미할까?

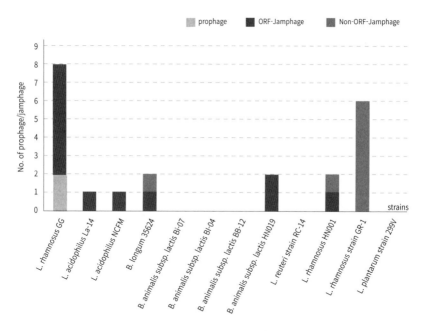

[모식도 2] 시판 중인 유산균 내 프로파지, 잼파지 분포

일단, 왜 유산균들에 박테리오파지가 존재하고 있을까? 어떤 기능을 하고 있을까? 왜, 왜, 왜? 너무 궁금하고 모르는 것이 많다. 박테리오파지는 파면 팔수록 궁금하고, 알아낼 것이 많다. 앞서 [모식도 1]의 니슬 1917 균주의 경우 3종(2개의 프로파지 및 1개의 ORF-잼파지)으로 분석되었고, [모식도 2]에서 처음에 보이는 *L. rhamnosus* GG의 경우 총 8종의 박테리오피지가 보이는데, 2종은 프로파지, 6종은 ORF-잼파지로 분류될 수 있다. 특히 니슬 1917 균주와 유사하게 *L. rhamnosus* GG는 'LGG'라고 하는 굉장히 유명한 균주로, 거의 대부분 유산균 제품에 꼭 함유되어 있는 대표 유산균 중 하나다. 니슬이나 LGG나 왜 유명한 대표 유산균들은 여타의 유산균에 비해서 상대적으로 많은 빈도로 박테리오파지 유전체들이 곳곳에 끼어 들어가 있을까? 왜? 인트론바이오는 그에 대한 답을 여기서 내리지 않겠다. 앞으로 보여줄 것이다. 여전히 데이터를 확보해 나가고 있다. 엄청난 양이다. 수차례 얘기하지만 가설은 정설이 된다. 데이터에 기초하기만 하면. 그래서 인트론바이오는 데이터를 차분하게 더 축적해 나가고 있다.

2차로 더 폭넓고 보다 많은, 대략 68종의 유산균을 추가로 선정하고, 그 유전체 정보를 바탕으로 분석을 해 보았다(균주명은 기재하지 않음).

[모식도 3] 추가 선정한 유산균 내 프로파지, 잼파지 분포

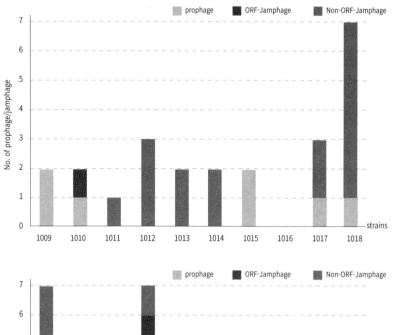

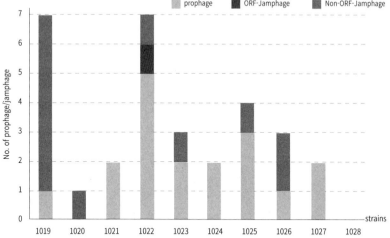

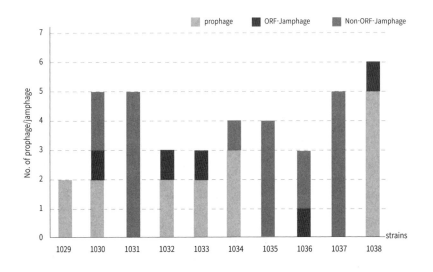

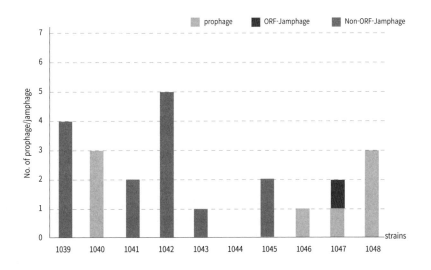

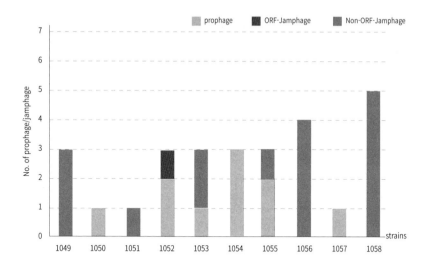

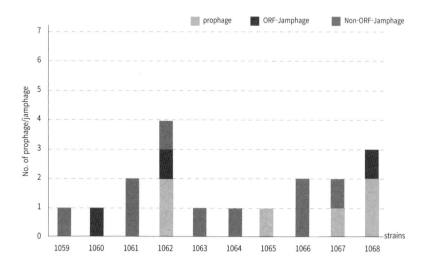

재밌지 않은가? 앞에서 제시된 모식도를 살펴보면 유산균들 대부분이 박테리오파지를 갖고 있다. 그것도 유명한 유산균들은 더 다양하게 갖고 있다. 왜일까? 인트론바이오는 아직 답을 하지 않는다. 분명한 건 분석 과정이 매우 흥미롭다는 것이다. 분석은 3차, 4차, 5차, 계속 지속되고 있다.

"유산균은 왜 먹나"라는 근본적인 질문을 앞에서 던졌다. 어쩌면 유산균을 먹어야 하는 이유를 박테리오파지에서 찾을 수도 있겠다고 생각한다.

유산균을 복용하고 있는 사람들은 사실 박테리오파지를 먹고 있는 것일 수도 있다. 모를 뿐이다.

유산균을 만들고 있는 기업이 박테리오파지를 만들고 있을 수도 있다. 그 또한 모를 뿐이다.

이것이 인트론바이오의 박테리오파지를 향한 R&BD가 지속되어야 할 이유이고, 앞으로 더 나아가야 할 이유다. 박테리오파지, 유산균에서 뭐하고 있니? it is iNtRON.

다가올 미래는 내일의 오늘이다.

대박을 꿈꾸게 하는 너,
박테리오파지

대박. 모든 신약을 개발하고 있는 기업들의 바람일 것이다. 파지리아러스® 플랫폼 기술. 박테리오파지로부터 뜯어내고 있다. 무슨 뜻이냐고? 지금은 말할 수 없다. 이 의미를 나중에 알게 될 것이다. 『박테리오파지 III』이라는 제목의 책이 또 다시 출간된다면, 이에 대한 내용으로 꽉 차있을 것이다. 꼭 그렇게 되길 바란다.

'박테리오파지는 세균을 죽이는 바이러스다' 인트론바이오가 이러한 명제에만 한정되어 있었다면, 『박테리오파지 I』이라는 책도, 또한 『박테리오파지 II』라는 책도 출간하지 않았을 것이다. 『박테리오파지 III』도 꿈꾸지 않았을 것이다.

박테리오파지는 세균을 완벽히 멸균시키지 않는다. 이러한 이유로, 수퍼박테리아를 포함한 항생제 내성균은 잇트리신® 기술에 기초하여 신약을 개발하고 있다. 수퍼벅 마켓 및 언멧 니즈 마켓이 그 대상이다.

또 엔도리신을 원하는 대로 엔지니어하고 있다. 정말로 원하는 타깃 질환에 적절한 형태의 약효를 갖도록, 다양한 엔지니어를 통해서 엔도리신의 단점을 장점으로 승화시켜 다수의 잇트리신® 신약을 개발하고 있다.

한편 박테리오파지는 바이러스를 무력화시킬 수 있다. 박테리오파지는 세균을 통해서 면역을 간접적으로 조절할 수 있다. 파지러스®와 파지리아®가 탄생할 수 있었던, 인트론바이오의 다른 생각이다. 지금도 다양한 목업-파지가 개발되고 있다. 파지러스®를 통해 다수의 Ag-파지가 개발되고 있고, 파지리아®를 통해서는 다수의 Tg-파지가 개발되고 있다.

이를 위해서는 박테리오파지를 마음대로 제네틱 엔지니어할 수 있어야 했다. 박테리오파지 자체에 대해 이것이 가능하도록 다수의 플랫폼 기술을 구축해야만 했다.

나아가 박테리오파지는 세균은 물론, 사람(=동물)과 밀접한 관계에 있으며, 궁극적으로 면역에 직접적인 영향을 미치고 있을 것이다. 인트론바이오는 박테리오파지를 뜯어내고 있다. 이 파지리아러스®에 대해서는 나중에 그 의미를 더욱 상세히 알게 될 것이다.

인트론바이오는 '박테리오파지는 세균을 죽이는 바이러스'라는 명제를 깨고자 한다. 만약 깰 수 있다면? 그 결과는 모두의 상상에 맡긴다. '대박'은 그저 기도한다고 떠올릴 수 있는 단어가 아니다. 그 길은 험난할 것이고, 다양한 도전에 직면할 것이다.

지구상에서, 박테리오파지보다 다양한 생물체는 없다.

지구상에서, 박테리오파지보다 오래된 생물체는 없다.

지구상에서, 박테리오파지보다 오래 생존할 생물체는 없다.

　박테리오파지를 알면 대박의 의미가 멀리 있지 않음을 느끼게 된다. 적어도 인트론바이오에게는 그러하다. 이 모든 글은 인트론바이오의 가설이다. 그리고 가설은 정설이 될 것이다. 대박을 꿈꾸게 하는 너, 박테리오파지 it is iNtRON.

『박테리오파지 III』을 기대하며,
설렘에

『박테리오파지 I』을 끝내면서 '아쉬움'이라는 말로 마무리하였지만, 이번 『박테리오파지 II』에서는 '설렘'이라는 말로 마무리한다. 인트론바이오의 신약개발에 있어 그 출발이 어디에서 비롯되었든, 인트론바이오의 현재는 박테리오파지를 근간으로 하고 있으며, 눈은 보다 먼 미래의 오늘을 향하고 있다. '다가올 미래는 내일의 오늘이다.' 좋아하는 말이다. 미래는 분명 온다는 것이고, 꿈은 실현된다는 뜻을 내포하고 있다.

『박테리오파지 I』이 회사의 R&BD 방향에 있어서 일종의 '틀'을 안내하고자 했다면, 『박테리오파지 II』는 보다 깊은 R&BD의 연구내용에 대해서 최대한 쉽게, 그리고 요약하여 설명하였다. 언제일지 지금 단정할 수 없지만 『박테리오파지 III』이라는 제목으로 또다른 책을 출간하게 된다면, 보다 깊고 진일보한 내용과 데이터로 가득 채워질 것이라 예측해 본다. 이러한 이유로 '설렘'이라는 말로 끝내고자 한다.

과거보다 짧은 미래. 미래를 알 수 없기 때문이다.
과거보다 긴 미래. 미래를 알기에 가능하다. 미래는 희망이다.

『박테리오파지 I』에서도 얘기했지만 모든 신약개발에는 두려움이 상존한다. 개발 실패에 대한 두려움. 두려움이 없는 길은 신약개발의 길이 아니라 생각한다. 『박테리오파지 II』에서는 다른 얘기를 하고 싶다. 모든 신약개발에는 셀렘이 상존한다. 개발 성공에 대한 기대와 환희. 기대와 환희가 없는 길은 신약개발의 길이 아니라 생각한다. 인트론바이오의 신약개발에는 '기대'와 '환희'가 있다. 또한 그 중심에는 '다름'이 있다. 우리만 '맞다'는 것이 아니라 우리는 '다르다'는 것이다. 다름에 기초한다.

> 박테리오파지는 세균을 죽이는 바이러스다.
> 인트론바이오 또한 전적으로 믿고 있다. 데이터니까.
> 박테리오파지는 세균 그리고 사람(=동물)과 밀접한 관계에 있다.
> 이 또한 전적으로 믿고 있다. 데이터가 축적되고 있으니까.

박테리오파지가 지속적으로 진화하고 있는 것은 생존을 위한 도전이고, 이는 두려움에 기초한다. 인트론바이오는 도전한다. 두려움이 있기에 도전이라는 숭고한 말이 있는 것이다. 도전에 더하여 인트론바이오는 생존을 위한 몸부림으로 전진한다. 인트론바이오는 끝없이 변모하고 변화해 나갈 것이다. '글로벌 R&BD 그룹을 통한 신약개발 기업으로의 성장'이라는 대명제를 북극성으로 삼고 눈앞에 두면서, 보다 많은 생각과 고민으로, 해야 할 일과 해내야 할 일을 하고자 한다. 『박테리오파지 Ⅲ』을 기대하며, 설렘에 `it is iNtRON.`

불광불급(不狂不及) · 마부작침(磨斧作針) · 열혈남아(熱血男兒)
"열정은 자유로움이다!"
it is iNtRON.

- Fluminant CDI 전격성 CDI

- Foulbrood 부저병. 꿀벌의 유충에 병원균이 침투하여 유충벌을 썩게 하는 질병

- Frederick. Twort 프레데릭 트워트

- From Superbug to Immune 수퍼벅에서부터 면역까지

- Galileo Galilei(1564~1642)
  갈릴레오 갈릴레이. 이탈리아의 천문학자·물리학자·수학자

- Generalist Robot Tech 범용로봇기술

- Genetic Engineering 유전 공학

- Genotoxic pks+ *Eschererichia Coli* 유전독소성 pks+ 대장균

- Genotype 4 Virus, G4 EA H1N1 유전형 4 바이러스

- Genotype G4 Eurasian Avian-like H1N1 Influenza A virus.
  G4 EA H1N1 IAV

- Genotype 유전형

- Gibson Assembly 깁슨 조합

- Global Influenza Surveillance and Response System. GISRS

- Hemagglutinin 혈구응집소

- Hereditary Non-Polyposis Colorectal Cancer Sydrome
  유전성 비용종 증후군

- Hereditary Polyposis Colorectal Cancer Syndrome 유전성 용종 증후군

- Highly Pathogenic Avian Influenza A, H5N1 고병원성 인플루엔자 A

- Histidine-Tag 히스티딘-택

- Homolog 유사체

- Host(bacteria) Specificity 세균 특이성

- Hyper-Variable 고변이

- Immune & Immunotherapeutics 면역 및 면역치료제

- In house BLAST (tBLASTn algorithm) Analysis 인하우스 블라스트 분석

- In Silico 인실리코

- Inactivated Influenza Vaccine(IIV) 불활화 사백신

- International Agency For Research On Cancer 국제 암연구소

- Intragenic Region 내부 지역

- Isoniazid 아이소나이아지드

- itLysin® 인트론바이오의 엔도리신 관련 기술상표명

- Jamphage 잼파지

- Jennifer A. Doudna
  미국의 생화학자로, 2020년 게놈 편집법 개발로 노벨화학상 수상

- Kilo Base-Pairs 킬로 염기쌍

- *Klebsiella Pneumoniae* 폐렴간균

- Lactic Acid Bacteria 유산균

- *Lactobacillus* 락토바실러스

- Lamina Propria 점막고유층

- Laparoscopic Surgery 복강경 수술

- Leviviridae 레비비리데

- Live Attenuated Influenza Vaccine(LAIV) 약독화 생백신

- Long-lived Memory B cell 장기기억 B 세포

- Lysis 용해

- Lysogenic Phage 용원성 파지

- Lysogenic 용원성

- Lytic Phage 용균성 파지

- Lytic 용균성

- Mannide Monooleate Family 만나이드 모노올리에이트계

- Membrane Glycoprotein 막 당단백질

- Merck
  17세기 이래 사업을 계속 하고 있는 현존하는, 가장 오래된 과학기술 기업으로 의약, 생명과학 그리고 전자 소재를 생산하는 글로벌 기업

- Methicillin 메티실린

- Methicillin-Resistant *Staphylococcus Aureus*
  메티실린 내성 황색포도상구(알)균

- Methylation-Specific Enzyme 메틸화 효소

- Mezzanine Capital
  메자닌은 건물 1층과 2층 사이에 있는 라운지 공간을 의미하는 이탈리아어로, 채권과 주식의 중간 위험 단계에 있는 전환사채(CB)와 신주인수권부사채(BW)에 투자하는 것을 말함.

- Microbiome 미생물총

- Mineral Oil 미네랄 오일

- Minor Capsid 마이너 캡시드

- Mock-up Phage P, B, E 목업파지 P, B, E

- Mock-up Phage 목업 파지

- Money & Match 머니 & 매치

- Multidrug-Resistant Tuberculosis 다제내성 결핵균

- Multiple Alignment 멀리플 얼라이먼트

- Multiple 멀티플 변수

- Mutagenesis 돌연변이기법

- Mutant 돌연변이체

- Neuraminidase 뉴라미니다아제

- Non-ORF-Jamphage Non-ORF-잼파지

- Non-Specific 비특이적

- Non-Structural Protein 비구조 단백질

- Normal Bacterial Flora 정상세균총

- Nucleocapsid Phosphoprotein 뉴클레오캡시드 인단백질

- Open Reading Frame 열린 해독틀

- Open Surgery 개복 수술

- Operon 오페론

- ORF-Jamphage ORF-잼파지

- Organoid 오가노이드

- *Paenibacillus larvae(P. larvae)* 패니바실러스 라바

- Pairwise 페이웨이즈 분석

- Palliative Operation 고식적 수술

- Pandrug-resistant 무약내성

- Panitumumab 파니투무맙

- Penicillin-Resistant *Staphylococcus Aureus*
  페니실린 내성 황색포도상구(알)균

- Peptide 펩타이드

- Peptidoglycan 펩티도글리칸

- PHAGERIA®. Bacteriophage + Bacteria
  파지리아. 인트론바이오의 기술상표명

- PHAGERIARUS®. Bacteriophage + Bacteria + Virus
  파지리아러스. 인트론바이오의 기술상표명

- PHAGERUS®. Bacteriophage + Virus 파지러스. 인트론바이오의 기술상표명

- PH-controlled System PH 조절 방안

- Pneumatic Type Actuator 공기압식 액추에이터

- Podoviridae Family 포도비리데과

- Polymerase 중합효소

- Proof Of Concept 개념 증명

- Prophage 프로파지

- Protein Engineering 단백질 공학

- *Pseudomonas Aeruginosa* 녹농균

- Query 쿼리 분석

- Quinolone 퀴놀론

- Radical Operation 근치적 수술

- Random Mutagenesis 무작위 돌연변이 기법

- Random Mutation 무작위 돌연변이

- Ras 유전자. 세포의 성장 및 사멸을 조절하는 유전자

- Receptor 수용체

- Receptor Binding Domain. RBD 수용체 결합부위

- Receptor Binding Domain or Protein(RBD, RBP) 수용체 결합 부위/단백질

- Recombinant Subunit Vaccine 재조합 서브유닛 백신

- Recombination 재조합

- Recurrent CDI(rCDI) 재발성 CDI

- Resistant 내성

- Rifampin 리팜핀

- Sepsis
  미생물에 감염되어 발열, 빠른 맥박, 호흡수 증가, 백혈구 수의 증가 또는 감소 등의
  전신에 걸친 염증 반응이 나타나는 상태

- Severe Acute Respiratory Syndrome 사스(중증 급성 호흡기 증후군)

- Siphoviridae Family 사이포비리데과

- Site-Directed Mutagenesis 특정 유전자 돌연변이

- Species·Genus·Family·Order·Class·Phylum·Kingdom 종·속·과·목·강·문·계

- Species-Specific 종특이성

- Spectrum 범위

- Spike Protein 스파이크 단백질

- Split Vaccine 스플릿 백신

- Sterilization 사멸, 멸균

- Strain 스트레인

- Strain-Specific 스트레인 특이성

- *Streptococcus Pyrogenes* 스트렙토코커스 파이로젠스

- *Streptococcus Thermophilus* 스트렙토코커스 써모필러스

- Structural Protein 구조 단백질

- Structure-Guided Mutagenesis 구조기반 돌연변이

- Subject 서브젝트 분석

- Subspecies-Specific 아종 특이성

- Subtype 아형

- Subunit Vaccine 구성단위 백신

- Superbug Market 수퍼박테리아 시장

- Surface-exposed Cationic Amino Acid Residue
  표면노출 양이온 아미노산 잔기

- Swine Flu 돼지독감

- Swine Influenza Virus 돼지 인플루엔자 바이러스

- Synthetic Peptide 합성 펩타이드

- Systemic Infections 전신감염

- Tail Fiber 꼬리 섬유

- Tail Spike 꼬리 스파이크

- Target Bacteria Population 목표한 세균집단

- Target Gene 목표 유전자

- Technique < Technology < Market 테크닉 < 테크놀로지 < 마켓

- T-Even Phage T-짝수 파지

- Tg-Phage Tg-파지

- Time-Controlled System 시간조절 방안

- T-odd Phage T-홀수 파지

- Transduction 형질도입

- Transposase 트랜스포제이스

- Transposon-Based Random Mutagenesis 트랜스포존-기반 무작위 돌연변이

- Universal Vaccine 범용백신

- Unmet Needs Market 미충족수요 시장

- Vancomycin-Resistant *Enterococci* 반코마이신 내성 장구(알)균

- Vancomycin-resistant *Staphylococcus Aureus*
  반코마이신 내성 황색포도상구(알)균

- Variable 변이

- Victoria lineage 빅토리아 계

- Virus Like Particle(VLP) 바이러스 유사 입자

- Virus 바이러스

- VOWST 보우스트. 세레스(Seres)사가 개발한 rCDI 제제

- WABOT-1 와봇-1

- Walter Gilbert (1932년~)
  미국의 생화학자·물리학자로, 1980년 핵산 염기의 배열을 결정하는 방법을 개발한 공로로 노벨화학상을 수상함.

- Waseda Advanced Robot-1 와세다 진보 로봇-1

- Whole Genome Sequence(WGS) 전장 유전체 서열

- Whole Inactivated Virus Vaccine 전 불활화 백신

- Yamagata lineage 야마카타 계

- β-lactam 베타-락탐계

BACTERIOPHAGE II

The Way of Innovative-Innovation New Drug

iNtRON Biotechnology, Inc.

What's the way?
The Answer Is Here.

it is iNtRON.

Contents

01 —— BC Era 'First-in-Class' Drug Development

02 —— AD Era 'First-in-Concept' Drug Development

it is iNtRON.

In 1978, Walter Gilbert(born in 1932), an American biochemist and physicist, was awarded the Nobel Prize in Chemistry in 1980 for developing a method to determine the sequence of nucleotides in nucleic acids. He was the first to officially use the term "intron," derived from "intragenic region," meaning internal region.

In 1999, the company "INTRON" was imbued with the meaning of "it," or "that very company."

This is the significance behind "iNtRON."

The idea is to aim to be "the company that people desire."

The slogan "it is iNtRON." embodies this vision.

In the fall of 2022, when the unusually hot summer heat still lingered, the author began writing a book titled "Bacteriophage: The Way of Innovative-Innovation New Drug" with the desire to share the company's R&BD direction with people. In January 2023, Volume I (v1.0) was published. It can be referred to as "BACTERIOPHAGE I."

And, after approximately 18 months, in July 2024, iNtRON completed the preparations for the publication of Volume II (v2.0), "BACTERIOPHAGE II."

Eighteen months have passed since Volume I, and during this time, iNtRON has developed new stories and research findings. Based on these, iNtRON aim to present new content that iNtRON could not cover in Volume I due to time and space constraints.

Continuing from Volume I, iNtRON begins to discuss the drug development efforts of iNtRON under the title "BACTERIOPHAGE II: The Path to Innovative-Innovation New Drugs." With this volume, iNtRON hopes to convey a sense of the upgraded technologies and the thoughtful considerations that have gone into our work.

iNtRON is dedicated to developing new drugs based on bacteriophage technology. As the CEO of iNtRON, I find it necessary to inform our research team about the direction and goals of their ongoing work. Additionally, the author aims to clearly guide them on the path we need to follow in the future.

In addition, the author wanted to explain the company's story in a more comfortable and detailed manner to those who have even a slight interest in iNtRON. For those who previously had no interest, the author hopes this serves as an opportunity to spark their curiosity about our work.

Research and Development (R&D) is fundamentally different from general production or sales·marketing. For example, while investing in 10 employees for production or sales·marketing might complete a project within a year, it is understood that for R&D, investing in a single employee over a span of 10 years can be more efficient and yield better results.

This is iNtRON's perspective on R&D.

It requires deep expertise.

It requires time.

It is a field that demands persistence.

Research and development (R&D) must be aligned towards profitability. For this reason, iNtRON focuses not just on R&D, but on R&BD(Research and Business Development).

Following the publication of Volume I in January 2023, the author is committed to providing sincere and comprehensive explanations as writing Volume II, "BACTERIOPHAGE II; The Way of Innovative-Innovation New Drug." From the perspective of iNtRON's R&BD, we aim to share the expertise we have accumulated over the years. More importantly, we believe that bacteriophages are undoubtedly the foundational technology for 'Innovative-Innovation New Drug Technologies' and hold the potential to bring health and happiness to humanity. With this conviction, we continue to build our expertise step by step.

As of 2024, iNtRON is celebrating its 25th anniversary. This year marks the end of the first and second acts and the beginning of a new third act. Life and business are like a play. The important thing is to survive in the competition. iNtRON is still thriving, and it will continue to survive with integrity and strength amidst numerous competitors. Just as bacteriophages do, so will iNtRON.

Act 1

The goal at the start of Act 1 was solely to be listed on KOSDAQ. Act 1 was literally the early stage of the business. In 1999, we took our first steps with the motto of 'Korean localization of reagents.' However, in the early days, we utilized "Internet" public offerings, an investment method that was both the greatest opportunity and potential pitfall at that time. This approach ended up becoming a hindrance, and we faced immense pressure from hundreds of shareholders for being listed on KOSDAQ. Despite explaining the company's development direction at the time, shareholders persistently asked, "just tell me when you will be listed on KOSDAQ". This pressure, while understandable, was incredibly challenging.

For this reason, Act 1 had no room for any goals other than KOSDAQ listing. It was merely a struggle for survival, and this survival was only possible through the attainment of the KOSDAQ listing. During Act 1, iNtRON expanded its business scope from the existing reagent field to the diagnostic field. However, due to marketability issues, it was necessary to explore new technological areas. This led to the pioneering of the unknown field of bacteriophages. With the full-scale investment in bacteriophage technology, the first target was set as the Animal Antibiotic-Alternative Business. The KOSDAQ listing marked the end of Act 1 and allowed the company to further develop its focus on the human healthcare sector. This set the stage for significant investments aimed at growing into the R&BD enterprise developing more expensive new drug in a larger market.

Act 2

Following the company gets listed on KOSDAQ, the story of Act 2 begins. At this stage, our primary objective was to grow into a new drug development company through a global R&BD

group. We set three specific sub-goals:

Solving the funding issue: We believed that listing on KOSDAQ would solve our funding problems as if we had set sail with the wind at our backs. This was a naive thought.

At the time of the KOSDAQ listing, the public offering amount was only 3 billion KRW (approximately 3 million USD). This was insufficient not only for new drug development but also for the company's ongoing survival. Unlike today, the bio-industry was not in the spotlight, and our company did not attract much attention from investors. Therefore, we had to be content with the 3 billion KRW we raised through the public offering.

Despite we got listed on KOSDAQ, the company continued to suffer from a cash crunch. Consequently, we had no choice but to rely on government funds, mezzanine capital such as BW (bonds with warrants), CB (convertible bonds), and CPS (convertible preferred stock). Mezzanine capital, derived from the Italian word for the lounge space between the first and second floors of a building, refers to investments in securities like CBs and BWs, which lie between debt and equity in terms of risk.

This dependence often trapped the company in debt, making it difficult to escape. Therefore, the first sub-goal of Act 2 was set as securing funds for new drug development.

The second sub-goal was to secure platform technologies essential for growing into a new drug development company. Previously, our primary focus had been on reagent, diagnostic, and animal antibiotic technologies. However, to ultimately transform into a new drug development company, acquiring core platform technologies was crucial.

iNtRON started as a reagent company and expanded into the diagnostic field after securing diagnostic technologies. Around the time of the KOSDAQ listing, as we aimed to evolve into a new drug company, it became imperative and a strong desire to establish our own proprietary platform technologies.

Focusing on the concept of "Bacteriophages as bacteria-killing viruses," we concentrated on "Endolysin" and dedicated significant efforts to developing platform technologies such as PHAGERIA®, PHAGERUS®, and PHAGERIARUS®. We determined that we needed the ability to engineer endolysin to our specifications and also set the goal of engineering bacteriophages as desired. In essence, we aimed to secure the essential foundational technologies. This was the second sub-goal of Act 2.

The third sub-goal was to establish an organizational system, specifically focusing on acquiring the right talent. This was set as the third objective of Act 2.

In the early days of the business, I had the privilege of having a mentor who was once the chief secretary to a chairman of a conglomerate. His insights on talent discovery and development were invaluable. He explained that executives always prioritize finding and nurturing talent. He categorized employees into four quadrants based on their performances (competence) and attitudes (demeanor). 1st Quadrant: Employees with both competence and a good demeanor. 2nd Quadrant: Employees with competence but poor demeanor. 3rd Quadrant: Employees with good demeanor but lacking competence. 4th Quadrant: Employees lacking both competence and good demeanor.

According to the mentor, most executives do not worry about employees in the 1st and 4th quadrants. This is because 1st quadrant employees, who are both competent and have a good demeanor, are the ideal ones to keep. On the other hand, 4th quadrant employees, who lack both competence and good demeanor, are not worth keeping around.

The real challenge lies with 2nd and 3rd quadrant employees. These are the employees who are competent but have poor demeanor, or those who have a good demeanor but lack competence. These types are present in every organization.

The mentor advised not to be overly concerned with these dilemmas. Instead, simply choose 1st quadrant employees.

While this seems obvious, it's not always feasible for companies, especially smaller ones. The mentor's advice was to aim for a situation where you can always choose 1st quadrant employees. Even if it's not possible now, strive to create such conditions in the future. Therefore, the third sub-goal of Act 2 was to create a situation where we could always have 1st quadrant employees on our team.

Act 3

In January 2024, we announced the end of Act 2 and the beginning of Act 3. The sub-goals of Act 2 have been achieved. Now, we set new goals and embark on writing the story of Act 3, with the overarching objective of growing into a new drug development company through a global R&BD group. The goal of Act 3 is encapsulated in the phrase "Money & Match." We will write another chapter of our journey, with the ultimate aim of growth.

While the timing is uncertain, we look forward to the day when the goals of Act 3 are achieved and we begin Act 4. As we start Act 3 in 2024, we do so with:

Sufficient company funds to do what needs to be done.

Platform technologies that enable us to achieve our goals.

A 1st quadrant organizational structure composed of the right talent.

The achievements of Act 2 make a compelling case for beginning Act 3. The three sub-goals of Act 2 were accomplished last year, in 2023.

Now, in 2024, we embark on writing the story of Act 3. iNtRON will continue this journey until we reach Act 4, focusing solely on the growth into a new drug development company through a global R&BD group, guided by "Money & Match."

BACTERIOPHAGE
iNtRON vs Differnt

In the preface of Volume I, we explained what bacteriophages are. To briefly reiterate, bacteriophages can be defined as "viruses that kill bacteria." Due to these characteristics, many companies and research institutes, both domestically and internationally, that study bacteriophages attempt to use bacteriophages themselves in the development of new antibiotics. This approach is quite common. To date, more than 60 clinical trials have been conducted overseas. The basic premise is that since bacteriophages kill bacteria, they could potentially lead to new antibiotic developments. iNtRON also considered this approach initially but ultimately decided otherwise.

The issue of antibiotic-resistant bacteria, or superbugs, is expected to form a significant future market globally. Consequently, many companies are actively conducting research and clinical trials to find solutions through bacteriophages. We are not saying this approach is incorrect but iNtRON's perspective and judgment are different. We do not claim our approach is the only correct one; it is merely different. Declaring others wrong would be arrogant.

iNtRON does not use bacteriophages themselves for treating antibiotic-resistant bacteria in humans, unlike many similar biotech companies both domestically and internationally.

iNtRON limits the application of bacteriophages themselves to the animal sector. For the human sector, we focus on developing new protein drugs derived from bacteriophages called "Endolysins" to treat antibiotic-resistant bacteria, or superbugs.

Choosing to focus on endolysins rather than bacteriophages themselves for the development of treatments for antibiotic-resistant bacteria was a significant strategic decision for iNtRON. This decision helped solidify our R&BD direction in terms of "focus vs. expansion." Why did we make this choice? Let me explain.

iNtRON interprets bacteriophages differently from the established consensus. We do not start from the premise, "Bacteriophages are viruses that kill bacteria," but from a hypothesis. However, we believe our hypothesis will eventually become an established fact.

An established fact is based on data. A hypothesis does not start from imagination but also from data. The hypothesis that the Earth revolves around the Sun became an established fact, based on data, not imagination. Hypotheses always become established facts if they are based on data.

We firmly believe the established fact that "bacteriophages are viruses that kill bacteria" because the data supports it. However, in practice, bacteriophages do not kill all bacteria completely. This is also based on data. Bacteriophages kill bacteria, but not all of them. They do not sterilize.

Why? It's simple: if bacteriophages killed all bacteria, they would not be able to survive themselves. Thus, while they kill bacteria, they leave enough alive to sustain their own survival.

Not for the sake of bacteria, but for their own survival. They kill, but not entirely. Bacteriophages are incredibly intelligent and capable. They think and evolve. iNtRON is based on bacteriophages.

This is a crucial point. Bacteriophage researchers will agree with this data. They kill, but they do not kill entirely. For this reason, iNtRON does not directly use bacteriophages to develop treatments for antibiotic-resistant bacteria in humans. Instead, we understand their characteristics and focus on using bacteriophage-derived endolysins to develop superbug treatments and further pursue unmet needs in antibiotic alternatives.

iNtRON is different. Introduction it is iNtRON.

Bacteriophages are bacteria-eating viruses.

For this reason, most companies and researchers are developing bio drugs for Bacterial Infectious Diseases

However, iNtRON thinks differently!

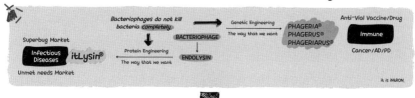

from SUPERBUG to IMMUNE
First-in-Class & First-in-Concept

iNtRON vs Different

01

BC Era

Before **C**oncept

'First-in-Class' *New Drug Development*

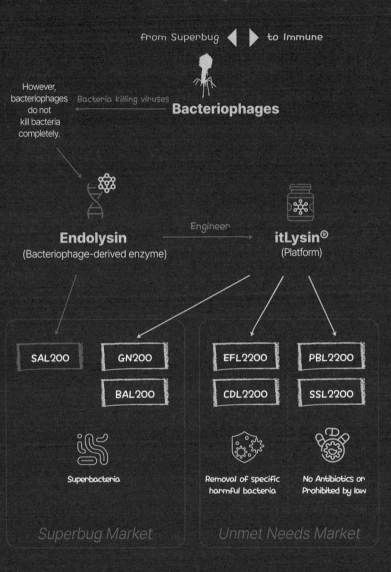

from Superbug ◀ ▶ to Immune

Bacteria killing viruses → **Bacteriophages**

However, bacteriophages do not kill bacteria completely.

Endolysin
(Bacteriophage-derived enzyme)

Engineer →

itLysin®
(Platform)

SAL200	GN200	EFL2200	PBL2200
	BAL200	CDL2200	SSL2200

Superbacteria

Removal of specific harmful bacteria

No Antibiotics or Prohibited by law

Superbug Market

Unmet Needs Market

Bacteriophages are useful microorganisms,

but they cannot completely eradicate all bacteria.

Therefore, instead of using bacteriophages themselves,

iNtRON is developing new drugs utilizing endolysins,

antibacterial substances derived from bacteriophages,

or their improved version, itLysin®.

━━━━━━ *Endolysin vs itLysin®*

Endolysin vs itLysin®

iNtRON uses a protein enzyme technology called endolysin to develop treatments for superbugs (superbacteria). Our proprietary technology, branded as itLysin®, represents an engineered form of endolysin, which can be understood as a new technology and candidate substance developed by iNtRON.

As mentioned in Volume I and the preface, although bacteriophages kill bacteria, they do not completely eradicate all bacteria. Based on this factual data, iNtRON does not use bacteriophages themselves to develop superbug treatments. Instead, we utilize endolysin, the enzyme functioning to kill bacteria, and most importantly, we employ our engineered version, itLysin®, to make it suitable for new drug development.

Bacteriophages are indeed useful microorganisms that can control bacteria, but they do not kill all bacteria within a target colony. They naturally leave some bacteria alive, following the principles of nature.

Due to this inherent characteristic of bacteriophages, they do not completely eradicate the causative bacteria, making them less suitable as "bacterial infection treatments." Consequently, iNtRON does not use bacteriophages themselves for developing bacterial infection treatments. Instead, we focus on new drug development using endolysin, an antibacterial substance derived from bacteriophages, or its engineered form, itLysin®.

Endolysin is a protein enzyme that can dissolve the bacterial cell wall (see figure). After a bacteriophage infects a bacterium and replicates into numerous progeny, endolysin dissolves the bacterial cell wall during the later stages of infection, allowing the replicated bacteriophages to escape. Essentially, endolysin creates holes in the bacterial cell wall, enabling the release of the progeny. Specifically, endolysin has the ability to target and dissolve peptidoglycan, the main component of the bacterial cell wall, which is how bacteriophages effectively kill bacteria.

When developing treatments for superbugs, iNtRON utilizes this endolysin. Unlike bacteriophages, endolysin is not a living organism and thus does not preserve some bacteria for its own survival. It ruthlessly dissolves bacteria upon contact by completely eradicating them within 1 to 10 minutes.

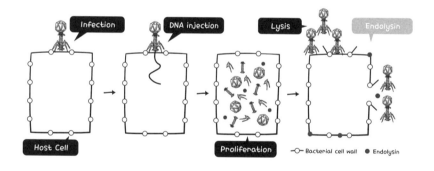

Bacterial infection and endolysin function

By harnessing the power of endolysin, iNtRON aims to develop effective treatments for superbugs, providing a powerful alternative to traditional antibiotics.

The reason iNtRON chose endolysin for developing treatments for superbugs and other bacterial infections is based on clear technical data: while bacteriophages do not completely eradicate bacteria, endolysins dissolve them entirely.

Additionally, endolysin has a significantly lower probability of causing resistance compared to bacteriophages. Sometimes, bacteria can develop resistance to bacteriophages due to acquired characteristics. A prime example is the CRISPR/Cas system used in gene editing. This system is a defense mechanism bacteria evolved to protect themselves from bacteriophage infection. When a bacteriophage infects a bacterium, CRISPR recognizes it and Cas, a molecular scissor, cuts it up, thereby destroying the bacteriophage. Of course, bacteriophages also have strategies to counteract this mechanism. They are indeed intelligent adversaries.

Furthermore, bacteria can alter receptors to prevent bacteriophage attachment, among other strategies, showcasing the ongoing evolutionary battle between bacteria and bacteriophages that has been raging for billions of years. Neither side can be deemed the ultimate victor because both continue to survive.

More precisely, bacteriophages have no incentive to completely eliminate bacteria. Bacteria are their prey. Unless a better food source appears, keeping some bacteria alive is acceptable as they can always control their prey population and hunt when needed.

As discussed in "BACTERIOPHAGE I," bacteriophages continuously evolve to target new prey. iNtRON is prepared to address it through the technological advancements in bacteriophage research. Using endolysin for superbug treatments offers several advantages over bacteriophages: Complete Bacterial Eradication: Endolysin completely dissolves bacteria, unlike bacteriophages that leave some bacteria alive for their survival.

Lower Resistance Risk: Endolysins are less likely to induce bacterial resistance compared to bacteriophages, which can sometimes lead to resistance through mechanisms like CRISPR/Cas. Targeted Action: Endolysins act specifically on the bacterial cell wall, providing a targeted and effective means of killing bacteria without the complex interactions that can occur with bacteriophages.

By focusing on endolysin, iNtRON aims to develop more effective and reliable treatments for antibiotic-resistant bacteria, leveraging the clear advantages and technical strengths of this approach.

When endolysin dissolves bacteria, it primarily targets peptidoglycan, a crucial component of the bacterial cell wall. The likelihood of mutations occurring in peptidoglycan is extremely low. This is because, unlike bacteriophages which face a higher probability of bacterial resistance, it is difficult for bacteria to develop resistance to endolysin. Bacteria are intelligent organisms and understand that mutations in such essential components would jeopardize their survival. Thus, peptidoglycan remains largely unchanged.

While the fact that bacteriophages do not kill all bacteria is a key reason why iNtRON chose endolysin as the core technology for superbug treatments, there are additional advantages to preferring endolysin.

However, there are a few drawbacks to using endolysin as a therapeutic agent:

Protein Stability: Endolysin is a naturally occurring protein found inside bacteriophages. When developed as a therapeutic and administered externally, it can be unstable. Therefore, enhancing the protein's stability is necessary for effective use as a treatment.

Sustained Efficacy: Unlike bacteriophages, which continue to kill bacteria and reproduce as long as they are alive, endolysin must maintain its efficacy within the body as a protein. Solutions are needed to ensure its sustained activity in vivo.

Penetration of Gram-Negative Bacteria: Certain bacteria, like Gram-negative bacteria, have an outer membrane that prevents endolysin from accessing the peptidoglycan layer. Additional strategies are required to breach this outer membrane, such as creating pores or partially destroying it.

Inactivation by Ions: Various ions present in the body can inhibit the activity of endolysin, so addressing this issue is crucial for its effectiveness.

To use endolysin directly as a new drug, these limitations must be addressed. This requires extensive engineering to make it suitable for therapeutic applications from both a technical and market perspective.

This is why expertise in R&BD (Research and Business Development) is essential. iNtRON, leveraging its extensive R&BD expertise, thoroughly analyzes and engineers endolysin to overcome its inherent limitations, making it a viable candidate for new drug development.

Furthermore, we are developing additional strategies to ensure the stability and efficacy of endolysin as a therapeutic agent. These efforts are encompassed under our platform technology, branded as itLysin®. This comprehensive approach ensures that our endolysin-based treatments are robust, effective, and commercially viable.

The company's first endolysin-based drug is SAL200.

SAL200 is an endolysin drug developed directly from the naturally occurring protein found in bacteriophages. However, most endolysins developed after SAL200 are not used in their natural form. Instead, they are engineered to target specific diseases, utilizing the itLysin® platform technology.

Using this itLysin® technology, iNtRON is developing multiple itLysin® drug candidates. We are confident that we are leading the market not only domestically but also in international competitiveness.

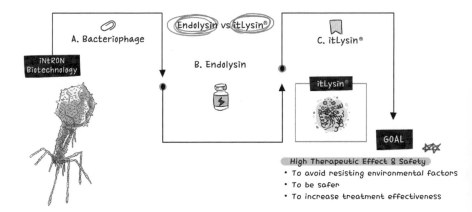

Endolysin vs itLysin®

iNtRON is using the itLysin® platform technology to develop multiple new drugs, targeting two main market areas from a commercial perspective:

The first one is 'Superbug Market.' This is the market for treatments against superbugs, or antibiotic-resistant bacteria. The second one is 'Unmet Needs Market.' This market focuses on areas with unmet medical needs, where current treatments are inadequate.

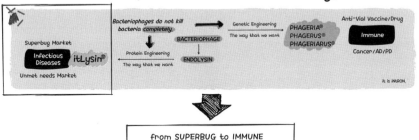

Bacteriophage-based New Drugs

Bacteriophages are bacteria-eating viruses.
For this reason, most companies and researchers are developing bio drugs for Bacterial Infectious Diseases

However, iNtRON thinks differently!

Markets targeted with itLysin® platform technology

Thus, the target markets for itLysin® are 'Superbug Market',
which addresses multidrug-resistant infections that are difficult to
treat with existing antibiotics, and 'Unmet Needs Market', which
encompasses areas where existing technologies and drugs fall
short, leaving significant gaps in effective treatment options. In
the next section, I will explain these two markets in more detail.

Endolysin vs itLysin® it is iNtRON.

There are frequent predictions that humanity could
face a significant threat due to super bacteria.
This can truly be called the 'Revenge of the Antibiotics'.
iNtRON is developing SAL200, GN200, and BAL200
targeting this 'superbug market'.

Superbug Market

Superbug Market

Superbugs, Super Bacteria, and Antibiotic-Resistant Bacteria These terms all refer to the same concept. The "superbug market" specifically targets super bacteria, focusing on developing new drugs to combat them. To understand this market, it is essential first to understand super bacteria. When did super bacteria start becoming a threat to humanity?

We need to look back to World War II. During the Second World War, which began in 1939, penicillin played a crucial role as an antibiotic. It was used to treat infections in wounded soldiers, saving countless lives. Penicillin was discovered by Alexander Fleming, a British-Scottish microbiologist, in the spring of 1928. He observed that a substance produced by blue mold, penicillin, killed bacteria. For this groundbreaking discovery, Fleming was awarded the Nobel Prize in Physiology or Medicine in 1945. In 1942, Merck, a global company that has been in business since the 17th century and produces pharmaceuticals, life sciences, and electronic materials, became the first company to mass-produce penicillin. This mass production played a vital role during the war. The discovery and mass production of penicillin during World War II had a profound impact on humanity, to the extent that it is considered one of the three major inventions of that era, alongside the atomic bomb and radar.

Ironically, the discovery and mass production of penicillin also contributed to a decline in the research on bacteriophages as bacterial infection treatments. As World War II progressed, penicillin became the focal point, and numerous inexpensive and easily producible synthetic antibiotics were developed and marketed. This shift caused the interest in developing bacteriophage-based bacterial infection treatments to wane. At the time of its initial introduction, penicillin was hailed as a miracle drug that could save humanity from bacterial infections.

Few anticipated the emergence of superbugs—bacteria that could neutralize antibiotics. Today, however, there are frequent warnings that superbugs pose a significant threat to humanity due to antibiotic resistance, a phenomenon often described as the "revenge of the antibiotics."

Penicillin, widely used globally to treat bacterial infections, took only about a decade for resistant strains to emerge. By 1941, penicillin-resistant *Staphylococcus aureus* (PRSA) had appeared. By the 1950s, over 60% of *Staphylococcus aureus* strains had developed resistance to penicillin. As penicillin-resistant bacteria emerged, pharmaceutical companies scrambled to develop more potent antibiotics. This effort led to the development of methicillin in 1959, designed specifically to combat penicillin-resistant bacteria. Methicillin, a beta-lactam antibiotic of the penicillin class, was developed by Beecham, which later merged into GSK (GlaxoSmithKline). Methicillin was intended to treat superbugs that had developed resistance to penicillin and was widely used globally.

However, while penicillin-resistant bacteria took about ten years to emerge, methicillin-resistant bacteria appeared in just over two years. In 1961, methicillin-resistant *Staphylococcus aureus* (MRSA) was discovered. This rapid development of resistance sent shockwaves through the medical community. It underscored the paradox that stronger antibiotics could lead to the faster emergence of even stronger antibiotic-resistant bacteria. This realization was alarming. As antibiotic resistance became a more pressing issue, the need for new antibiotics grew. Yet, the challenge was that stronger antibiotics tended to produce stronger superbugs, creating a complex and escalating problem. Amid this backdrop, bacteriophage technology, which had fallen out of favor with the advent of penicillin, began to be reconsidered. In the 21st century, there has been a resurgence of interest in using bacteriophages to combat antibiotic-resistant bacteria.

The emergence of antibiotic-resistant bacteria has fundamentally altered the perspective on antibiotic use. There is a growing recognition of the need to reduce antibiotic usage and adhere strictly to prescribed guidelines. Moreover, there is an increasing necessity to develop new strategies to combat superbugs. However, antibiotics have undeniably played a crucial role in dramatically extending human life expectancy and will continue to do so. As an interesting thought experiment, imagine traveling back in time to the Goryeo or Joseon dynasties armed with antibiotics. You could easily be hailed as a medical savior, akin to Hua Tuo, the legendary physician of the late Han Dynasty in China. This underscores the significance of antibiotics, which have been a groundbreaking invention enabling humanity to escape the clutches of bacterial diseases. The name Fleming remains celebrated for this reason, and rightly so, as antibiotics continue to be vital.

Despite their life-saving importance, antibiotics paradoxically pose a severe threat to humanity due to the rise of antibiotic-resistant bacteria. The misuse and overuse of antibiotics have led to an increase in antibiotic-resistant bacteria, resulting in superbugs that cannot be treated with any existing antibiotics. This growing threat necessitates the development of alternatives. Every year, new resistant strains emerge, causing significant concern among health organizations worldwide, including the World Health Organization (WHO). A 2016 report by the UK government highlighted that approximately 700,000 people globally die each year from antibiotic-resistant infections. By 2050, it is projected that this number could exceed 10 million annual deaths, surpassing deaths from cancer. The associated treatment costs are estimated to reach an astronomical $100 trillion, equivalent to about 13 quadrillion Korean Won.

Let's summarize the key "superbugs":

MRSA (Methicillin-resistant *Staphylococcus aureus*):

Staphylococcus aureus bacteria that have acquired resistance to methicillin and other beta-lactam antibiotics. It is particularly problematic in hospital settings. Patients with open wounds, those using surgical devices, and individuals with weakened immune systems are at higher risk of infection.

VRSA (Vancomycin-resistant *Staphylococcus aureus*):

Staphylococcus aureus strains resistant to vancomycin (with resistance levels >16μg/ml). Since it was first identified in Japan in 1996,

VRSA has been found in Asia, Europe, and the United States.

VRE (Vancomycin-resistant *Enterococci*):

Enterococcus faecalis and *Enterococcus faecium* strains that have developed resistance to vancomycin. It was emerged in Europe in the 1980s and became a major cause of hospital-acquired infections. These bacteria can be spread through gastrointestinal carriers or via hands and equipment.

MDR TB (Multidrug-resistant *Tuberculosis*):

Mycobacterium tuberculosis strains resistant to at least isoniazid and rifampin, the primary drugs used to treat TB. MDR TB can further develop into **XDR TB** (Extensively drug-resistant TB) and **PDR TB** (Pandrug-resistant TB), which are resistant to secondary treatments like quinolones and aminoglycosides.

In addition to these superbugs, antibiotic-resistant bacteria continue to emerge, correlating with the increased use of antibiotics. This trend underscores the necessity for humanity to develop effective countermeasures.

The World Health Organization (WHO) has recognized the urgent need to address antibiotic resistance. In 2017, the WHO published a list of priority pathogens that require new antibiotic development, coining the term "ESKAPE" to emphasize the urgency.

The key point to note is that these priority pathogens are not rare or exotic; they are common bacteria found all around us. This fact is particularly alarming because these common pathogens have developed resistance to most existing antibiotics, exhibiting what is known as multi-drug resistance. Multi-drug resistance refers to the ability of bacteria to withstand three or more different classes of antibiotics. This means that common bacteria, which we encounter frequently, can potentially undermine human health and pose a significant threat to our lives.

The term "ESKAPE" might appear to be a misspelling of the English word "escape," but it is an intentional acronym. It represents the first letters of the scientific names of the six bacteria that show resistance to current major antibiotics. The use of the word "ESKAPE" is deliberate, emphasizing the urgent need for humanity to "escape" from the growing problem of antibiotic-resistant bacteria.

ESKAPE Pathogens:

Enterococcus faecium
Staphylococcus aureus
Klebsiella pneumoniae
Acinetobacter baumannii
Pseudomonas aeruginosa
Enterobacter species

Some may argue that ESKAPE bacteria are not particularly threatening to healthy individuals. However, this perspective overlooks a crucial fact: medications are typically not intended for healthy people.

ESKAPE pathogens are especially problematic in the context of hospital-acquired infections. These bacteria often exhibit multi-drug resistance (MDR), making them a serious concern. The immune-compromised patients who frequent hospitals are particularly vulnerable to these infections. When ESKAPE bacteria cause hospital-acquired infections, and they are multi-drug resistant, the situation becomes critical. Compounding the problem is the fact that the development of new antibiotics is not keeping pace with the emergence of these MDR ESKAPE pathogens. This creates an urgent need for new solutions.

As a response to the Superbug Market, iNtRON is developing SAL200 against MRSA, GN200 against Gram negative bacterial infection, and BAL200 as a therapeutic agent against anthrax. SAL200 is iNtRON's first endolysin-based new drug. Unlike SAL200 specifically utilizes the endolysin derived directly from bacteriophages, all other endolysin new drugs are developed using the engineered itLysin® platform to tailor the endolysins for specific target diseases. Espacially, amongst the above developments, GN200, being developed to target Gram-negative bacterial infections, focuses on strains with increasing resistance issues such as *Acinetobacter baumannii*, *Pseudomonas aeruginosa*, and *Klebsiella pneumoniae*. The goal is to develop a biological drug that can effectively treat bloodstream and systemic infections caused by these pathogens.

Like this, iNtRON is developing new drugs for MRSA (SAL200), Gram-negaive infection (GN200), and anthrax treatment (BAL200). Additionally, iNtRON is pursuing the market that treatments by the current antibiotics are inadequate through the development of itLysin® new drugs. Superbug market it is iNtRON.

The 'unmet needs market' refers to markets
where existing antibiotics cannot be used
due to legal regulations or social issues.
iNtRON is also applying itLysin® technology
in the development of new drugs in these areas,
including EFL2200, CDL2200, PBL2200, and SSL2200.

Unmet Needs Market

Unmet Needs Market

As previously explained, iNtRON is engaged in the development of multiple new drugs. Utilizing bacteriophage technology as a platform, the company focuses on developing biological drugs aimed at treating bacterial infections. The primary development goal is the itLysin® line of drugs.

The itLysin® drugs target the two different market. The first one is Superbug Market, and it includes treatments for multi-drug-resistant (MDR) bacterial infections that are difficult to treat with traditional antibiotics. Another target market is Unmet Needs Market, and it encompasses areas where current antibiotic-based treatments and related technology has limitation and having a trouble to get the effective solutions.

The "Unmet Needs Market" can be summarized as a market where existing antibiotic treatments are inadequate or insufficient. Representative developments in this category mainly include decolonization drug for VRE (EFL2200), new drug targeting infections caused by *Clostridioides difficile* (CDL2200), new drug to combat *Paenibacillus larvae*, the pathogen responsible for foulbrood disease in honeybee larvae (PBL200) and ew drug to treat bovine mastitis, a serious infection in dairy cows (SSL2200).

iNtRON defines the "Unmet Needs Market," where traditional antibiotics are challenging to use, into two main categories:

Firstly, targeting specific pathogenic within environments containing diverse bacterial species such as bacteria amidst normal bacterial flora.

The human gut hosts a multitude of beneficial bacteria that maintain a healthy balance. When a specific harmful bacterium infects this environment, using traditional antibiotics can kill both the harmful and beneficial bacteria, disrupting the balance of the normal bacterial flora and potentially leading to more severe health issues. This scenario is akin to burning down your house to catch a bedbug. The effective treatments that selectively target pathogenic bacteria without disturbing the normal flora are urgently needed. This area represents a significant focus for iNtRON's "Unmet Needs Market."

Secondly, the areas where antibiotic use is discouraged or prohibited. Easily speaking, this category involves treating infections in sectors involve food sources or organisms that ultimately impact human health, such as plants and animals.

For instance, honeybees are susceptible to various bacterial infections, but antibiotics cannot be used to treat them due to legal and safety concerns. In the case of livestock, yet the use of antibiotics is heavily regulated since these animals ultimately contribute to the human food supply. Developing effective treatments for bacterial infections in these sectors is crucial, not only for the health of the animals and plants but also for the safety and health of humans who consume these products.

iNtRON applies its itLysin® technology to develop new drugs for these areas.

Let's delve deeper into the specifics of the first part of the "Unmet Needs Market," focusing on treatments that target harmful bacteria while preserving the balance of normal bacterial flora, such as EFL2200 and CDL2200, which serve as prime examples of this approach.

EFL2200 is targeting *Enterococcus faecium* and *Enterococcus faecalis*. Both bacteria are major causative agents of VRE (vancomycin-resistant *enterococci*) colonization.

VRE colonization primarily occurs on the surface of the mucosal layer in the colon, a part of the digestive system. Patients with VRE colonization can transmit the bacteria to other patients in healthcare settings, particularly in hospitals and long-term care facilities. If the mucosal layer is damaged due to factors like immunosuppression or excessive antibiotic use, VRE can penetrate the underlying epithelial cells, leading to bloodstream infections and sepsis. Sepsis is a severe systemic inflammatory response to infection that can result in death.

According to a study published in Open Forum Infectious Diseases (7(1): OFZ553, 2020), over 40% of patients admitted to U.S. nursing facilities were found to have VRE colonization. This highlights the significant public health challenge posed by VRE.

The only current treatment for VRE colonization is antibiotic therapy. However, this approach severely disrupts the normal bacterial flora in the colon, causing substantial collateral damage. Due to the adverse effects on the normal bacterial flora, VRE decolonization treatments are generally avoided unless absolutely necessary. This results in a precarious situation, especially among the elderly population, where VRE colonization can act as a ticking time bomb, posing a severe societal threat. There is a critical need for effective treatments that can specifically target VRE colonization without harming the normal gut flora.

Therefore, the development of a "VRE decolonization agent" is of paramount importance, and its potential medical applications are highly significant. iNtRON recognizes this and has targeted VRE decolonization as one of the key diseases for their itLysin® new drug development platform.

Next, the necessity for the development of CDL2200.

CDL2200 is a prime example of how the unique properties of itLysin® can be leveraged to develop effective treatments for complex infections. *Clostridioides difficile* infection (CDI) exemplifies a condition where traditional antibiotic treatments have precipitated the problem. CDI arises from the disruption of the gut's normal bacterial flora due to broad-spectrum antibiotic use, necessitating a treatment that can selectively target the pathogenic *C. difficile* while preserving the beneficial microbiome.

The incidence of *Clostridioides difficile* infection (CDI) is continuously increasing worldwide, particularly with a rapid rise in severe or fulminant CDI cases. One of the major concerns related to CDI is the increasing frequency of recurrent CDI (rCDI). Recurrence can be due to the reactivation of previously treated bacteria or reinfection with a new strain. Studies report that recurrence is observed in 15-50% of cases after the initial CDI episode. Current antibiotic-based treatments contribute to the problem of repeated recurrences, highlighting the urgent need for the development of effective therapies for rCDI. Recently, VOWST, a microbiome-based product developed by Seres, has gained significant attention following its FDA approval for the treatment of recurrent CDI (rCDI). While it presents a promising alternative, it has limitations and cannot be fully utilized as a treatment.

CDL2200 is being developed as a therapeutic that can maximize the unique features of itLysin®, which selectively targets *Clostridioides difficile*. This product exhibits antibacterial activity even against strains resistant to conventional antibiotics, maintains a gut environment that suppresses CDI recurrence, and specifically treats *Clostridioides difficile*. The primary target is the treatment of recurrent CDI (rCDI), and the product is also being developed as an enteric-coated capsule for convenient oral administration.

Particularly, the development of CDL2200 and EFL2200 involves the establishment of manufacturing processes for the capsule formulation, which is another crucial technology to be developed. The development of suitable formulations is essential, considering that the pH varies across different parts of the gastrointestinal tract.

Therefore, the development of oral formulations capable of delivering the active pharmaceutical ingredient (API) effectively must take into account a pH-controlled system and a time-controlled system to address the changes in pH and retention time within the digestive system. This will ensure that the API is delivered effectively throughout the gastrointestinal tract, making it an optimal oral formulation, especially for colon-targeting. Appropriate capsule formulation manufacturing technologies for targeting the colon are also being developed.

The second part targeting the "unmet needs market" focuses on areas where the use of antibiotics is either discouraged or legally prohibited. Notable examples include PBL2200, which targets American foulbrood in honeybees, and SSL2200, which targets mastitis in dairy cows, both of which utilize the related itLysin® technology.

First, itLysin® PBL2200, a preventive and therapeutic agent for American Foulbrood (AFB) in honeybees, is being developed to exhibit excellent antibacterial activity against *Paenibacillus larvae (P. larvae)*.

To date, the known control methods for AFB involve either burning the entire infected bee colony or administering antibiotics to uninfected hives to prevent further spread, due to the lack of effective treatments. Therefore, developing a preventive and therapeutic agent using itLysin® technology for AFB represents a significant advancement in biological control methods and offers an opportunity to lead in this field.

The development of SSL2200 involves creating itLysin® with antibacterial activity against *Staphylococcus aureus* and coagulase-negative staphylococci. This substance is being developed to exhibit excellent antibacterial activity in milk, making it highly effective for treating mastitis in dairy cows.

Milk contains various cations, lactose, and proteins, making it challenging to develop endolysins that exhibit active functions within this environment. To date, there are very few endolysins capable of maintaining functionality in milk, and SSL2200 is being developed to achieve this.

To accomplish this, the tertiary structure of SSL2200 will be secured first, and the surface-exposed cationic amino acid residues will be identified. This understanding will allow for the optimal development of SSL2200 to minimize electrostatic interactions with negatively charged milk proteins.

iNtRON's R&BD is always different and innovative. Rather than using endolysins as they are, the company engineers them to develop entirely new drugs tailored to specific needs. This is why itLysin® deserves attention. Unmet Needs Market it is iNtRON.

In the era of BC technology,

expertise and technology to modify endolysins

based on itLysin® technology as desired were necessary.

Similarly, in the era of AD technology,

it is based on the expertise and

technology to freely modify bacteriophages.

Dividing the technological era into BC and AD

Dividing The Technological Era
Into BC and AD

BC Before Concept
AD After Definition

Bacteriophages kill bacteria, but they do not eliminate them completely. Based on this fact, iNtRON is developing new protein antibiotics, including superbug treatments and solutions for unmet market needs, using itLysin® (endolysin). iNtRON is focused on 'itLysin®'. However, in the context of business and research development, 'focus' implies letting go of certain things.

Many of iNtRON's new drug programs, aside from 'itLysin®', have been transferred to external companies. By letting go, the company can expand. In this sense, iNtRON has redefined the concept of bacteriophages and recognized the absolute necessity to venture into new fields based on this foundation. Focus means letting go. By letting go, expansion becomes possible. Focus vs. expansion.

The statement "bacteriophages are viruses that kill bacteria" is a well-established fact believed by all researchers in the field. This is naturally accepted by iNtRON as well. However, iNtRON has redefined this concept with a new perspective and has begun applying it to their research and development, leading to expansion.

First, because bacteriophages are viruses that kill bacteria, they have a close relationship with bacteria. Based on this, the technology trademarked as PHAGERIA® (Phage + Bacteria) by iNtRON was developed.

Second, because bacteriophages are viruses that kill bacteria, they can be used to neutralize viruses by leveraging bacteriophages. This led to the development of the technology trademarked as PHAGERUS® (Phage + Virus).

Lastly, because bacteriophages are viruses that kill bacteria, they can have a close relationship with bacteria, bacteriophages, and, more importantly, humans (or animals). This led to the development of the technology trademarked as PHAGERIARUS® (Phage + Bacteria + Virus).

Thus, PHAGERIA®, PHAGERUS®, and PHAGERIARUS® embody iNtRON's new R&BD direction of "focus vs. expansion." By challenging the established notion that "bacteriophages are viruses that kill bacteria," iNtRON has derived new concepts. This approach is not about being right or wrong but about being different, and it serves as the driving force for pursuing iNtRON's unique R&BD domain. Concept. Definition.

In Volume I, PHAGERIA® was defined as belonging to the BC era of technology, but in Volume II, it is reclassified as part of the AD era of technology. Over time, more technology has been accumulated, and our expertise has deepened. BC vs. AD.

In the BC era of technology, based on itLysin® technology, we needed the skills and expertise to engineer endolysins as desired— Endolysin Engineering: The way that we want. Similarly, in the AD era of technology, it is founded on the ability and expertise to engineer bacteriophages as desired— Bacteriophage Engineering: The way that we want. Engineering. As desired. At will. Dividing the technological era into BC and AD it is iNtRON.

The statement
"bacteriophages are viruses that kill bacteria"
is a well-established fact believed by
all researchers in the field.
This is naturally accepted by iNtRON as well.
However, iNtRON has redefined this concept
with a new perspective and has begun applying it
to their research and development,
leading to expansion.

With the motto of becoming a 'Global R&BD Group',
iNtRON has set its goal on
"Innovative-Innovation new drug".
It has dedicated significant efforts to building various
platform technologies.
At the center of all these efforts is the "Bacteriophage".

━━━━━━ *Bacteriophage; Nature's Providence*

Bacteriophage; Nature's Providence

Bacteriophage = Providence

In studying bacteriophages, the most frequently felt and discussed concept is the 'providence of nature'. With three ears in the character, it implies listening well and following.Providence has several dictionary meanings:

1) The care and management of a sick or diseased body.

2) Acting and governing on behalf of someone.

3) The principles and laws governing the natural world.

4) In Christianity, the will of God that governs the world and the universe.

Considering the four dictionary definitions of providence, it seems fitting to relate them to bacteriophages. Bacteriophage. It can be considered providence.

1) Used to treat a sick or diseased body.
2) Addresses and controls the causes of diseases.
3) The principles and laws governing bacteria, viruses, and humans (animals).
4) Nature's droplets of divinity that govern the world and the universe.

The core of iNtRON's R&BD lies in 'bacteriophages.'
With the motto of being a 'Global R&BD Group,'
the company aims to become a
'World Leader in Diagnostics, Prophylactics and Therapeutics.'
The purpose of the company is set on
'Innovative-Innovation in New Drug Development.'
iNtRON has dedicated significant efforts
to building many platform technologies,

with 'bacteriophages' occupying a main

and critical position in this endeavor.

Bacteriophages are defined as "bacteria eating virus." This term was newly coined in 1915 by British scientist Frederick W. Twort and in 1917 by French scientist Felix d'Herelle.

The name implies "bacteria eater" and, in the early stages of research, bacteriophages were regarded as "drops of divine water" or "gifts from God" capable of treating numerous bacterial infections, leading to active research in the field.

iNtRON, with the motto of being a "Global R&BD Group" and the direction of developing "Innovative-Innovation New Drugs," has been investing continuously in building numerous platform technologies. Bacteriophages will continue to hold a significant position at the core of these efforts.

During World War II, bacteriophages lost prominence due to the development of synthetic antibiotics, notably penicillin. However, in the 21st century, issues such as the misuse of existing synthetic antibiotics and the emergence of antibiotic-resistant bacteria have led to a renewed interest in bacteriophages.

Many researchers are once again actively studying bacteriophages as an alternative for treating bacterial diseases. However, iNtRON is taking a different path from this point onward.

While referencing the established theories about bacteriophages, iNtRON is starting anew with a different hypothesis. This approach is not limited to bacteria that cause infections but extends the scope of R&BD to include immunity. From superbugs to immune: expanding the focus from combating superbugs to enhancing immune responses. Bacteriophage; Nature's Providene it is iNtRON.

The core of iNtRON's
R&BD lies in
'bacteriophages.'

02

AD Era

After **D**efinition

'First-in-Concept' New Drug Development

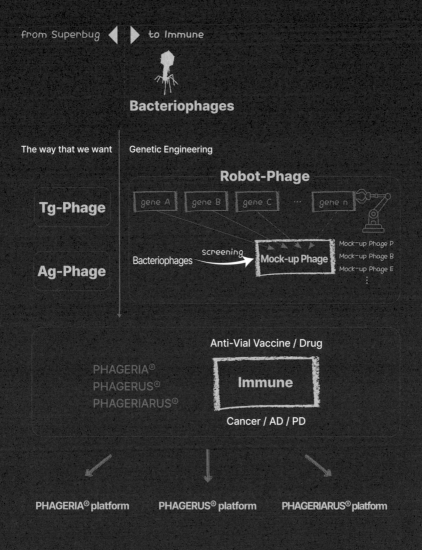

from Superbug ◀ ▶ to Immune

Bacteriophages

The way that we want | Genetic Engineering

Robot-Phage

Tg-Phage

gene A | gene B | gene C | ... | gene n

Ag-Phage

Bacteriophages → screening → **Mock-up Phage**

Mock-up Phage P
Mock-up Phage B
Mock-up Phage E

Anti-Vial Vaccine / Drug

PHAGERIA®
PHAGERUS®
PHAGERIARUS®

Immune

Cancer / AD / PD

PHAGERIA® platform   PHAGERUS® platform   PHAGERIARUS® platform

Present living in a time

where the future seems shorter than the past.

All we need now is technology to help people as they die.

The direction of iNtRON's R&BD lies in a

'future that is longer than the past'.

Bacteriophages are the driving force that can help us

create a future longer than the past.

━━━━━━ *A Future Shorter Than The Past(Tale 1)*

A Future Shorter
Than The Past

(Tale 1)

During the time when the company was aiming to KOSDAQ listing and undergoing a technology evaluation system, while transitioning from a reagent business to a diagnostics business, and ultimately to a new drug development company, I wrote several pieces.

Here is one of them, titled "A Shorter Future than the Past":

A Future Shorter Than The Past
10,000 BC vs 10,000 AD

Director Roland Emmerich released the movie "10,000 BC" in 2008. When I first heard about this movie, I was curious about its content. Upon watching the movie on DVD, I found that it depicted life approximately 12,000 years ago, around 10,000 BC. The movie featured mammoths and pyramids. Although it did not leave a significant emotional impact as a film, I could somewhat understand why the director decided to make it.

He seemed to be curious about what human life and their way of living were like 10,000 years ago. For reference, BC stands for "Before Christ," meaning before the birth of Jesus, while AD stands for "Anno Domini," a Latin phrase meaning "in the year of our Lord." If director Roland Emmerich was curious about life 10,000 years ago, I find myself wondering about life 10,000 years in the future, specifically in AD 12010. What will humanity, human life, and the Earth look like then?

However, there is a problem.

I couldn't predict what the world would look like 10,000 years in the future, nor did I have any information that provided even a small clue. The bigger issue is that many people believe the Earth will face destruction. Some say it will end next year, others claim it will happen in 100 years, whether by fire, water, or a collision with another planet. It's overwhelming.

Even the most futuristic depictions in movies only show the world 2,000 to 3,000 years from now. For instance, Tim Burton's 2001 film "Planet of the Apes" shows events taking place about 2,700 years in the future, around the year 3,878. In this movie, an astronaut crash-lands on a planet ruled by apes. Despite its success at the box office, the film's premise—humans being dominated by apes—essentially suggests the downfall of human civilization. Why do all future scenarios depict doom?

In high school world history classes, we learned that the Earth is at least several billion years old. Even the earliest human ancestors, like Australopithecus, lived around 3 million years ago. Neanderthals are said to have lived until about 10,000 years ago.

At this point, I realized that our modern era is living in a "shorter future than the past." Thinking about how we can't predict even 10,000 years into the future, and imagining a bleak and uncertain future, it feels quite disheartening. The phrase "a shorter future than the past" seems particularly sad for humanity today.

Who was the first physician in human history, considered a pioneer of medicine? In Western medicine, Hippocrates is naturally honored as the first physician. He was born in Greece around 460 BC and lived to about 83 years old. So, he was a physician approximately 2,400 years ago. To honor him, both Western and domestic physicians take the Hippocratic Oath when they become formal doctors.

In traditional Chinese medicine, the three legendary emperors—Fuxi, Shennong, and Huangdi—are considered the founders of medicine. Though these figures are from legends, they are said to have lived around 2700 BC, making them physicians from about 4,700 years ago.

An interesting point is that these early physicians, by today's standards, would be considered general practitioners rather than specialists. They treated all kinds of ailments without specific specialties and, more importantly, were known for saving lives. This implies that they accurately assessed each patient's condition and provided appropriate treatments. Given that they administered personalized treatments for each patient, it is understandable how they were able to save lives.

The concept of "personalized medicine," also known as "precision medicine," has been emerging and developing in modern medicine. Simply put, it involves diagnosing individuals and using treatments tailored to each person's unique conditions.

This approach relies on human genomic information. The first human genome project began in 1990 and was completed in 2003, taking 14 years. However, due to recent advancements in related technologies, the latest sequencers can now perform similar levels of human genomic analysis within a week. Remarkably, next-next-generation sequencing technologies can analyze 100 Gbp of data in one hour, meaning the human genome (approximately 3 Gbp) can be analyzed in about 2 minutes.

Simply put, analyzing a person's genome now takes about 2 minutes. In contrast, back in 1990, it took 14 years to analyze one person's genome. This represents a tremendous advancement in technology.

From a cost perspective, the first human genome project that began in 1990 cost around $3 billion, meaning it took at least 3 trillion Korean won to analyze one person's genome. However, with recent advancements, obtaining a similar amount of genomic information now costs approximately $48,000 (about 50 million Korean won), demonstrating a revolutionary reduction in costs.

The information from individual human genomes is expected to be widely utilized in the near future. It is predicted that within the next five years, the cost of decoding a person's genome will drop to below $1,000 (about 1 million Korean won). This affordable cost will likely make it feasible for genomic analysis to be included in comprehensive health check-ups.

When this time comes, humanity will truly enter an era of personalized medicine, leading to a healthier and longer life.

So, amidst the current pessimism that humanity may soon disappear, we need hope. We hope for doctors and medical sciences that can save people, no matter the reason for their decline.
This is why we are investing more heavily in bio-technology and the bio-industry.

We aim for an era where we can predict a future that is longer than the past we've lived through. To make this possible, significant advancements in medical technology, capable of reviving the dead, are essential. Only then can we achieve a future with more hope than the present, a future that is longer and brighter than our past.

The first film in human history was "Arrival of a Train," a 2-minute movie made by the Lumière brothers in 1895. I hope there will never be a "last film" for humanity. I place this hope not in film-makers but in the bio-tech companies and researchers striving to develop new drugs.

Sometime in May 2010

Unlike most biotech companies that started in the early stages of the new drug business, iNtRON began by localizing reagents in its early days.

At that time, the company lacked the capability to develop new drugs. More importantly, developing new drugs required a mid-to-long-term R&BD direction as well as securing platform technology. Such direction and platform technology do not emerge overnight. They require long-term expertise and capability.

A shorter future than the past. Despair.

The R&BD direction pursued by iNtRON lies in a longer future than the past. At the core of this platform technology is bacteriophage. Bacteriophages have survived as the first life forms on Earth for billions of years and are believed to continue surviving for billions of years to come. Bacteriophages are the driving force of R&BD that can write a future longer than the past.

A longer future than the past. Hope. We aspire. A Shorter Future Than The Past it is iNtRON.

The departure of PHAGERIA® and
PHAGERUS® means 'voyage toward immunity'.
Robot-Phage represents a technology
that allows bacteriophages to be manipulated at will,
which will be very useful in the future development of
treatments and vaccines against bacteria and viruses.

━━━━━━━ *Establishing The Concept Of Robot-Phage*

Establishing
The Concept Of Robot-Phage

Robot.

The robot lifted an object.

It seems like a very simple task that even a newborn baby, just a few months old, can do. However, to operate hardware such as a robot, even a simple action like this requires a lot of thought and design. How will the robot perceive the object? How will it efficiently manipulate its numerous joints to lift the object? These processes require optimization.

Robot-Phage (= bacteriophage)

It's not as easy as it sounds. Moreover, it's even more complex when dealing with living organisms rather than machines.

iNtRON chose "difference" within the premise that "bacteriophages are viruses that kill bacteria." Instead of the bacteriophage itself, we are developing new drugs for superbugs and unmet needs markets using Itsrysin® (endolysin). Instead, with bacteriophages themselves, iNtRON is developing new drugs targeting bacteria, viruses, and humans (= animals) in the direction of "Immune & Immunotherapeutics." We aim to use bacteriophages as a platform technology under "From Superbug to Immune."

The launch of PHAGERIA® and PHAGERUS® can be seen as a voyage toward immunity. Here, the Robot-Phage technology was needed. It was similar to when we chose itLysin®. We had to create endolysin at will. Although it was based on technology and the market, a specific technique was required to make it possible: protein engineering. For a biotech company like ours, this technique is not particularly difficult.

The cases of PHAGERIA® and PHAGERUS® are similar. We needed to create bacteriophages at will. Although based on technology and the market, a specific technique was required to make it possible (Technique < Technology < Market). Genetic engineering. This is quite different from protein engineering. This is especially true for bacteriophages. Since it wasn't a common technology, we had to build everything from scratch. It was a long and arduous process.

To express the desired target gene (Tg) in bacteriophages, the insertion process must be easy and efficient. First, a screening process involving hundreds of bacteriophages was necessary to select a Mock-up Phage for this purpose. Second, the selected bacteriophage (Mock-up Phage) needed a cassette that allowed the target gene to be easily inserted and removed from the capsid. Securing genetic engineering technology is crucial, as it allows for the seamless insertion and deletion of specific genes according to the development objectives. Therefore, iNtRON focused on building this technology.

From the outset, there were challenges. Unlike the commonly known T4 (T-even phage) and T7 (T-odd phage) bacteriophages, the bacteriophages isolated and secured by iNtRON (including those selected for improvement purposes) had over half of their genes with unknown functions. For the selection of Mock-up Phages, it was necessary to first analyze the whole genome sequence (WGS) to understand their genomic composition. By establishing this genetic engineering capability, we could smoothly insert and delete specific genes as needed, dedicating ourselves to building this technology from the ground up.

In other words, the candidate bacteriophages for use as Mock-up Phages needed to meet several criteria: 1) the entire genome sequence must be secured for genetic engineering, 2) the genome must not contain harmful genes (toxins, antibiotic resistance), 3) they must not form non-specific antibodies, considering potential use in animals or humans, and 4) they must be easy to produce and manufacture. These criteria were challenging and required significant time and effort to meet.

Through this arduous process, three bacteriophages meeting the Mock-up Phage criteria were selected: Mock-up Phage P, Mock-up Phage B, and Mock-up Phage E (tentative names). There are plans to expand this range. Using Mock-up Phage P as an example, here is the process of new drug development.

Mock-up Phage P has its entire genome sequence secured and belongs to the *Podoviridae* family, similar to the T7 bacteriophage. The genome of Mock-up Phage P is approximately 39 kbp in size, and ORF analysis revealed it consists of 51 genes. Among these genes, a high homologous sequence to the T7 bacteriophage's capsid protein G (referred to as G) was identified. To explore the feasibility and optimal locations for tagging specific peptides to the GP protein, multiple peptides, including linkers and histidine-tags, were introduced into two regions at the C-terminus. This allowed for confirmation of their suitability and resulted in the development of viable technology.

Through this meticulous genetic engineering, Mock-up Phage P was prepared as a foundational platform for new drug development, demonstrating the potential of bacteriophages in innovative biotechnological applications.

However, the initial plan was to create a cassette at the terminus of the minor capsid GBP of Mock-up Phage P to introduce the target gene. Although introducing a cassette at the terminus of GBP was the ideal goal, it was initially predicted that this would increase the structural instability of Mock-up Phage P, making it impossible to secure the desired mock-up phage.

Contrary to this prediction, introducing the cassette at the terminus of GBP did not compromise the structural stability of the Mock-up Phage. This not only advanced the research progress but also significantly increased the likelihood of success in subsequent development. This was an astonishing breakthrough.

Meanwhile, the CRISPR/Cas system used to introduce the cassette at the GAP terminus of Mock-up Phage P was initially derived from *Streptococcus pyogenes*. However, as it did not function smoothly, it was needed to develop an optimized CRISPR/Cas system specifically for Mock-up Phage P. This was a completely new endeavor.

First, dozens of bacterial strains that could be used as the production strains (hosts) for Mock-up Phage P were examined for their infectivity by Mock-up Phage P and the presence of endogenous Cas proteins. It was found that Bacteria P32 did not have Cas, while Bacteria P6 and Bacteria P8 did. Consequently, Mock-up Phage P could not infect Bacteria P6 and P8. Each strain required individual assessment, making the relationship between bacteria and bacteriophages all the more fascinating and intriguing.

The CRISPR/Cas system is a defense mechanism that bacteria possess to protect themselves from bacteriophage attacks. This discovery earned Emmanuelle Charpentier and Jennifer A. Doudna the Nobel Prize in Chemistry in 2020.

Simply put, if a bacterium has the Cas system, the bacteriophage cannot infect it; if it does not, the bacteriophage can infect it. However, not all bacteria possess the CRISPR/Cas system. Fortunately, among the bacteriophages chosen by iNtRON as Mock-up Phages and their corresponding bacteria, there were strains both with and without the Cas system. This ultimately allowed the application of the CRISPR/Cas system. Was it luck? In reality, there is no such thing as sheer luck without effort.

Having Cas alone does not mean the CRISPR/Cas system can be applied. It also requires trRNA that Cas can recognize, spacers for the target genes, and repair genes. Considering the various aspects of gene modification, it is useful to create a vector that allows easy replacement of spacers and repair genes. Thus, we proceeded to develop an optimized vector for Bacteria P. The subsequent processes are complex, so they will be omitted from this explanation.

In conclusion, we obtained Mock-up Phage P that can infect Bacteria P, and this Mock-up Phage P contains a cassette for inserting the desired target gene. In other words, a platform has been developed that allows for the insertion of desired genes and their expression on the capsid of the Mock-up Phage. But this is not the end.

When introducing genes to confer specific functions, there may be size limitations on the genes that can be introduced. To address and improve this, it is necessary to secure technology that can identify essential and non-essential genes within the bacteriophage genome. Firstly, in the context of genetic engineering, it is crucial to secure the technology for gene function testing through random mutation. Generally, in bacteria, various mutagenesis strategies are employed to identify non-essential genes.

However, as previously mentioned, the methods available for gene function testing in bacteriophages have been limited to CRISPR/Cas or BRED (Bacteriophage Recombineering of Electroporated DNA) techniques. Particularly, these technologies have been limited to converting some lysogenic bacteriophages to lytic bacteriophages or removing specific genes to study their functions.

After thorough consideration, we concluded the following: Firstly, CRISPR/Cas or site-directed mutagenesis techniques require numerous auxiliary steps and materials (e.g., creation of host-compatible vectors, securing/checking genome sequences, methylation-specific enzymes, etc.) for inducing mutants. These methods target single ORFs, making it difficult to rapidly assess the functions of many genes within the bacteriophage.

For BRED, similar to the CRISPR/Cas system, targeting single ORFs results in low recombination efficiency (less than 10%) and long experiment times (about 3-4 weeks per gene). Additionally, there have been few cases of applying BRED to various bacteriophages, making it challenging to use widely. Therefore, we determined that transposon-based random mutagenesis would be a more suitable technology. It is relatively simple and efficient for screening non-essential genes in the bacteriophage genome that may be unnecessary.

Transposon-based random mutagenesis allows for the insertion of transposons at random locations within the genome, disrupting genes and allowing for the identification of non-essential genes based on the resulting phenotypes. This method enables the rapid screening of many genes, providing a broader understanding of gene functions within the bacteriophage genome.

By utilizing this approach, we aim to enhance our ability to modify and optimize bacteriophages for various applications, ultimately advancing our biotechnological capabilities.

Typically, transposon mutagenesis is characterized by the random insertion of transposons into DNA sequences, eliminating the need for additional materials for genetic manipulation. Notably, using only transposase is known to yield relatively high mutation efficiency. Utilizing this method allows for the insertion of transposons between arbitrary nucleotide sequences within the bacteriophage genome, enabling the identification of gene functions. A single transposon treatment can yield a variety of mutant samples, a significant advantage.

As a result, iNtRON's predictions and choices proved correct. The approach worked smoothly.

Through this development project, iNtRON made significant strides in establishing genetic engineering technologies for bacteriophages. We successfully secured the technology for transduction into the bacteriophage genome and obtained bacteriophage mutants using transposon mutagenesis. Additionally, we gathered information on non-essential genes within the genome. This advancement in genetic engineering capabilities allows iNtRON to better manipulate and optimize bacteriophages for various applications.

To date, there have been no examples of applying such technologies to bacteriophages, and finding cases where transposon technology has been applied to bacteriophages is particularly difficult. This context underscores the significant leap forward in establishing genetic engineering technology for bacteriophages.

Robot-Phage. Genetic engineering of bacteriophages.

Though the beginnings were modest, the end will be grand. Like the saying goes, "the journey was not easy," but like a robot lifting objects one step at a time, what seemed simple was indeed complex and challenging.

In simple terms, through this arduous R&BD process, iNtRON has secured Mock-up Phages that can easily and smoothly insert or introduce target genes into the bacteriophage genome. This breakthrough allows the company to freely develop Tg-phages with introduced target genes. It was something no one had attempted before, a first-in-concept in new drug development.

Robot. Nowadays, robotic technology is a major trend in the industrial sector. As hardware for robots rapidly advances, there is also active discussion on how to effectively employ these robots in actual tasks. It is widely agreed that highly sophisticated application technologies are necessary to intelligently control the complex structures of advanced "humanoids." There is a strong focus on developing "General-purpose Robot Technology," capable of performing a wide variety of tasks like humans.

Robot-Phage.

In the future, this technology will be highly useful for developing therapeutics and vaccines against bacteria and viruses. General-purpose Robot-Phages, represented by Mock-up Phages, will be pivotal, with each Tg-phage and Ag-phage containing inserted target genes providing the key.

iNtRON believes that the "Mock-up Phage and Tg-/Ag-Phage platform technology related to bacteriophage genetic engineering" will serve as a crucial means of controlling diseases in bacteria, viruses, and humans (= animals). We see this technology as the key to solving one of humanity's most intriguing challenges: addressing the imminent threats posed by bacteria and viruses. Establishing The Concept Of Robot-Phaget it is iNtRON.

iNtRON has chosen colorectal cancer

as the initial application field for robotic phages.

They believe that by effectively utilizing bacteriophages

that target specific bacterial hosts without causing side

effects in humans, they can establish a 'First-in-Concept'

anti-cancer agent.

The First Step Toward Robot-Phage(Target Colon Cancer, CRC)

The First Step
Toward Robot-Phage
(Target Colon Cancer, CRC)

Mock-up Phage. Tg-Phage.

In the context of PHAGERIA®, these are the core technologies and valuable resources of Robot-Phage. As previously mentioned, we have established Mock-up Phage technology, enabling us to create the ultimate goal: Tg-Phages. Through the developed mock-up phage technology, we will continuously advance and develop more sophisticated mock-up phages.

Various Mock-up Phages such as Mock-up Phage A, Mock-up Phage B, Mock-up Phage C, Mock-up Phage D, and Mock-up Phage E will be developed. Based on the PHAGERIA®

platform technology, numerous TgA-Phages, TgB-Phages, TgC-Phages, TgD-Phages, and TgE-Phages will be created. These will be designed for diverse applications and to become various drug candidates. We believe they will lead to the development of innovative and revolutionary new drugs.

Robot. Humanoid Robot.

What is the world's first robot? There are different opinions. Some say it was a chess-playing robot. However, in the current concept, the humanoid concept of a robot might have begun with WABOT-1. WABOT-1 is considered the first humanoid robot, developed by Professor Ichiro Kato's team at Waseda University in Japan in 1973. The name stands for "Waseda Advanced Robot-1." It was the first robot capable of walking on two legs. WABOT-1 was a massive robot, standing 180cm tall and weighing 90kg. It consisted of 30 joints and electric motors. It utilized pneumatic type actuators, which were considered groundbreaking technology at the time, to perform human-like movements.

The initial application of robot technology was in very basic functions, like walking on two legs. In humans, parents are overjoyed when their child first walks on two legs. The most significant distinction between humans and animals is also walking on two legs, bipedal locomotion.

So, what should be the first field to which Robot-Phage technology is applied? What tasks should it perform? What tasks must it accomplish? Mock-up-Phage. Tg-Phage. Cancer. Colon Cancer. As the first application field of Robot-Phage technology, we chose cancer, specifically colon cancer.

Colon cancer is closely related to the microbiome. In this regard, the incidence rate of colon cancer among Koreans is the highest in the world. According to the 'Global Colon Cancer Incidence' report by the International Agency for Research on Cancer (IARC), under the World Health Organization (WHO), the incidence rate of colon cancer among Koreans is 45 per 100,000 people, the highest among the surveyed countries.

Currently, various CRC (colorectal cancer) treatments are available on the market, but the development and clinical trials of new candidate substances are still ongoing. Why? It's obvious. The number of patients continues to increase, making it a lucrative field. Additionally, there are still doubts about the therapeutic efficacy of existing drugs.

However, strictly speaking, rather than developing entirely new drugs, the development and clinical trials are mainly focused on combination formulations with existing drugs. This is partly because developing entirely new drugs is challenging and burdensome.

Currently, the development of CRC drugs is primarily focused on firstly, the approach from a personalized medicine perspective, secondly, chemotherapy agents post-surgery, and thirdly, development as recurrence prevention and even prophylactic agents. In particular, there is high expectation for the development of new CRC drugs aimed at recurrence prevention and prophylaxis.

Firstly, personalized medicine.

Depending on the genetic mutations in CRC patients, there are significant cases where existing drugs are less effective, and development and clinical trials for these cases are relatively advanced.

For example, Cetuximab, which targets the Epidermal Growth Factor Receptor (EGFR), and Panitumumab are anti-EGFR therapies that block cancer cell growth signals. However, it is known that if there are mutations in the KRAS or NRAS genes, which are genes that regulate cell growth and death, the treatment effectiveness is limited. Another example is when there is a mutation in the BRAF gene, which is involved in cell signaling and growth. In such cases, the response to chemotherapy is poor, and the cancer tends to progress rapidly, so targeted therapies for this gene are also used.

Additionally, there are genes with a lower incidence in CRC but hold potential as future therapeutic targets, such as HER2 and ALK. As such, it is common for the effectiveness of treatments to vary depending on the genetic mutations present in CRC patients, and appropriate drugs are being developed accordingly.

Secondly, chemotherapy agents post-surgery.

Colorectal cancer surgeries are broadly classified based on the purpose of treatment and the surgical methods. If the cancer is at an early stage, such as stage 1 or 2, a radical operation is performed to completely remove the cancerous tissue. However, if the cancer is at stage 3 or 4, or if a radical operation is not feasible, a palliative operation is performed. This type of surgery aims to alleviate symptoms and improve the quality of life, even if the cancerous tissue cannot be completely removed.

The surgical methods for colorectal cancer can be broadly divided into open surgery and laparoscopic surgery. Open surgery involves making a large incision in the abdomen to perform the surgery directly. This traditional method offers the advantage of providing a relatively clear view, allowing for the precise removal of cancerous tissue. However, the larger incision means a longer recovery time and more significant pain.

Laparoscopic surgery, on the other hand, involves making several small incisions in the abdominal wall to insert a camera and surgical instruments. The advantages of this method include smaller incisions, faster recovery, and less pain. However, the limited view can make it more challenging to precisely remove the cancerous tissue.

Additionally, there are various surgical techniques depending on the location of the colorectal cancer. These include right hemicolectomy, left hemicolectomy, rectal resection, transanal endoscopic microsurgery and colostomy, which is creating an artificial opening in the abdominal wall to allow for waste elimination if the cancer causes a blockage.

Over the past few decades, surgical treatment for CRC patients has rapidly advanced, in tandem with developments in medical technology and devices. As a result, regular colon screenings can lead to early detection, allowing for relatively easy removal of lesions through surgery.

The issue, however, is that post-surgery, adjuvant therapies such as chemotherapy and radiation therapy are often necessary. Many companies are developing chemotherapy agents for prescription after surgery, aiming at both recurrence prevention and prophylaxis.

Thirdly, recurrence prevention and prophylactic agents.

The recurrence rate of colorectal cancer post-surgery is notably high compared to other cancers. The recurrence rate can vary depending on the stage of cancer, whether the surgery successfully removed all cancerous tissues, and whether adjuvant therapies were administered. Generally, about 70% of patients experience recurrence within three years, and about 90% within five years after surgery. Therefore, developing drugs to prevent recurrence is crucial.

Everyone naturally prefers preventing disease through prophylaxis over treatment after onset. However, achieving complete prevention is challenging. It's not a matter of ignorance but feasibility.

This is especially true for colorectal cancer. First, it's essential to understand the causes of colorectal cancer, which are broadly divided into genetic and environmental factors.

A representative genetic factor for colorectal cancer is the familial colorectal cancer syndrome. This condition significantly increases the risk of developing colorectal cancer due to genetic mutations. It is divided into hereditary polyposis colorectal cancer syndrome and hereditary non-polyposis colorectal cancer syndrome.

Hereditary polyposis colorectal cancer includes genetic disorders characterized by the presence of multiple polyps in the colon. This term encompasses various conditions, such as familial adenomatous polyposis, juvenile polyposis syndrome, and Peutz-Jeghers syndrome.

On the other hand, hereditary non-polyposis colorectal cancer (HNPCC) is characterized by mutations in genes such as MLH1, MSH2, MSH6, and PMS2. It is the most common hereditary tumor syndrome known to date. HNPCC typically manifests around the age of 45, which is about 20 years earlier than sporadic colorectal cancer. Additionally, individuals with these genetic mutations are at increased risk for cancers in other organs, such as the uterus, ovaries, stomach, kidneys, ureters, and small intestine.

Therefore, individuals diagnosed with hereditary non-polyposis colorectal cancer should consider genetic testing for their children, as the genetic mutations can be inherited. If a child carries these mutations, the risk of developing cancers is 70-90% for colorectal cancer, 40-70% for endometrial cancer, and 5-15% for ovarian cancer. Hence, genetic testing is crucial.

When examining the environmental factors contributing to CRC, diet stands out as the most significant. Consumption of red meat, processed meats, saturated fats, and a lack of dietary fiber are known to increase the risk of developing CRC. Among these, red meat is widely recognized as a major risk factor. Additionally, lifestyle factors such as smoking, alcohol consumption, and obesity are major contributors to CRC development.

While genetic and environmental factors are known to play a role in the development of CRC, the exact causes remain unclear and require further research. There is still much to be understood about the precise mechanisms that lead to the onset of the disease.

Development of Recurrence Prevention and Prophylactic Agents for CRC. As previously mentioned, the current development of CRC drugs primarily focuses on three areas, which is 'approaches from the perspective of personalized medicine', 'chemotherapy agents post-surgery' and 'the development of agents aimed at preventing recurrence and, more broadly, at prophylaxis.' Of these, the development of new CRC drugs aimed at recurrence prevention and fundamental prophylaxis is particularly urgent.

In this context, there is growing interest and a compelling rationale for developing drugs targeting the gut microbiome.

iNtRON, following this trend, is engaged in the development of new drugs for CRC aimed at "recurrence prevention and fundamental prophylaxis."

iNtRON operates under the R&BD direction of "From Superbug to Immune." Our goal is to develop specialized treatments for disease prevention and therapy by controlling harmful gut microbiomes using bacteriophages. Immune. Given that South Korea has the highest incidence rate of CRC in the world, which is not proud. The alignment of iNtRON's R&BD strategy with the control of gut microbiomes is particularly apt. Colorectal Cancer.

iNtRON is advancing development projects that leverage the control and interaction of gut bacteria through bacteriophages, aiming to directly and indirectly influence human immunity and health. In this context, iNtRON has selected *Enterotoxigenic Bacteroides fragilis* (ETBF) and genotoxic *pks+ Escherichia coli* (*pks+* E. coli) as our primary targets, given their close association with the development of CRC. Through collaborative research with a university hospital Cancer Research Institute, iNtRON has utilized bacteriophages to control these two bacterial strains and obtained proof of concept (POC) data in organoid models.

ETBF coexists with the gut microbiota, promoting biofilm formation and cleaving E-Cadherin, the intercellular adhesion molecule in the intestinal epithelium. It also secretes *Bacteroides fragilis* toxin (BFT), which loosens the mucosal barrier. Additionally, ETBF stimulates immune cells in the lamina propria to produce IL-17, excessively activating the STAT3/NF-κB signaling pathway in intestinal epithelial cells, thereby contributing to the development of colorectal cancer. In the case of *pks+* E. coli, it produces and secretes colibactin, which induces DNA mutations in intestinal epithelial cells, ultimately increasing the incidence of CRC.

Given this, it is crucial to eliminate these bacteria or induce a functional decline in the toxins derived from these bacteria to inhibit the onset and progression of CRC. Microbiome new drug. Phageome new drug. PHAGERIA® new drug.

By effectively utilizing bacteriophages that target specific bacterial hosts without causing side effects in humans, these novel therapies could replace existing drugs and establish a new "First-in-Concept" category of anticancer agents.

Current anticancer agents used for CRC, such as cytotoxic and molecular targeted therapies, work by stopping DNA synthesis in cells, leading to cancer cell death, or by binding to molecules involved in cancer cell growth and proliferation to exert their anticancer effects.

However, the primary objective of iNtRON's development of the PHAGERIA® new drug is to eliminate the causative bacteria of CRC, thereby creating an environment in the body where harmful bacteria cannot proliferate. This aims to fundamentally prevent or reduce the recurrence of CRC.

This new drug development not only advances the technology of introducing target genes into bacteriophage genomes but also holds significant promise for the future. It aims to establish a platform technology that allows for the customizable labeling and loading of specific desired proteins onto bacteriophage capsids.

First Step Toward Robot-Phage **it is iNtRON.**

The most reliable way to prevent viruses is

through vaccines.

However, with a forward-looking vision,

investment in new proprietary vaccine technologies

that can secure international competitiveness is necessary.

Public health should prioritize investment not only

from a profit perspective but also with a focus

on benefiting the citizens.

━━━━━ *Pigs! Did You Wash Your Hands? (Tale 2)*

Pigs!
Did You Wash Your Hands?
(Tale 2)

As mentioned earlier, here's another piece I wrote when the company was aiming to KOSDAQ listing and engaging with the technology evaluation system. In 2019, the world was struck by the COVID-19 pandemic, but about a decade earlier, in 2009, the pandemic called "The New Flu" left a vivid memory of a global health crisis.

While comparing COVID-19 and the New Flu pandemic now may feel like comparing night and day in terms of impact, back then, the world was equally exposed to the threat of infectious diseases. Additionally, the outbreak of Foot-and-Mouth Disease

Virus among animals and subsequent issues with avian influenza also caused significant concern, just as they do today.

At that time, one of the daily public announcements across most media outlets was the campaign "Wash your hands thoroughly" to mitigate the risk of viral infection. Reflecting on those memories inspired me to write the following piece:

Pigs! Did You Wash Your Hands?

Knowing the virus, we are guaranteed victory in every battle.

In 2008, director Neil Marshall created the film "Doomsday," as if he had foreseen the global New Flu pandemic that would occur in 2009. The film portrays a deadly virus that threatens the survival of the entire world. This lethal virus infects countless people within days of its discovery. To prevent the virus's spread, the government declares the infected area a "danger zone" and isolates it by blocking all roads, bridges, and railways connected to it. The film fictionalizes the events that occur within this quarantine zone.

When watching the movie, it might have seemed like mere fiction. However, in 2009, the world wept and suffered before the global New Flu pandemic, which claimed many lives. Additionally, in our country, we witnessed the horrific scenes of numerous cows and pigs being buried due to the foot-and-mouth disease virus that broke out from last year to early this year.

I remember when the New Flu was at its peak in 2009. My eldest son, who was in the sixth grade at the time, came home from school and washed his hands thoroughly, which was unusual for him. He told me that the school had informed them that simply washing their hands well could reduce the risk of the New Flu by 90%. Regardless of whether this statistic was accurate or not, I smiled because I knew that washing hands is beneficial in many ways.

Just wash your hands… "Ah ~"

Pigs get foot-and-mouth disease because they don't have

hands to wash.

"Pigs, at least wash your feet!"

Viruses are truly terrifying. Especially the emergence of new viruses that humanity has never encountered before becomes a more frightening threat to both humans and animals than any other disease.

Knowing your enemy and knowing yourself ensures victory in every battle, so let's study viruses.

I want to discuss three main parts: "What types of viruses are there?", "What viruses could potentially cause problems in the future?", and "What are our countermeasures?"

First, What Types of Viruses Are There?

In virology, viruses are classified based on the type of nucleic acid in their core. They can be divided into DNA viruses and RNA viruses. Another classification method is based on the presence or absence of an envelope (outer shell). Different disinfectants are recommended depending on these characteristics.

Both the New Flu and avian influenza are types of influenza viruses, which are RNA viruses with a lipid-based envelope. Because their envelope contains lipids, these viruses can be removed by surfactants (such as soap). Surfactants adhere to the surface of substances, reducing surface tension and allowing the substance to be easily washed away, thereby producing a disinfecting effect.

On the other hand, the foot-and-mouth disease virus is a type of aphthovirus, which is an RNA virus without an envelope. Because it lacks a lipid-based envelope, surfactants are less effective in disinfecting it. Therefore, oxidizing agents like chlorine-based and oxygen-based disinfectants, as well as pH-regulating agents such as acids and bases, are primarily used for disinfecting foot-and-mouth disease viruses. A brief note on foot-and-mouth disease (FMD), it was named for the blisters that appear around the feet and mouth of infected animals. It infects hoofed animals such as cows and pigs. Horses are not infected by FMD because they have a single hoof, while elephants can be infected.

Second, What Viruses Could Potentially Cause Problems in the Future? I firmly believe that swine flu is a significant concern. Swine respiratory epithelial cells have receptors that can bind to influenza viruses from humans, pigs, and birds, which is why pigs are referred to as a "mixing vessel" for viruses. In simpler terms, while humans can only be infected by human influenza viruses and birds by avian influenza viruses, pigs have receptors that can be infected by all three.

People who consume pork without directly contacting live pigs have a very low risk of contracting swine flu. However, it is important to note that pigs infected with swine flu can act as asymptomatic carriers for up to three months. This means that if human and avian influenza viruses infect pigs, and the pigs are already infected with swine influenza virus, a mutation could occur that creates a virus severe enough to kill pigs. If such a deadly influenza virus were to emerge within pigs, it could become a super virus that we do not even want to imagine.

The story of the New Flu in 2009 is as follows: On April 15, 2009, the U.S. Centers for Disease Control and Prevention (CDC) officially confirmed a case of swine influenza A virus (H1N1) infection. The CDC named the virus swine influenza, and the media abbreviated it to swine flu.

However, the American livestock industry and the Department of Agriculture demanded a name change for economic reasons. This was similar in other countries, including ours. Initially, in late 2009, the H1N1 virus was called swine flu. But at some point, the media started referring to it as the New Flu, making it seem unrelated to pigs.

In response to this situation, a famous science magazine, "Science," had a blog post criticizing this, stating that "the nomenclature of swine flu evolved faster than the swine flu itself."

Finally, What Are Our Countermeasures?

We must strengthen surveillance activities for virus infections. Specifically, we should continuously monitor major viral pathogens across the poultry, swine, and cattle sectors to keep track of the infection status within the country. Surveillance activities should be enhanced by granting management and supervision authority to local quarantine agencies, in addition to the National Veterinary Research and Quarantine Service of the central government.

Monitoring for the introduction of foreign viruses at airports, ports, and other entry points should be intensified. In light of the recent foot-and-mouth disease outbreak, travel regulations for livestock-related personnel have been tightened. Furthermore, we should extend diagnostic monitoring of major infectious diseases to include clothing, shoes, and other items to enhance our surveillance activities.

The traceability system should be expanded. Currently, for cattle, the brand "Hanwoo" allows consumers to easily access the cattle traceability system at department stores. This system should be gradually expanded to include pigs and other livestock. Moreover, the traceability system should be developed to check not only whether the animals are domestically produced or imported but also to track the occurrence of viral infections and other diseases by individual animals or farms.

Significant investments in the Vaccine industry are needed. The most effective way to prevent viruses is through vaccination. The 2009 New Flu pandemic demonstrated how a proactive national vaccine program can protect the public from fear and panic. There are few countries worldwide that can supply their citizens with self-developed vaccines.

We are citizens of a happy nation. However, greater investment in vaccines is essential. Beyond human vaccines, we must invest in animal vaccines with a broad and forward-looking vision. Public health should be approached from an investment perspective, prioritizing the well-being of the people over profit.

In addition to the aforementioned countermeasures, the government must develop more extensive and nationwide infection prevention laws. If We Don't Act? "Let's wash our hands well. But cows, chickens, and pigs don't have hands. What should we do? At least let's wash their feet well!" "Let's wear masks. Let's put masks on cows, chickens, and pigs too. Oh, but pigs use their noses to smell while eating. What should we do?"

"Pigs, did you wash your hands?"

These might seem like ridiculous questions.

Sometimes in July 2010

In the summer of 2010, while preparing for the KOSDAQ technology evaluation, I took a break from the complex tasks and decided to write something lighthearted.

Fast forward ten years to 2019, the world was struck by the COVID-19 pandemic, a viral threat incomparable to the New Flu.

One reason iNtRON pursues PHAGERUS® technology using bacteriophages is to combat viral infections. Let me explain the rationale behind this approach: Pigs! Did You Wash Your Hands? it is iNtRON.

Influenza virus continues to mutate,

posing threats to both humans and animals.

This ongoing evolution can be seen as

their relentless struggle for survival.

iNtRON believes that bacteriophages can intervene

in this process.

━━━━━ *Not A Mask, But A Gas Mast. Influenza*

Not A Mask,
But A Gas Mast. Influenza

In 2019, during the COVID-19 pandemic, humanity had never seen masks become so essential, nor had they ever been stockpiled in such massive quantities. Masks alone will not suffice. The era of gas masks will dawn. People will stockpile gas masks in their homes and run around frantically in search of them. A frantic quest for gas masks. Perhaps, a shorter future than the past. Hope is needed. A future longer than the past. That's what we wish for.

The Flu, the New Flu, COVID-19, and Influenza. If you can quickly distinguish between the similar and the different ones among these, you'll understand the importance of the title. At first glance, they all seem like viral infectious diseases. However, they are different. The flu, swine flu, and influenza are similar viral infectious diseases. Only COVID-19 is different. Influenza ≅ swine flu ≅ the flu ≠ COVID-19.

Chapter one, Human Influenza(flu)

Before diving into the main discussion, it is essential to understand some basic facts about influenza. Influenza is mainly classified into three types: Type A, Type B, and Type C. Since Type C is rarely infectious, when we refer to influenza in general, we are usually talking about Type A and Type B. Particularly, Influenza A virus is categorized into several subtypes based on the types of two proteins: Hemagglutinin (H), which facilitates the virus's entry into cells, and Neuraminidase (N), which enables the virus's exit from cells. To date, 18 types of H proteins (H1, H2, H3, H5, H6, H7, H8, H9, H10, H11, H12, H13, H14, H15, H16, H17, H18) have been identified, with H1, H2, and H3 being the ones that primarily infect humans. Additionally, there are 9 known types of N proteins (N1, N2, N3, N4, N5, N6, N7, N8, N9), with N1 and N2 being the main types that infect humans. Based on the types of H and N proteins, Influenza A virus can theoretically exist in 162 subtypes (18 H types x 9 N types).

Spanish Flu.

The most recent pandemic remembered by humanity is the Spanish Flu. The Spanish Flu refers to the pandemic caused by the H1N1 subtype of the Influenza A virus, which occurred in 1918. This was the worst pandemic of the 20th century, infecting over 500 million people worldwide and resulting in 17 million to 50 million deaths. It is recorded as one of the most deadly pandemic in human history.

Asian Flu.

The Asian Flu refers to the pandemic caused by the H2N2 subtype of the Influenza A virus, which spread globally from 1957 to 1958. This pandemic caused significant harm, with approximately 1 million to 2 million deaths worldwide, particularly affecting young children and young adults who had high mortality rates.

Hong Kong Flu.

The Hong Kong Flu refers to the pandemic caused by the H3N2 subtype of the Influenza A virus, which spread globally from 1968 to 1969. This pandemic resulted in significant harm, with approximately 1 million to 2 million deaths worldwide.

The New Flu.

The New Flu in 2019 refers to the outbreak caused by the H1N1 subtype of the Influenza A virus. This pandemic infected approximately 600 million people worldwide, with an estimated 150,000 to 500,000 deaths. Initially, it was transmitted from pigs to humans and was therefore initially referred to as Swine Flu. Due to opposition from the livestock industry, it was renamed to the New Flu.

The previously mentioned pandemics—Spanish Flu, Asian Flu, Hong Kong Flu, and New Flu—despite having different viral subtypes, are all considered to be influenza infections. In contrast, the coronavirus is fundamentally different from the influenza virus. To be precise, it is referred to as SARS-CoV-2 or the COVID-19 virus. COVID-19 might be more familiar to most people. The name "COVID-19" breaks down as follows: 'CO' stands for Corona, 'VI' stands for Virus, 'D' stands for Disease, and '19' represents the year 2019 when the novel coronavirus outbreak was first reported.

The name SARS-CoV-2 indicates its similarity to the SARS virus, first identified in Guangdong, China, in 2002, which caused a global pandemic. This virus also stirred significant concern in South Korea, leading to a rapid cooling of relations between China and South Korea. SARS, or Severe Acute Respiratory Syndrome, is often referred to as SARS-CoV-1. Thus, while both SARS and COVID-19 are part of the coronavirus family, they are distinct viruses, which led the WHO to classify SARS-CoV-2 as a new type of coronavirus. Therefore, the coronavirus is entirely different from the influenza virus. This distinction is crucial for understanding the challenges we face.

Although the COVID-19 virus has caused an unprecedented pandemic, it is fundamentally a member of the coronavirus family. Given the devastating impact of a coronavirus on humanity, it begs the question: what catastrophic events might unfold if mutations occurred in influenza viruses like the Spanish Flu, Asian Flu, Hong Kong Flu, or Swine Flu? I'll leave this unsettling thought to your imagination. However, the threat of influenza is multifaceted. It's not just about the viruses that infect humans.

Chapter two, Avian Influenza Virus.

The spread of the avian influenza virus, a significant concern in the poultry industry, is alarming. Avian influenza, as the name suggests, primarily affects birds such as chickens, ducks, and migratory birds. While it is mainly a viral disease affecting birds and rarely transmits to humans, certain subtypes of avian influenza viruses have been known to infect humans. However, from late 2003 to February 2008, over 640 cases of human infection with the highly pathogenic avian influenza A, H5N1 virus, were reported.

Additionally, in March 2013, an outbreak of H7N9 in China resulted in over 400 confirmed human infections. This new variant, different from previously known subtypes, led to the first reported human case in Shanghai and Anhui Province, resulting in the death of the infected individual. This incident marked the first time the H7N9 virus was reported to have infected humans. Since 2013, China has experienced seasonal outbreaks of H7N9 infections every year from October to April.

Following the confirmation of human infections with the H7N9 virus, the case fatality rate has been around 25%, comparable to the 34% fatality rate of the highly pathogenic H5N1 virus, indicating its severe lethality. Globally, the mortality rate of seasonal influenza is known to be around 0.1%, and the mortality rate of the H1N1 pandemic (swine flu) was reported to be below 1%. In stark contrast, the case fatality rate of highly pathogenic avian influenza is alarmingly high. It is terrifying to think that 2 to 3 out of every 10 infected individuals could die. This is horrifying.

In South Korea, H5N8 caused issues in poultry in 2014, and H5N6 was confirmed in 2016. However, there have been no reported cases of human infection with these strains in the country so far. But for how long will this remain the case?

When Will Avian Influenza Become a Human Pandemic? It is impossible to predict exactly when avian influenza might cause a human pandemic. However, there are two critical indicators that could signal an imminent crisis:

First Indicator: Human Infections of Avian Influenza.

As previously mentioned, there have already been numerous confirmed cases of human infection with avian influenza. Many of these cases have resulted in fatalities, with a case fatality rate ranging from 25% to 34%. This level of lethality is concerning.

Second Indicator: Human-to-Human Transmission.

Until now, most human cases of avian influenza have been limited to individuals who work closely with poultry, such as those employed in farming. This indicates transmission from birds to humans but no confirmed human-to-human transmission.

However, a case in February 2023 in Cambodia marked a concerning development. An 11-year-old girl infected with the H5N1 virus died, and subsequent testing of 12 contacts revealed that her father also tested positive for the virus. This is a significant shift, indicating potential human-to-human transmission. This is serious.

The Washington Post highlighted concerns that the avian influenza virus could combine with a virus capable of human-to-human transmission, leading to a new, more easily transmissible variant. In summary, not only has human infection with avian influenza been confirmed, but so has human-to-human transmission. If the avian influenza virus were to mutate by combining with a commonly infecting human influenza virus, it could spark another pandemic, posing a deadly threat to humanity.

Avian influenza is not the only concern. The threat landscape is complex and multi-faceted.

Chapter Three, Swine Influenza Virus.

Swine influenza itself does not pose a significant problem for pigs. The real concern is its impact on humans. A prominent example of swine influenza is the 2009 New Flu. As previously mentioned, this virus resulted from a mutation in the Influenza A (H1N1) virus in pigs. It was first detected in late March 2009 in a 10-year-old patient who presented with fever, cough, and vomiting in San Diego, California. Initially called swine flu, the term was later changed to the New Flu due to backlash from the livestock industry. Nonetheless, it remains a notable example of a virus that jumped from pigs to humans.

The risk of human infection with swine influenza is particularly concerning due to the characteristics of the receptors for the influenza virus present in pigs. In simple terms, for an influenza virus to infect a host, the host must have the corresponding receptors. Even if a virus enters a human or animal, it cannot invade the cells without the appropriate receptors, eventually being naturally eliminated from the body. Humans have receptors specific to human-infecting influenza viruses, while birds have receptors for avian influenza viruses. Pigs, however, have receptors that can bind to both human and avian influenza viruses. Specifically, pigs have α2,3-sialic acid receptors that bind human influenza viruses like H1N1, H2N2, and H3N2, as well as α2,6-sialic acid receptors that bind avian influenza viruses.

Pigs are problem because they possess receptors for both human and avian influenza viruses. This dual compatibility means pigs can be infected by both types of viruses, allowing them to serve as "mixing vessels" for new influenza strains.

The critical issue here is horizontal transfer. Imagine a scenario where a pig is simultaneously infected with human influenza virus, avian influenza virus, and swine influenza virus. These different viruses could mutate and combine to form an entirely new virus, unlike any seen before. If such a recombinant swine virus gains the ability to infect humans, it could result in a future even shorter than the past—this is not merely a dramatic title.

Pigs, serving as a "mixing vessel" for influenza viruses, are susceptible to horizontal transfer, where genetic material is exchanged between different viruses. If this results in a highly lethal virus capable of infecting humans, the consequences could be catastrophic.

For instance, while the exact origin of COVID-19 remains unclear, the most widely accepted hypothesis is that a bat-derived virus underwent horizontal transfer, mixing and mutating through an intermediate host, eventually gaining the ability to infect humans. This scenario is also possible with pigs. The WHO has increasingly focused on viruses that can undergo genetic reassortment through interspecies combinations, resulting in pathogens capable of cross-species infections.

If a virus capable of killing larger animals like pigs can also infect humans, the fatality rate could surpass 50%. This means that out of a married couple, one might die; among siblings, one might perish. Imagine the horror and panic such a scenario would induce. Concerns have become reality.

The Emergence of G4

G4 virus, which was first identified in pig farms in China in 2011, has high transmissibility unlike traditional swine influenza viruses due to its high transmissibility and most importantly has an ability to infect humans, was emerged.

G4 virus a new type of virus developed by swine influenza, avian influenza, and human influenza recombined within the body of a pig. It has acted as a 'mixing vessel.'

According to a study reported in the 2020 PNAS journal, 30,000 pig samples were collected from farms across 10 provinces in China between 2011 and 2018 to examine the viral genotypes. The samples were analyzed and subdivided based on the characteristics of internal gene sequence differences. Based on the mutations of each genotype, they were classified into six different genotypes, and their yearly distribution was confirmed.

The study found that G1, which dominated in the early years from 2011 to 2013, sharply declined after 2014. G5 temporarily became prevalent in 2014 and 2015, but since 2016, G4 has significantly dominated. Furthermore, it was observed that G4, which was first meaningfully detected in 2013, became nearly 100% dominant in about five years. Later, to determine whether the G4 virus can infect humans, blood serum samples were taken from 338 workers at 15 pig farms to test for antibodies. The results showed that approximately 10%, or 35 individuals, had antibodies against the G4 virus.

It has been confirmed that the G4 virus, compared to other G series viruses (G1, G2, G3, G5, G6), adheres well to human cell receptors and actively replicates in the epithelial cells of the human respiratory tract. Using ferrets, a type of mammal in the Mustelidae family with respiratory structures similar to humans, researchers conducted infection capability experiments and confirmed that the virus spreads actively through airborne transmission. Alarmingly, the feared virus has emerged.

Researchers also investigated whether the existing influenza antibodies could prevent the G4 virus, given that it partly originated from human influenza. Unfortunately, they found that the cross-reactivity of the antigens was low, meaning the current influenza vaccines do not provide protection against it. This indicates that the virus has mutated into an entirely new form.

The anticipated concern has finally materialized. While the world has not yet shown significant concern over the G4 virus, this is contrary to the views of iNtRON.

Given the low preventive effect of existing influenza vaccines and the high transmissibility of the virus, it is predicted that through further genetic modification and recombination, the G4 virus could transform into a completely new form, similar to 'swine flu' or 'COVID-19,' and easily spread among humans. The absence of vaccines and treatments specifically targeting the new G4 virus raises the concern that if it begins to spread, it could usher in a new pandemic era.

So far, we have examined human influenza, avian influenza, and swine influenza. More importantly, we have looked into what makes these viruses problematic. Influenza constantly mutates, posing threats to both humans and animals. It is an endless evolution, a struggle for survival by the viruses themselves. Who will prevail in this battle, viruses or humans? I believe bacteriophages could mediate this conflict.

Human influenza, avian influenza, swine influenza. Combination. Mutation. Human infection. Human-to-human transmission. Pandemic. Masks. Gas masks. As emphasized earlier, influenza viruses that have caused pandemics, like the swine flu or COVID-19, typically originate from animal viruses that have either mutated or newly emerged to infect humans. This underscores the importance of researching animal viruses.

In any case, an influenza pandemic can cause severe illness and death, significantly burdening social, economic, and healthcare systems, as evidenced by past instances. The global spread. Pandemic influenza viruses can quickly spread worldwide, affecting millions or even billions of people, as we have witnessed.

We need a future that is longer than the past, not shorter. The best way to prevent an influenza pandemic is not just by washing hands. Pigs don't have hands. We need to be prepared.

Active investment in combating viral infections is crucial. There is an urgent need for the development of first-in-class new drugs.

Not A Mask, But A Gas Mask. Influenza it is iNtRON.

Bacteriophages are resurfacing in the present based

on past history and experience,

and this resurgence is expected to significantly impact

the future welfare and healthcare of humanity.

All of this is happening right now,

in the present moment.

Back To The Future; A story about a new world that bacteriophages will bring (Tale 3)

Back To The Future;

*A story about a new world
that bacteriophages will bring*
(Tale 3)

Here is the third story, as it was written in the past. Reading through it, you will realize how different the perspective on bacteriophages of iNtRON was compared to now. iNtRON also began with the premise that "bacteriophages are viruses that kill bacteria." However, things are different now. For one, this past story serves as a good reference, and I believe it will help in understanding the current R&BD direction.

Let's start with a journey to the past. The end will be a journey to the future, beginning with "Back to the Future."

Back To The Future

A story about a new world that bacteriophages will bring

In 1987, when "Back to the Future," starring Michael J. Fox, was first introduced, it captured the imagination and interest of people worldwide with its fantastical story. The film revolves around a high school student named "Marty McFly" who, with the help of the eccentric "Dr. Emmett Brown," travels back 30 years in a time machine car called the "DeLorean." The success of the first installment led to two sequels, creating an engaging narrative that toggles between the past and future while blending reality with fantasy, earning widespread acclaim and love from audiences. The film's distinctive feature is its portrayal of future or past events as if they are happening in the present, which gave it a sense of realism that simple sci-fi or futuristic films often lack. This realism likely sparked greater interest and engagement.

Before delving into the story of bacteriophages, I find it strikingly similar to the narrative of "Back to the Future." The idea that past events are shaping the future, and that this future is happening now, mirrors the journey of bacteriophages. Let's explore the new world that bacteriophages are poised to bring.

1. What is a bacteriophage?

Bacteriophages, or phages, are a type of biological entity widely found in nature. They specifically target bacteria, acting as natural predators, and thus can be considered the natural enemies of bacteria. Every bacterium has a corresponding phage that specifically infects it. This specificity has recently brought phages into the spotlight as a potential natural alternative to antibiotics.

With the rapid advancement of life science related technologies in the 21st century and the growing concerns about antibiotic resistance, research on phages as an alternative to antibiotics has gained renewed interest. The advantages of phages, such as their natural origin, specificity in targeting only desired bacteria, and effectiveness against antibiotic-resistant strains, have been expanding their application.

Phages specifically infect bacteria and are known to be safe for humans, animals, and plants. They are incredibly small, about 1/75,000th the size of a bacterium, making them invisible to the naked eye. Structurally, phages resemble a "lunar landing module" with a head containing the phage's genetic material, a tunnel-like tail, and multiple long, leg-like structures.

2. Bacteriophage research background

In 1915, Frederick W. Twort and Felix d'Herelle discovered bacteriophages, sparking humanity's hope of treating bacterial infections. At the time, phage research began with great promise, aiming to treat infections caused by bacteria, such as abscesses, purulent infections, vaginitis, and acute infections, which were then considered untreatable. This research gained significant attention, particularly in the United States and Western Europe, and phages were also widely used in Eastern

Europe and Russia (the former Soviet Union) as part of traditional medicine.

Recently, phage research has resurfaced due to issues related to the misuse of antibiotics and the emergence of antibiotic-resistant bacteria. Bacteriophages are now receiving considerable attention and vigorous research as a potential alternative to antibiotics.

3. Bacteriophage past story

Phage research, which was active until the early 1900s, slowed down significantly after Alexander Fleming discovered penicillin in 1928. Penicillin was widely used as a panacea during World War II, and with the subsequent development of many antibiotics, phage research rapidly declined from the 1940s onward. Why did this happen? Let's take a journey back in time. There are three main reasons for the decline in phage research:

First, the therapeutic range of bacteriophages was limited. Due to the specificity of phages, their treatment range was narrower compared to antibiotics. Phages target specific bacteria, whereas antibiotics can non-specifically kill a broad spectrum of bacteria, both harmful and beneficial. This made antibiotics appear more effective than phages.

Second, the outbreak of World War II played a significant role. The war caused numerous casualties, leading to widespread bacterial infections, which became a major cause of death. In fact, more soldiers died from bacterial infections than from enemy gunfire or bombs. Penicillin, known for its ability to kill a wide range of bacteria, became widely used across the world during this time.

Third, the immaturity and underdevelopment of biotechnology contributed to the decline. Bacteriophages, being invisible to the naked eye, required advanced tools for research. However, the related technologies were very rudimentary back then. It wasn't until the development of electron microscopes in the late

20th century that the structure of phages could be observed. Additionally, knowledge about the life cycle of phages, as well as methods for isolating and purifying them, has only been developed recently.

Indeed, due to the reasons mentioned earlier, phage research, which was vigorous in the early 1900s, rapidly declined through the 1940s. It was only pursued by a few countries and researchers, particularly in Eastern Europe and Russia. However, as explained earlier, the reasons for the recent resurgence of phage research can also be traced back to the same factors in reverse.

4. Bacteriophage Current Story

Recently, due to the global issue of antibiotic mis and overuse and the followed emergence of antibiotic-resistant bacteria, the problem of antibiotics has become a significant concern worldwide. Consequently, research and development in phages are rapidly accelerating.

Russia remains a leading country in phage research, with the Eliava Institute being a prominent institution. Following Russia, several companies in the United States and Europe are actively engaged in vigorous phage research. Particularly, some companies in the United States and Canada are conducting numerous clinical trials targeting both animals and humans. They are actively pursuing FDA approval and making significant strides in this area.

In the United States, one noteworthy company in the field is Intralytix, founded in 1998. Intralytix is recognized for its rapid progress in commercializing phage research. They focus particularly on phages related to foodborne pathogens such as Listeria and Salmonella. Intralytix obtained FDA approval as early as 2006, demonstrating their proactive approach. With an annual research budget exceeding $100 million, Intralytix is actively supporting and advancing phage-related research endeavors.

In addition, in the United States and across Europe, research and commercialization of phages are rapidly gaining prominence. This is due to the significant advantage highlighted by the infinite potential applications in various fields such as food, vaccines, biofilms, feed additives, toothpaste, wound healing bandages, and more. Phages are emerging as one of the alternatives to antibiotics, further solidifying their position in the market.

5. Bacteriophage future story

Phage therapy presents a new model for 21st-century antibiotics. Infectious agents, represented primarily by bacteria and viruses, indiscriminately pose serious problems for all living organisms, including humans, from the perspective of pursuing a healthy and happy life in "Human & Animal Healthcare."

Infectious organisms are a global, all-encompassing threat. Industries affected by these infectious organisms include serious medical conditions such as superbug infections, which have become a major hot issue in "the medical field", secondary hospital infections caused by antibiotic-resistant bacteria, a top concern in "public health", as well as "dentistry", where issues like cavities and periodontal diseases arise. In addition, there are diminishing options for antibiotics in the "agricultural industry" due to cross-resistance to existing antibiotics, carcinogenic antibiotic use in "aquaculture industry", including fish farming, and various other areas such as bio-defense in "defense industry", and ballast water treatment to prevent the spread of pathogenic agents, contributing to ecological disruption and disease transmission, in the "maritime industry." Phage therapy is poised to address these challenges across diverse sectors.

This is a heartbreaking true story from the UK.

"My first child, whom we struggled to conceive,
and my wife are both gone now! My wife,
who was very healthy and dedicated in her work,
has passed away.
And our first child was a blessing for our family.

But my wife and our first baby passed away too soon.

I feel like I want to die too."

The above cry is from a man named Esfand, who experienced an unimaginable tragedy on October 20, 2006, when his wife and first child died from MRSA (superbug) infection within 6 days after his wife gave birth to their first child.

The emergence of antibiotic-resistant bacteria, commonly known as superbugs, due to acquired resistance to existing antibiotics, has become an undeniable and serious societal issue. The main cause of this increase in antibiotic-resistant bacteria is the indiscriminate use of antibiotics, leading to contamination of the environment, including humans, animals, wildlife, livestock, soil, rivers, and seas.

The unfortunate incidents of superbug infections, as mentioned earlier, are not just isolated incidents limited to the UK or the tragedy experienced by a single individual like Esfand. Rather, they represent a global problem that demands urgent attention.

Ironically, the broad spectrum of action of conventional antibiotics, which was once considered an advantage for effectively killing almost all bacteria, has now become a problem. In the 21st century, there is a demand for selectivity in killing specific bacteria, and bacteriophages possess this characteristic.

Furthermore, the widespread use of antibiotics has led to antibiotic misuse, resulting in the emergence of superbugs and antibiotic-resistant bacteria that cannot be killed by any antibiotics. Therefore, natural bacteriophage therapy has emerged as an alternative that can address the problems associated with antibiotics.

As the issues with antibiotics continue to escalate globally, the industrialization of bacteriophage-related industries, as seen in the past, is being reimagined in the 21st century as a solution to antibiotic problems. With the rapid advancement of biotechnology in the late 20th and 21st centuries, researchers now have the capability to more effectively control bacteriophages. Additionally, the diversity of bacteriophages in terms of their history, therapeutic effects, and range is being explored, leading to a rapid increase in research and attracting significant commercial interest.

6. Advantages of Bacteriophage

Phages are safe for humans and animals. The reason bacteriophages are safe is that they do not infect human or animal cells at all; they infect only bacteria specifically. Phages infect and kill only bacteria, without infecting or affecting human or animal cells at all.

Phages can eliminate antibiotic-resistant bacteria.

One of the major reasons why phage research has been receiving significant attention recently and is being revitalized as an alternative to antibiotics is the emergence of antibiotic-resistant bacteria, or superbugs, worldwide. Superbugs, as the name suggests, cannot be eliminated by any antibiotic, resulting in millions of deaths annually worldwide due to conditions such as pneumonia and sepsis.

In the United States, according to CDC data, over 20,000 people died from superbug infections in 2006 alone, surpassing the number of deaths from AIDS, which was around 19,000. The number of deaths due to superbugs is increasing steadily.

Phages are organisms commonly encountered in the environment.

According to past research results in Eastern Europe and Russia, phages have been reported to be effective in removing such bacteria and are considered safe. In particular, phages are known not to induce allergic reactions in humans. In fact, phages are widely present in the environment, including in the food we commonly consume, commercially available vaccines and other medical treatments, as well as in soil, lakes, and rivers.

As an example, even clean water contains phages, with approximately 1 billion phages per milliliter of water. Research on phage therapy has shown that there have been no observed side effects, environmental contamination, or clinical abnormalities associated with phages. They are considered safe to the extent that no adverse effects have been observed. Moreover, they exist in close proximity to humans and animals, often without our awareness.

Therefore, attempts to utilize phages are being made across a wide range of fields, including food, medicine, and environmental disinfection.

7. Conclusion

The movie mentioned at the beginning, "Back to the Future," traverses between the past and the future, with its foundation firmly rooted in the present.

Bacteriophage therapy was undoubtedly a story of the past, offering a treatment solution for bacterial diseases. Since its initial discovery by Twort and d'Hérelle in the early 1900s, there was hope that bacteriophages could liberate us from bacterial infections, leading to related research and industrialization. However, research declined due to factors such as the discovery of antibiotics and the lack of advanced biotechnology at the time.

However, recent emergence of superbugs due to antibiotic mis/overuse, coupled with limitless advancements in biotechnology and its integration, has revitalized bacteriophage research. This resurgence positions bacteriophages as a hopeful alternative to antibiotics.

Bacteriophages are resurfacing based on past history and experiences, believed to significantly impact human and animal welfare and healthcare in the future, an endeavor currently unfolding.

Bacteriophages are firmly believed to be the key to humanity's salvation in the ongoing battle against bacteria. Additionally, the recent discovery of lysin proteins, through advancements in biotechnology, represents a significant weapon in the fight between humanity and bacteria.

Sometimes in March 2008

You must have felt it sufficiently. iNtRON has undergone a change or evolution in its perspective on "bacteriophage." In the past, like most companies, iNtRON started from the proposition that "bacteriophage kills bacteria."

However, 15 years later, iNtRON is redefining and approaching it differently within the proposition that "bacteriophage kills bacteria," by extracting the implicit meaning. It's something different.

Utilizing the ability to kill bacteria, iNtRON uses not bacteriophage but its derivative endolysin (itLysin®). It targets not only the superbug market but also unmet needs market. It's the itLysin® platform technology.

Because of its relationship with bacteria, iNtRON is controlling bacteria to ultimately challenge diseases such as cancer, Parkinson's, and Alzheimer's by inducing the body's immune response. This is the PHAGERIA® platform technology.

Since bacteriophage itself is a virus, iNtRON utilizes bacteriophage itself to neutralize viruses. It's the PHAGERUS® platform technology.

Just as there exists a mutual relationship among bacteria, viruses, and humans (or animals), the author believe bacteriophage lies at the center. This is the PHAGERIARUS® platform technology.

Although the path of iNtRON's "First-in-class" and "First-in-concept" new drugs may be somewhat hypothetical, all truths have originated from hypotheses.

Based on facts, it becomes truth. Until about 500 years ago, the Earth revolved around the Sun. Starting as a hypothesis, it became one of the greatest truths in human history, the heliocentric theory. Now, all 8.1 billion people on Earth are "Galileo Galilei". Back To The Future it is iNtRON.

iNtRON speculates that RNA bacteriophages

may have evolved into viruses.

It is not yet certain

whether this hypothesis is correct or not.

However, it is clear that there is some correlation,

as both types of viruses continue to evolve to survive.

———— *Glancing At Viruses From Bacteriophages*

Glancing At Viruses From Bacteriophages

iNtRON is continually isolating bacteriophages. Although it may not be possible to isolate all bacteriophages existing in the world, we have isolated around 500 to 600 species so far. Among them, bacteriophages considered particularly important have their genomes secured through WGS analysis and are recognized for their asset value through domestic and international patents.

Searching for patents related to bacteriophages, one naturally discovers that iNtRON possesses significant competitiveness. However, the strategy until now has been to continuously isolate necessary bacteriophages and apply for patents from the perspective that "bacteriophages are viruses that kill bacteria."

However, since seeking a change in perspective and R&BD direction regarding bacteriophages, we have been avoiding assetization after patenting bacteriophages themselves. Why? Because we have different thoughts, so we should act differently. When thoughts change, actions should change accordingly. Of course, we are still assetizing where necessary, but we are reexamining the necessity multiple times before initiating assetization. In any case, even among the bacteriophages that have been assetized so far, there are numerous ones that can be applied to various R&D fields. This is also part of iNtRON's unseen technological competitiveness.

As mentioned in "BACTERIOPHAGE I," iNtRON speculated whether viruses evolved from bacteriophages. There are several reasons for thinking this way. One of them is the scarcity of RNA bacteriophages. Viruses are usually divided into RNA viruses and DNA viruses, and many RNA and DNA viruses are commonly found in the environment. Human papillomavirus (HPV), known to cause cervical cancer in women, is a DNA virus, while the COVID-19 virus is a representative RNA virus. Thus, it is natural and scientifically sound to consider viruses as consisting of both RNA and DNA viruses. Bacteriophages are indeed viruses. Therefore, theoretically, both RNA bacteriophages and DNA bacteriophages should exist. Of course, RNA bacteriophages have been discovered, although they are rare, such as Leviviridae and Cytoviridae. They are so scarce that they are almost non-existent. Where have they gone?

iNtRON speculates that RNA bacteriophages may have evolved into viruses. This assumption and explanation are described in "BACTERIOPHAGE I." If you read it, you will understand.

iNtRON hypothesizes but does not seek to prove that viruses have evolved from bacteriophages. Let's just assume that "viruses evolved from bacteriophages" since RNA bacteriophages are nearly impossible to find. It's difficult to explain, and it's not easy to understand. Where could RNA bacteriophages have disappeared to?

Bacteriophage has transformed into an RNA virus. Let's just think simple: viruses evolved from bacteriophages. With this assumption, things start to make sense. It seems plausible. Interestingly, many pathogenic viruses show RNA rather than DNA, which might be a trace of bacteriophage evolution. This was explained in "BACTERIOPHAGE I."

Then, wouldn't there be similarities when analyzing the genomes of bacteriophages and RNA viruses? Wouldn't there be traces left behind? It's a natural inference and curiosity. All research and development begin with curiosity. Of course, even if the genomes are similar, it cannot be conclusively said that this is evidence of evolution. Nevertheless, it was intriguing. Perhaps it could be used as a piece of the puzzle.

iNtRON, around the time of the global COVID-19 pandemic in mid-2020, decided to investigate whether there were genetic sequences similar to those of SARS-CoV-2, the causative agent of COVID-19, in bacteriophages. We wondered if there might be traces.

Before the analysis, a literature review was conducted. First, the characteristics of SARS-CoV-2 and its structural proteins were summarized. Then, the amino acid sequences of the entire open reading frame (ORFs) of SARS-CoV-2 were extracted. Finally, using the BLAST (Basic Local Alignment Search Tool) analysis, the genetic sequences of bacteriophages held by the company were compared and classified in terms of similarity to SARS-CoV-2 through homology analysis performed by the National Center for Biotechnology Information (NCBI). In simpler terms, after analyzing the genome structure of the coronavirus, the focus was on the main amino acid sequences expressed as proteins. Then, these sequences were compared and categorized based on their similarity to the genetic sequences of bacteriophages owned by the company.

Explaining bio-research can indeed be challenging. Not only is it all in English, but it also involves specialized academic terminology. Simply translating it may not effectively convey the intended meaning, and attempting to explain each term may not fully convey its significance either.

This genetic analysis process is indeed challenging and time-consuming. Analyzing the genome of the coronavirus requires specialized knowledge and expertise. Moreover, comparing and analyzing the genetic sequences of hundreds of bacteriophages owned by the company against each other is not something that anyone can easily do. It requires expertise and dedication. Bio-research is not about finishing a task with a team of ten in one year but rather about dedicating oneself to a project for a decade as a single researcher.

Firstly, let's delve into the analysis of the structural proteins of SARS-CoV-2. The exterior of SARS-CoV-2 consists of four structural proteins: the Spike (S) protein, Envelope (E) protein, Membrane (M) glycoprotein, and Nucleocapsid (N) phosphoprotein. These proteins are abbreviated as SEMN. The genome sequence size is approximately 29,903 base pairs (bp), which is just under 30 kilobase pairs (kb). In addition to the structural proteins, the genome contains 16 non-structural proteins and 9 accessory proteins.

In a nutshell, the coronavirus is a virus of about 30kb (kilobases) in size. It consists of 4 structural proteins called S, E, M, and N, 16 non-structural proteins, and 9 accessory proteins.

Among the structural proteins, the S protein plays a crucial role in initiating infection by interacting with cellular receptors within human cells. Specifically, the S protein interacts with cellular receptors, particularl``0y ACE-2 receptors found in infected human cells, facilitating the initial infection process. The receptor for the coronavirus is known as ACE-2, which differs from the receptor for other coronaviruses such as the SARS virus, known as DPP-4, and the receptor for another coronavirus, MERS virus, known as DPP-4.

In simple terms, when the coronavirus infects humans, a protein called the S protein plays a crucial role, and when there is a receptor called ACE-2 in humans, it leads to infection within the body, causing significant problems. To put it even simpler, if the coronavirus lacks the S protein or if humans lack the ACE-2 receptor, even if exposed to the coronavirus, individuals won't get infected. During the past pandemic, if some individuals were not infected despite being in a coronavirus-infected environment, it might be because they had very few ACE-2 receptors.

Now, let's delve further into the analysis of the coronavirus. The S protein of SARS-CoV-2 has a sequence similarity of roughly 75% to that of the S protein of the SARS virus. However, the receptor-binding domain (RBD) of the S protein shows a highly similar sequence. Consequently, it is known to recognize the same receptor, ACE-2.

In other words, both COVID-19 and SARS infect humans through a similar receptor called ACE-2. However, the binding affinity is reported to be approximately 10 to 20 times higher for SARS compared to COVID-19. This means that individuals previously infected with SARS have a higher probability of being infected with COVID-19. Why is that? Because humans have the ACE-2 receptor, which is the region where the S protein of COVID-19 or the SARS virus binds.

Here is a simplified summary once again: If your body lacks the ACE-2 receptor, you will not be infected by coronaviruses such as COVID-19 and SARS, even if they attempt to penetrate using their spike protein. This means that even if exposed, you won't fall seriously ill.

Here is additional analysis. For further analysis, we extracted and secured the amino acid sequences of the entire ORFs of SARS-CoV-2 from the genome database. We also conducted annotation analysis on the bacteriophage genomes owned by the company, which had their genome sequences secured, to identify the genes they comprise. The number of ORFs in the bacteriophages was determined. This is an enormous amount of data, a task not undertaken by just anyone. In a way, it's an ignorant endeavor. Ignorance also plays a role in establishing hypotheses as truths because ignorance breeds courage.

iNtRON possesses hundreds of bacteriophages, and among them, only those with sequenced genomes and completed annotation analyses were subjected to a homology analysis with SARS-CoV-2. This is not an easy task. Through this analysis, if a SARS-CoV-2 homolog was found within the bacteriophage genome, we verified whether it matched the ORF sequences derived from the previously analyzed bacteriophage annotation results and checked the functions of the ORFs. The author will avoid detailed explanations, but it required tremendous effort.

To summarize the results of the analysis, a surprisingly large number of bacteriophages possessed by the company were found to have SARS-CoV-2 homologs. A total of 21 types were identified. Examining the frequency of functions of these homologs, there were 14 types of non-structural proteins, 6 types of spike (S) protein sequences, 2 types of nucleocapsid (N) protein sequences, 1 type of membrane (M) protein sequence, and 6 types of other accessory sequences, indicating a relatively high frequency. In simple terms, 21 types of bacteriophages showed traces of COVID-19. This is quite interesting.

A further verification was necessary. We needed to analyze the genome of another virus and compare it with the bacteriophages possessed by iNtRON. Could we discover other traces? The virus chosen for this analysis was the G4 virus, considered the closest among influenza viruses that might cause a future pandemic.

Although it is a swine virus, the G4 virus has recombined with human and avian viruses, resulting in human infections and fatalities. This made it essential to conduct an analysis to prepare for any similar future occurrences. Fortunately, the homologous analysis method developed through the comparative analysis with COVID-19 helped reduce time and effort when comparing with other viruses.

The G4 virus can be more specifically described as the "Genotype G4 Eurasian Avian-like H1N1 Influenza A virus" (G4 EA H1N1 IAV). It is a strong candidate for another pandemic virus. First, we conducted a homologous analysis between the G4 virus and bacteriophage genomes using bioinformatics analysis. For the follow-up analysis, we extracted and secured the amino acid sequences of the entire ORFs of the G4 virus from the NCBI database. According to a paper published in PNAS in June 2022, the G4 virus comprises 29 strains, and comparative analysis showed no significant sequence differences among them. Therefore, we selected one strain and analyzed the ORFs amino acid sequences based on its genome sequence.

The homologous analysis for the G4 virus was conducted using in-house BLAST (tBLASTn algorithm) analysis. The query was the entire ORFs of the G4 virus, and the subject was the bacteriophage genome sequences. The subject sequences were set and input for pairwise analysis (at least one) or multiple analysis (at least 5-10).

To summarize the results, it was confirmed that among the company's bacteriophages, a total of 15 types have homologs similar to the G4 virus. The frequency of these homologs includes 10 types of polymerase proteins, 5 types of nucleocapsid proteins, 2 types of hemagglutinin proteins, and 3 types of other accessory proteins, indicating a high frequency of polymerase sequences.

Interestingly, among the bacteriophages owned by iNtRON, those capable of infecting Vibrio parahaemolyticus showed a particularly high frequency of genomes similar to the G4 virus. Additionally, bacteriophages that infect bacteria known to cause porcine respiratory diseases also exhibited a high frequency of G4 virus genomes. This is an intriguing result considering future directions for various R&BD projects.

Examining the previous analysis results of COVID-19 and the G4 virus, there is a noticeable level of genomic similarity between bacteriophages and these viruses. What does this signify? Is it just a coincidence? Nature never provides answers without reason. We simply do not yet know or understand it. It is clearly indicating something. It just takes time and effort to uncover. We will find it, someday.

In any case, the hypothesis that viruses evolved from bacteriophages led to intriguing results in the genomic analysis between bacteriophages and viruses. It is still too early to determine whether this hypothesis is correct or not. Similarly, it is not the time to discuss whether the methods and approaches are appropriate. However, even if we cannot clearly explain the relationship, we cannot dismiss the possibility of a connection.

Bacteriophages and viruses. There is definitely a certain link where both types of viruses are continuously evolving for survival. At the core of this evolution lies humans (and animals) as hosts and food sources. They constantly pose threats and strive to survive. How long will they coexist? The future ahead is longer than the past. It is a challenge.

The development of new drugs based on the PHAGERUS® platform technology has already begun. We are steadily progressing toward our goal. How long will this continue? The future is longer than the past. iNtRON is paving the way and will undoubtedly succeed.

Each piece of the puzzle is falling into place. What will the overall picture look like? There is much anticipation. The future is longer than the past. It is hope. Glancing At Viruses From Bacteriophages

it is iNtRON.

iNtRON aims to develop a universal influenza vaccine

capable of neutralizing viruses through bacteriophages.

If successful, this vaccine could eliminate

the need for annual flu shots.

Moreover, it promises swift responses

to influenza pandemics. Anticipation and hope.

━━━━━ *Honey, Another Flu Vaccine This Year Again?*

Honey, Another Flu Vaccine This Year Again?

"Honey, do we need to get another flu vaccine this year again?"

"Dad, I don't want to get the flu vaccine."

"CEO Yoon, do we need to get the flu vaccine every year?"

These are all variations of the same question, and the answer is undoubtedly, "Yes." To be more precise, "There is no other method yet." Flu shot, Flu vaccine. Seasonal influenza vaccine. They go by various names but mean the same thing. Earlier, I briefly explained influenza, but let's go into more detail.

Influenza viruses are categorized into four types based on their genetic characteristics: A, B, C, and D. Of these, only three types, A, B, and C, are known to have the ability to infect humans.

Compared to Influenza A or B, types C and D are relatively less important, and thus less research has been conducted on them. Therefore, when we commonly refer to the flu, it academically means Influenza A Virus (IAV) or Influenza B Virus (IBV).

IAV and IBV are further divided into subtypes based on the antigenic properties of their membrane proteins. For IAV, these subtypes are classified according to the antigenic types of H (hemagglutinin) and N (neuraminidase) proteins, and their combinations. So far, 18 types of H antigens and 11 types of N antigens have been reported. In contrast, IBV is classified into only two subtypes based on the antigenic characteristics of the H protein: the Victoria lineage and the Yamagata lineage.

These differences arise because IAV has a mutation rate that is 2 to 3 times higher than that of IBV, and it has the capability to infect a wide range of hosts, including humans, pigs, horses, bats, and birds. On the other hand, IBV undergoes relatively fewer mutations and is less prevalent, infecting fewer species such as humans and seals compared to IAV.

Particularly, IAV, which retains the characteristics of RNA viruses, shows a high mutation rate. Even if the H or N antigens are the same, mutations can occur in the core sequences of epitopes. Due to this, even if immunity against a specific strain is formed, the immune effect against other strains can be significantly reduced. As a result, there is currently no vaccine effective against all subtypes. Consequently, since 1973, the WHO's Global Influenza Surveillance and Response System (GISRS) has been predicting the strains of IAV (H1N1, H3N2 subtypes) and the two IBV subtypes that will be prevalent in the winter for both the Northern and Southern Hemispheres. Based on these predictions, they announce the composition of vaccines to effectively prevent these strains.

Simply put, the flu virus is mainly divided into types A and B. Type A mutates frequently, while type B mutates relatively less. Therefore, the WHO selects a few strains from type A and includes both subtypes of type B to announce the vaccine combination for the Northern and Southern Hemispheres each year. This combination is determined by GISRS, which involves influenza-related policy agencies from over 100 countries. It is a body of experts. This is why we need to get the flu vaccine. Numerous scientists and doctors who are experts in influenza from around the world participate in selecting and producing the best vaccine combination for that year.

Some people distrust experts, but this is a rejection of science. If you reject science, what will you believe in? Shamanism or natural healing methods? While humans are insignificant compared to nature, and I won't argue about what one should believe in, I think trusting in science is what distinguishes modern humans from lesser beings. Moreover, science is about uncovering the workings of nature. Let's trust in science. Let's get vaccinated. It is the natural thing to do.

In any case, based on the recommendations of GISRS, each country produces and administers seasonal influenza vaccines (flu vaccines). These flu vaccines are primarily of two types: the "Inactivated Influenza Vaccine (IIV)," which is administered via injection, and the "Live Attenuated Influenza Vaccine (LAIV)," which is administered as a nasal spray. In many countries, including domestically, the injectable form of IIV is commonly used.

IIV and LAIV: Let me briefly explain the "Inactivated Influenza Vaccine" and the "Live Attenuated Influenza Vaccine." In modern life, understanding the basics of vaccines is essential since vaccine administration is integral to public health.

First, the IIV is a vaccine in which the influenza virus has been inactivated through specific chemicals or heat treatment. This process renders the virus non-infectious while still allowing the immune system to recognize and respond to it. Depending on the specific production methods, inactivated influenza vaccines (IIV) can be categorized into three main types: Whole Inactivated Virus Vaccine (WIV): This type uses the entire inactivated virus. Due to stability issues, it is rarely used today.Split Vaccine: Produced by treating the inactivated virus with chemicals such as diethyl ether or surfactants to break it into pieces.

Subunit Vaccine: This type involves further purification to include only the HA and NA antigenic parts of the virus. Recently, formulations that label subunit antigens on the surface of liposomes are also being used.

Secondly, the Live Attenuated Influenza Vaccine (LAIV) uses a virus that has been attenuated so it cannot replicate effectively within the body. LAIV was developed for specific purposes, such as for children or elderly individuals who might be sensitive to injections or for people who have an aversion to traditional injectable vaccines. LAIV is typically administered as a nasal spray. Unlike IIV, LAIV is introduced through the nasal passage, the primary route of natural infection for influenza. This method induces a mucosal immune response, which tends to provide longer-lasting immunity compared to IIV.

However, there are concerns about the live influenza virus used in LAIV potentially replicating in the body, but these worries can be set aside. It's backed by science. LAIV uses viruses selected through serial passage that can only replicate at temperatures lower than human body temperature. As a result, the virus introduced through the nasal mucosa induces an immune response but does not replicate and eventually dies.

As mentioned earlier, influenza vaccines are mainly categorized into IIV and LAIV. However, IIV is more commonly used due to its cost-effectiveness and simpler production methods. Specifically, LAIV requires long-term serial passage to obtain attenuated virus strains and carries a risk, albeit low, of the virus regaining virulence through mutation. Consequently, IIV is more widely utilized than LAIV. Most countries administer IIV as their primary flu vaccine.

However, there are fundamental issues with flu vaccines. Current Problems with Influenza Vaccines. The flu vaccines in use today have several limitations. They do not provide long-lasting immunity and must be administered annually because the strains of the influenza virus that circulate each year can change. As previously explained, influenza viruses generally have a high mutation rate in their surface antigens, leading to frequent emergence of different variants each year. This makes it difficult to develop a long-term and effective vaccine that could serve as a proactive defense.

The development of flu vaccines began around the 1940s, and they have played a crucial role in flu prevention. However, advancements in diagnostic technology have revealed that the actual effectiveness of flu vaccines may not be as high as previously thought. For example, in the 1970s, the effectiveness of flu vaccines was reported to be around 70-90%. This was based on measuring the presence of flu antibodies produced after infection, due to limited technology for detecting the virus in the blood. However, since the 1990s, with the advent of real-time PCR technology, which allows for the quantification of the virus, it has been reported that the actual effectiveness of flu vaccines is about 10-60%. This is indeed a significant revelation. This is why, as mentioned at the beginning, there is currently no better solution, and getting vaccinated is still the right choice despite its limitations.

There are some reasons for the lower-than-expected effectiveness of Flu Vaccines. The effectiveness of flu vaccines often falls short of expectations, not necessarily due to flaws in vaccine technology, but more due to the inherent characteristics of the influenza virus.

Influenza viruses undergo frequent mutations in their antigens, and their genomes are highly segmented. This segmentation allows for frequent genetic recombination between segments, leading to significant changes in antigenicity. These mutations and recombinations present challenges that current vaccine technologies struggle to effectively address.

Another factor that has come to light in recent years is the mutation that can occur during the production process. Most flu vaccines are produced using viruses grown in eggs. It was reported in 2014 that mutations arising during this egg-based cultivation process can reduce the effectiveness of the flu vaccine.

The selection of flu vaccine candidates involves administering potential vaccine viruses to ferrets, then collecting serum and screening these candidates against flu viruses derived from infected humans from the previous September to January using the hemagglutination inhibition assay. However, the immune systems of ferrets and humans are not identical, which raises the possibility of selecting inappropriate candidates.

Additionally, it has been reported that when a person is first exposed to influenza or a similar virus and produces long-lived memory B cells, fewer new B cells are generated in response to subsequent infections. This can lead to a weaker immune response when infected by a new strain of the flu virus different from the initial one.

Given these examples, we can better understand the utility and limitations of existing influenza vaccines. When presented with this information, people's reactions generally fall into two categories: those who question the necessity of getting flu vaccines because they believe them to be ineffective, and those who, despite the limitations, recognize the benefits of getting vaccinated. Scientifically, I agree with the latter group. While it is true that humans are mortal, it does not negate the need to improve the quality of life. The benefits of flu vaccination far outweigh the negative aspects. This is the essence of science, and it is why we should trust it.

Despite the current limitations, there is a clear need for improvement in the effectiveness of influenza vaccines. This is not an insurmountable problem but rather an area where progress can be made.

Many vaccine companies and biotech firms are working to address these challenges. iNtRON is also investing heavily in this area of interest, so we will briefly introduce some aspects.

The need for developing a universal vaccine that can effectively act against various influenza viruses and maintain its efficacy over a long period has become increasingly prominent.

First, this involves newly determining the vaccine antigen itself. The main target areas for flu vaccines are ① targeting conserved regions of the virus's structural proteins and ② applying conserved regions of the virus particle itself. Simply put, it involves using the protein parts inside the influenza virus or the outer shell proteins as antigens.

Examples of ① include using the HA (= H) stalk domain, using epitopes from the head domain of HA, using the enzymatic active site of NA (= N), and using the ectodomain of M2 (M2e). Examples of ② include utilizing conserved peptides of N protein and M1 protein. Furthermore, looking at recent development trends, many attempts are being made to develop using a chimera form that utilizes multiple antigens rather than a single specific antigen.

Secondly, there is an active approach to using adjuvants or carriers to create a synergistic effect with the human immune system.

An ideal flu vaccine should effectively eliminate the influenza virus, provide long-term immunity, and prevent reinfection by stimulating various immune systems, including B cells, CD8 T cells, and CD4 T cells.

However, until now, virus-like particles or peptide-based flu vaccines have had limitations in vaccine efficacy due to low immunogenicity because the antigens are relatively small. To address this, adjuvants such as mineral oil and the mannide monooleate family, or carriers such as the flagella of Salmonella bacteria, are being used.

Thirdly, there are also attempts to modify traditional antigen production methods through genetic recombination and cell culture. Currently, the primary method for producing influenza vaccines involves using eggs, which has raised several concerns. During the cultivation process, mutations in the influenza virus, which is the vaccine candidate, can lead to reduced vaccine efficacy.

Additionally, there can be issues with the supply of eggs suitable for vaccine production, and there are limitations in vaccinating individuals with egg allergies. Due to these reasons, the development of a universal flu vaccine is shifting towards securing effective antigens through various antigen gene recombination technologies, while also establishing an expression host system capable of rapidly and stably mass-producing the target antigens.

In other words, recent developments are moving away from traditional IIV (inactivated influenza vaccine) and LAIV (live attenuated influenza vaccine) forms and towards new platform recombinant vaccines. Technologies utilizing mRNA vaccines and adenovirus vector vaccines, which were used in the development of COVID-19 vaccines, are representative examples. In addition, various other vaccine platform technologies are being developed, including recombinant subunit vaccines, synthetic peptide vaccines, and virus-like particle (VLP) vaccines.

As such, major countries around the world are fully committed to developing new and diverse vaccine platform technologies to prepare for future influenza pandemics. They are also engaged in the research, development, investment, and support of numerous vaccine candidates that incorporate conserved antigens of the influenza virus at a governmental level.

However, in the case of our country, Korea, it is, unfortunately, a different story. Interest and investment in this area are lacking. It's not a matter of whether it's the fault of companies or the government. During the COVID-19 pandemic, the government recognized the importance of vaccine development and implemented relevant policies. Yet, domestically developed COVID-19 vaccines ultimately did not succeed.

The core issue lies in technological competitiveness. It's not the small size of the domestic vaccine market that is the problem, but rather whether we possess vaccine technologies that can compete globally and be exported. We should view the issue in terms of whether we have secured innovative vaccine technologies that are competitive, rather than assigning blame to the government or companies.

Developing innovative vaccine technologies. It is easier said than done; it's a challenging path. Why? Because there is a lack of direction in vaccine R&BD, meaning there is an absence of a clear core direction that needs to be pursued independently.

The direction is crucial in all R&BD endeavors. Determining the right direction is challenging. It's like asking a child what they want to be when they grow up – an essential question, but not an easy one to answer. Once the direction is known, it becomes a matter of time and effort.

iNtRON is working on neutralizing viruses through bacteriophages. This introduces a new concept based on the premise that "bacteriophages are viruses that kill bacteria." iNtRON is developing a universal influenza vaccine. Depending on the circumstances, it could also be developed as a new drug to treat influenza after infection. Nonetheless, the initial attempt is to develop a universal vaccine.

Imagine not needing to get a flu shot every year – just once in a lifetime. But would that be profitable? If not, then perhaps every 3-4 years or 5-6 years. No eggs are required, so there's no issue for those with egg allergies. The productivity is high, making it feasible for developing countries to administer the vaccine without problems. It allows for a swift response to influenza pandemics.

This new approach is fundamentally different from existing vaccine technologies. It could even be developed as a new drug, not limited to just a vaccine. Moreover, it's not confined to just influenza. Nor is it limited to humans. Both humans and animals can be targets of viruses, and we must address this together.

Our beloved wife and children hate getting vaccinated. So, we will neutralize viruses with bacteriophages. We have the PHAGERUS® platform technology. People say it's just a hypothesis for now. But every established theory starts as a hypothesis. Proving it relies on data. We're putting the pieces of the puzzle together, one by one. What will you do if we actually succeed? Will you kneel? Will you bet your hand on it?

Honey, Another Flu Vaccine This Year Again? it is iNtRON.

iNtRON has developed a new 'Robot-Phage' by producing
and improving bacteriophages to have a broad host
infection range.
They are currently integrating this technology
with microorganisms associated
with CRC(colorectal cancer) and plan to expand
its application to other fields in the future.

━━━━━ *Robot-Phage, Expand The Spectrum Of Bacteria*

Robot-Phage, Expand The Spectrum Of Bacteria

As previously explained in the "Concept of Robot Phages" section, the critical aspect of establishing the PHAGERIA® and PHAGERUS® platform technologies is the ability to create bacteriophages at will. Genetic engineering in bacteriophages is different from other types of engineering. The technology and information related to this field are scarce, which means we have to methodically verify each step and develop new methods tailored to our company's situation and research purposes.

Starting from the concept of Robot-Phages, we were able to develop foundational platforms such as Mock-up Phages, Tg-

Phages, and Ag-Phages. As previously explained, for example, multiple Mock-up Phages, designated as Mock-up Phage A, Mock-up Phage B, Mock-up Phage C, Mock-up Phage D, and Mock-up Phage E, have been developed. These will be used in the new drug development within the PHAGERIA® and PHAGERUS®. Additionally, based on the PHAGERIA® platform technology, several Tg-Phages with target genes, such as Tg^A-Phage, Tg^B-Phage, Tg^C-Phage, Tg^D-Phage, and Tg^E-Phage, will be developed. Furthermore, we will introduce multiple Ag-Phages related to PHAGERUS®, represented as Ag^A-Phage, Ag^B-Phage, Ag^C-Phage, Ag^D-Phage, and Ag^E-Phage.

In particular, in the development of PHAGERIA® platform technology, expanding the spectrum against bacteria is an essential technological direction. When bacteriophages kill bacteria, they cannot target just any bacteria. There is a very strict territorial range, often referred to as host or bacteria specificity.

Let's first look at bacterial nomenclature. Take *Staphylococcus aureus*, commonly known as Staph aureus, as an example.

The general rule for denoting bacteria is to use italics or underline the name. For example, *Staphylococcus aureus* or <u>Staphylococcus aureus</u>. Recall the biological classification from middle school: Species, Genus, Family, Order, Class, Phylum, Kingdom. *Staphylococcus* corresponds to the genus, and *aureus* corresponds to the species.

Bacteriophages exhibit species-specific traits and, further, strain-specific or subspecies-specific traits. This means a bacteriophage might target a specific species of bacteria, such as *Staphylococcus aureus*, and even within that species, it might only target certain strains or subspecies. This specificity is crucial in developing effective phage therapies.

Simply put, even within the same species, some bacteriophages can kill certain bacteria, while others cannot. Bacteriophages have very picky preferences. This specificity of bacteriophages can be both an advantage and a disadvantage. Traditional antibiotics kill all bacteria, whether they are harmful or harmless, which can lead to the emergence of superbugs. However, bacteriophages can be engineered to kill only the targeted harmful bacteria, making host specificity an advantage.

On the other hand, when using bacteriophages to eliminate specific bacteria, their host specificity can become a disadvantage. To kill a particular type of bacteria, multiple bacteriophages may need to be combined. While a phage with a broad bacterial spectrum might only require one or two types, more often, a mixture of several phages is necessary. In these cases, host specificity becomes a disadvantage.

iNtRON recognized the need to address the host specificity of bacteriophages, which can be considered a disadvantage. This required another layer of "genetic engineering." While continuing to isolate bacteriophages with a broader spectrum of bacterial targets is valuable, the direction of the robot phage technology—specifically, genetically engineering bacteriophages as desired—necessitated further investment in technology to expand the bacterial spectrum.

This step forward in robot phage technology. It aims to broaden the bacterial spectrum. The accumulation of BHR (Broad Host Range) engineering technology. BGR robot phage.

Bacteriophages have been used to treat bacterial infections for a long time, but their limited host range has been a significant issue. Thus, there is a need for research to address and overcome this problem.

To develop bacteriophages with a broad host range, iNtRON focused on creating and improving new "BHR Robot-Phages." There are two main approaches to developing BHR Robot-Phages. Firstly, securing naturally occurring mutant bacteriophages. And secondly, obtaining the ultimately necessary recombinant bacteriophages based on genetic engineering to target genes.

We employed multiple strategies:
① repeated screening techniques using environmental samples, ② direct evolution techniques, ③ engineering RBD

of bacteriophages: By combining these many approaches, we needed to build the necessary technology and expertise to create effective BHR Robot-Phages.

The author will omit the detailed, laborious R&BD process involved. As a result, targeting the RBD for genetic engineering proved to be the best approach. This enabled us to develop the initial version of the "BHR Robot-Phage" and, more importantly, secure a platform technology for the continuous development of various BHR Robot-Phages. All R&BD efforts require internal strength and a clear direction. After that, time and money can make it happen.

Here's a summary of the development of BHR Robot-Phages targeting RBD, detailing the expertise involved. RBD is the part of the bacteriophage necessary for attaching to the bacterial receptor. Since the shape of receptors varies among bacteria, this is where host specificity is determined. Theoretically, by inducing mutations in the RBD to create a sort of universal key, the spectrum of bacteria that a phage can target could be broadened.

This hypothesis, if supported by data, becomes an established theory.

The first step in developing BHR Robot Phages is to select the desired bacteriophage and predict and identify the RBD region of the target bacteriophage. This is by no means an easy process. There is no label on the bacteriophage that says "RBD," and it must be identified through genomic analysis of the bacteriophage. Even if the genome is secured, there is limited information on RBDs, particularly for the specific bacteriophages that iNtRON is interested in. Since the BHR technique has not been applied to these bacteriophages before, we need to discover, analyze, and establish all these processes from scratch. This requires significant R&BD expertise.

Once the RBD of the specific bacteriophage is predicted and identified, the next step involves using mutagenesis techniques on the RBD to secure the desired BHR bacteriophage, or BHR Robot Phage. Let me explain this process in more detail using BF bacteria, a major cause of colon cancer, as an example.

First, iNtRON investigated the strain spectrum of four BF-targeting bacteriophages, which are protected by our intellectual property rights. The size of their whole genome sequences and their morphological characteristics were also examined (refer to the table).

Among the bacteriophages listed in the table, those with a relatively broad host spectrum—namely 'BFP-1', 'BFP-3', 'BFP-4', and 'BFP-5'—were selected as suitable targets for further analysis and research.

[Table] Summary of information on bacteriophages

Bacteriophages	BFP-1	BFP-3	BFP-4	BFP-5
Host range (Antibacterial activity against 68 strains)	6	9	8	8
Genome size (bp)	50,136	45,462	46,960	46,506
Family	Siphoviridae	Siphoviridae	Siphoviridae	Siphoviridae

Based on the whole genome sequence information of the selected BFP-1, BFP-3, BFP-4, and BFP-5 bacteriophages, the RBDs were identified. Generally, RBDs are located around the tail fiber or tail spike regions. However, exceptions exist where RBDs are part of separate operons, necessitating in-depth genomic analysis. This is particularly true for bacteriophages like TP901-1, PSA, and P2 from the Siphoviridae family, which includes the initially selected BFP-1, BFP-3, BFP-4, and BFP-5 by iNtRON.

Annotation analysis of the genomes of bacteriophages BFP-1, BFP-3, BFP-4, and BFP-5 was performed to investigate the presence and organization of tail fiber or tail spike genes. It was confirmed that all selected target bacteriophages contain only tail fiber genes.

Based on this analysis, it was determined that the RBDs of bacteriophages BFP-1, BFP-3, BFP-4, and BFP-5 are likely located in the tail fiber region. Since RBDs are the factors that determine the host, it was reasonably hypothesized that there would be significant sequence differences in the RBDs of bacteriophages with different host ranges.

Within the tail fiber region, the RBD was expected to be the most variable. After securing the tail fiber sequences of bacteriophages BFP-1, BFP-3, BFP-4, and BFP-5, multiple alignment analysis was conducted to identify the hyper-variable regions. These regions are the targets for genetic engineering.

Through this complex analysis and selection process, including various in silico analysis results, bacteriophage BFP-4 was ultimately selected from the four candidate bacteriophages. This selection process involves significant expertise and internal knowledge, so the precise details will not be disclosed.

Since the hyper-variable region of the selected BFP-4 has been determined, it is now time to practically apply genetic engineering to the RBD. No research team has yet attempted this with the bacteriophages selected by iNtRON. This was another challenge. R&BD must always take on challenges. Without challenges, R&BD eventually loses its competitiveness and becomes obsolete.

Taking on challenges is evidence of being alive and a strong reason to keep moving forward.

Genetic engineering of the RBD was approached from two main perspectives. The first method was domain swapping, and the second was structure-guided mutagenesis. These methods were adapted into iNtRON's unique technology.

Through domain swapping, we exchanged the core domain regions within the RBDs of bacteriophages that recognize different hosts, creating a new chimeric RBD. Simply put, we swapped RBDs from different strains to create entirely new RBDs. Using genomic information and annotation analysis, we selected the tail fiber genes predicted to be RBDs. These genes were then subjected to error-prone PCR-based random mutagenesis and Gibson assembly techniques to create mutant bacteriophages. This allowed us to obtain "BHR Robot-Phages" capable of infecting host bacteria that they previously could not infect. Another piece of the puzzle was successfully placed.

In addition to the domain swapping method, we also applied the structure-guided mutagenesis technique. This method adds sequence diversity within the RBD through PCR-based mutations using a random primer library. This technology is mainly used in the development of recombinant drugs using antibodies, where a library with random nucleotides is introduced into the tip of the bacteriophage. As a result, we were able to secure multiple "BHR Robot-Phages" with an expanded host infection capability compared to conventional bacteriophages. These "BHR Robot-Phages" not only improved the host infection range but also established a platform technology that can reduce the occurrence of resistant strains caused by bacteriophages. We have obtained another piece of the puzzle.

iNtRON is currently applying the "BHR Robot-Phages" technology to microbiomes associated with CRC. Notably, we have secured effective bacteriophages with control power over ETBF and *pks+ E. coli*. However, we do not stop here. We will expand further.

Therefore, when considering future industrial applications or commercialization, ongoing research to expand the host infection range and the establishment of related platform technologies are essential. In other words, there is a need for the development of universally applicable "BHR Robot-Phages", and the establishment of related technologies aligns with the direction of phage improvement platforms, that is, genetic engineering.

iNtRON is continuously taking on challenges. Even if the path is not smooth, it is a path worth taking. The destination is ahead, not beside us. We face forward and move forward. The direction of iNtRON's R&BD is clear. This is the most important reason why we can continue to face forward and take on challenges.

Robot-Phage, Expand The Spectrum Of Bacteria it is iNtRON.

iNtRON investigated the relationship between

probiotics and bacteriophages within the gut microbiome.

The results revealed that a significant number of

probiotic strains harbor bacteriophages.

The presence of bacteriophages in probiotics raises

questions about their role and significance in this context.

━━━━━ *Bacteriophage, What Are You Doing In Probiotics?*

Bacteriophage,
What Are You Doing
In Probiotics?

In "BACTERIOPHAGE I," I compared probiotics to a 'shell,' which led to some misunderstandings. To clarify, I did not mean to say that there is no need to take probiotics, but rather that it's important to understand the reasons for taking them and to choose the appropriate probiotics accordingly.

Why do we take probiotics? To have regular bowel movements, to soothe the digestive system, to aid digestion, to lose weight, to boost the immune system, and to improve skin health. It might be worth questioning whether the reasons for taking them are correct and if the appropriate probiotics are being consumed.

Probiotics are also known as lactic acid bacteria. The term "lactic acid bacteria" refers to bacteria that break down carbohydrates into lactic acid. In biological classification, these bacteria primarily belong to the genus *Lactobacillus*. Recently, a new genus, *Streptococcus thermophilus*, has also been included in this group.

So, simply put, taking probiotics means consuming bacteria that produce lactic acid. Lactic acid plays an important role in human metabolism and is useful in various industries, but excessive accumulation of lactic acid can cause health issues, so maintaining a proper balance is crucial. Doesn't that mean if we consume a lot of probiotics, the number of probiotics in our body will increase significantly, leading to an excessive buildup of lactic acid? Don't worry. Fortunately, probiotics cannot live in our bodies.

Ironically, there is no reason for the number of probiotics in our bodies to increase due to probiotic intake—they can't survive in the body. Since they can't live in the body, there is no risk of excessive lactic acid accumulation. Therefore, taking probiotics for lactic acid is like burning down your house to catch a flea. So, why take probiotics? If you take them because they taste good, there's nothing more to say.

Let me conclude with this. The author will refrain from further discussion about probiotics themselves. The intention is not to explain the usefulness of probiotics, but rather to discuss what functions probiotics perform in the body and why these functions occur. Moreover, it is to highlight the close relationship between probiotics and bacteriophages.

iNtRON has announced that it is pursuing R&BD based on a different concept from the premise that "bacteriophages are viruses that kill bacteria." Specifically, it is assumed that bacteria, bacteriophages, and human immunity are directly and closely related to each other. The explanation of the PHAGERIARUS® platform technology in "BACTERIOPHAGE I" was, of course, a major topic for Next Eye.

When explaining the PHAGERIARUS® platform technology, we always keep the microbiome in mind, particularly the gut microbiome. Each person's gut microbiome is unique, and there are significant questions about why it exists in the body in the first place. This was also explained in "BACTERIOPHAGE I."

In any case, iNtRON has focused on probiotics within the microbiome. People have been consuming probiotics directly or indirectly through various fermented foods such as milk, yogurt, cheese, and kimchi. Today, many commercial probiotic products are also being consumed regularly. For this reason, iNtRON decided to investigate the relationship between probiotics and bacteriophages within the gut microbiome.

We started by examining well-known commercial probiotic products. There is a wide variety of products, each containing multiple strains of different probiotics. We investigated the probiotics listed in product descriptions and selected 12 representative strains that are commonly included across different companies. We then obtained their whole genome sequences from databases such as NCBI. It is important to note that the following strains may not necessarily be the exact strains included in those companies' products. Manufacturers are often reluctant to disclose detailed information about the probiotics contained in their products. Therefore, there may be some limitations to the accuracy of the strain information provided. This is understandable as it might be confidential company information. Nevertheless, we conducted a detailed analysis of the genome sequences of the following strains based on the WGS information we obtained.

Limosilactobacillus reuteri RC-14

Lacticaseibacillus rhamnosus GG

Lacticaseibacillus rhamnosus HN001

Lacticaseibacillus rhamnosus GR-1

Lactobacillus acidophilus NCFM

Lactobacillus acidophilus La-14

Lactiplantibacillus plantarum 299V

Bifidobacterium longum subsp. infantis 35624

Bifidobacterium animalis subsp. lactis Bi-07

Bifidobacterium animalis subsp. lactis BI-04

Bifidobacterium animalis subsp. lactis HN019

Bifidobacterium animalis subsp. lactis BB-12

Given that the genomic analysis information of these strains may contain proprietary details for both iNtRON and various probiotic companies, it is crucial to approach this disclosure cautiously. Therefore, the author will explain the workflow using the strain *E. coli* Nissle 1917 as an example. We employed this method for the analysis of all probiotic strains, which was a meticulous and extensive process.

First, although *E. coli* Nissle 1917 is a strain of *Escherichia coli*, it has probiotic properties similar to lactic acid bacteria and is used in medical and health care applications. This strain was first isolated in 1917 by Alfred Nissle, a German physician and bacteriologist, and was named after him.

E. coli Nissle 1917 is a non-pathogenic strain that does not carry pathogenic genes, making it safe for use. It is known to modulate the immune system in the gut, reducing inflammatory responses and helping regulate immune reactions. Additionally, it promotes the growth of beneficial gut bacteria and inhibits the growth of harmful pathogenic bacteria, thereby contributing to maintaining a balanced gut microbiota. It also strengthens the gut barrier to prevent the invasion of pathogens and helps maintain a healthy gut environment.

E. coli Nissle 1917 is particularly used to reduce inflammation and alleviate symptoms in patients with inflammatory bowel diseases (IBD) such as Crohn's disease and ulcerative colitis. It is also effective in alleviating symptoms and reducing abdominal discomfort in patients with irritable bowel syndrome (IBS), as well as in preventing and treating infectious diarrhea caused by pathogenic bacteria. Given its prominence among the various strains included in commercial probiotic products, *E. coli* Nissle 1917 serves as an excellent example to demonstrate iNtRON's genomic analysis methods.

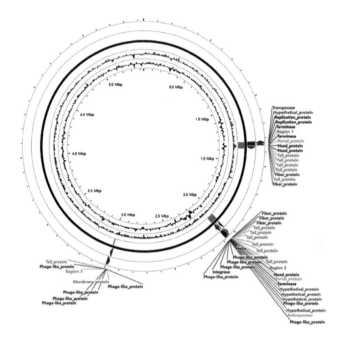

The genome of *E. coli* Nissle 1917 consists of a single circular chromosome approximately 5.3 megabases (Mb) in size. The overall GC content of the genome is about 50.6%, and it contains approximately 4,500 open reading frames (ORFs). Interestingly, it lacks the toxin genes commonly found in pathogenic *E. coli* strains, which explains why *E. coli* Nissle 1917 is non-pathogenic and used as a probiotic.

During iNtRON's genomic analysis of the *E. coli* Nissle 1917 strain, one intriguing aspect was the presence of bacteriophage-like genomic elements. You might wonder why we are analyzing bacteriophage genomes while studying probiotics. "BACTERIOPHAGE I" provides some context and it explains a hypothesis about why microbiomes, including probiotics, exist in the body, particularly in the gut. The hypothesis suggests that gut microorganisms can exist in our bodies because bacteriophages might help them evade immune cells. This is referred to as the "I am self" hypothesis. Though still a hypothesis, it is a compelling line of investigation.

In any case, upon investigating the *E. coli* Nissle 1917 strain, we found, interestingly, that bacteriophage genomic elements were present at three locations within its genome, as illustrated. Let us pause here for a moment, as it is first necessary to understand a newly defined term. As explained in 'BACTERIOPHAGE I,' bacteriophages have life cycles called the lytic cycle or the lysogenic cycle, and they can be categorized as either lytic phages or lysogenic phages. A lytic phage refers to a phage that kills bacteria, whereas a lysogenic phage refers to a phage that integrates into the bacterial genome. While integrated into the bacterial genome, it can eventually kill the bacteria and spread its progeny when necessary. These lysogenic phages, integrated into the bacterial genome, are called prophages.

In general, prophages or lysogenic phages live integrated within the bacteria and eventually kill the bacteria and emerge. There are essential genes required for the phage to kill the bacteria and emerge. Phages that possess these necessary genes in their entirety are referred to as lysogenic or prophages.

Unlike these typical prophages, iNtRON has identified phage genomes that are inserted into bacteria but lack the necessary genes to kill the bacteria and emerge. These phages are newly defined by the term "Jamphage" by us. The term "Jamphage" is used to signify that they are "jammed," similar to how paper gets jammed in a printer. Furthermore, among these Jamphages, those consisting of genomes with ORFs are called "ORF-Jamphages," and those without ORFs are called "Non-ORF-Jamphages."

According to this nomenclature, bacteriophages can be classified into typical lytic phages, prophages (lysogenic phages), and Jamphages. Jamphages are further divided into ORF-Jamphages and Non-ORF-Jamphages.

Previously, when reclassifying the three bacteriophages present in the Nissle 1917 strain, they could be divided into two prophages (blue) and one ORF-Jamphage (pink), as shown in the schematic diagram on the right. Of course, this is not yet a universally accepted theory. It is a nomenclature and analysis method unique to iNtRON

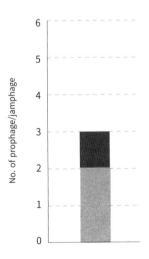

Based on this genomic analysis method and classification criteria, the results of analyzing commercially available probiotic products are schematically represented as follows. The analysis results of representative probiotic strains contained in commercially available probiotic products, using iNtRON's unique method, are as follows. In summary, a considerable number of probiotic strains contain bacteriophages. There are ORF-Jamphages, prophages, and numerous Non-ORF-Jamphages. What does this imply?

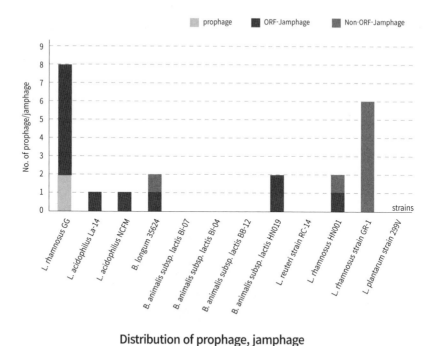

Distribution of prophage, jamphage

First of all, why do bacteriophages exist in probiotics? What function do they serve? Why? Why? Why? There are so many questions and unknowns. The more we investigate bacteriophages, the more questions arise and the more we have to discover.

In the case of the Nissle 1917 strain, it was analyzed to contain three types of bacteriophages (two prophages and one ORF- Jamphage). In the schematic diagram, the first strain, *L. rhamnosus* GG, shows a total of eight bacteriophages, with two classified as prophages and six as ORF-Jamphages. Notably, similar to the Nissle 1917 strain, *L. rhamnosus* GG (often abbreviated as LGG) is a very famous strain, commonly included in almost all probiotic products as one of the representative probiotics.

Why do prominent probiotic strains like Nissle and LGG have a relatively high frequency of bacteriophage genomes integrated throughout their genomes compared to other probiotics? Why? iNtRON does not provide an answer here. We will show the data. We are still gathering data. It's an enormous amount. As has been mentioned multiple times, a hypothesis becomes an established theory if it is based on data. We are steadily accumulating more data.

In the second phase, we selected and analyzed the genomic information of an additional 68 strains of probiotics (strain names are not listed).

Distribution of prophage, jamphage

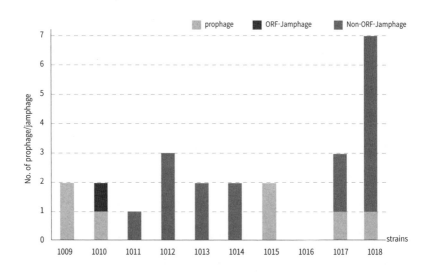

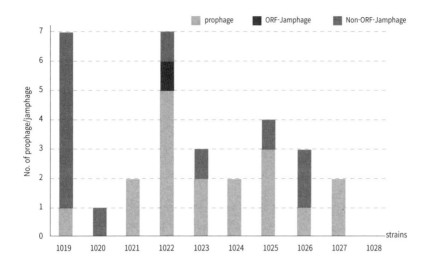

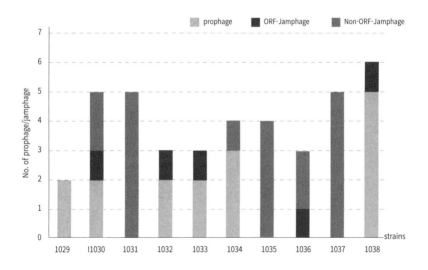

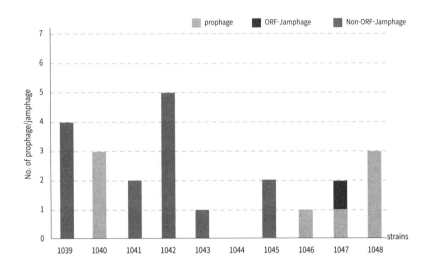

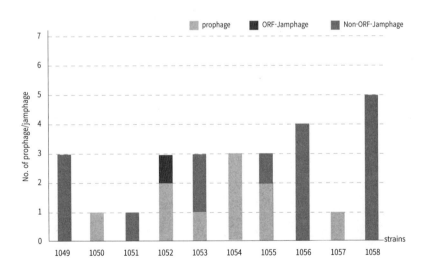

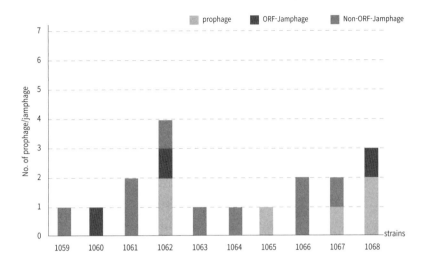

Isn't it interesting? Most probiotics contain bacteriophages. Moreover, the more famous probiotics have an even greater variety of bacteriophages. Why is this? Probiotics contain bacteriophages. Especially the representative probiotics, which have a more diverse range. Why? iNtRON does not yet provide an answer. It is very intriguing. The research continues into the third, fourth, and fifth phases.

Earlier, we posed the fundamental question, "Why do we take probiotics?" We are starting to think that perhaps the reason we should take probiotics could be found in bacteriophages.

People who are taking probiotics may actually be taking bacteriophages as well. They just don't know it.

Companies that are producing probiotics might also be producing bacteriophages. They just don't know it.

This is why iNtRON's R&BD focused on bacteriophages must continue and progress further. It is heading towards a breakthrough. Bacteriophage, What Are You Doing In Probiotics? it is iNtRON.

The future to come is tomorrow's today.

Dream Of Hitting the Jackpot,
Bacteriophage

A jackpot. This is the hope of all companies developing new drugs. The PHAGERIARUS® platform technology. We are ripping it from bacteriophages. What does it mean? We cannot say now.You will understand its meaning later. If a book titled "BACTERIOPHAGE III" is published, it will be filled with this content. We hope so.

"Bacteriophages are viruses that kill bacteria." If iNtRON had limited itself to this statement, it would not have published "BACTERIOPHAGE I" or "BACTERIOPHAGE II." Nor would it dream of "BACTERIOPHAGE III."

Bacteriophages do not completely sterilize bacteria. For this reason, antibiotic-resistant bacteria, including superbugs, are being targeted for new drug development based on itLysin® technology. The superbug market and the unmet needs market.

We are engineering endolysins to have the desired therapeutic effects suitable for specific target diseases. Through various engineering approaches, we are turning the disadvantages of endolysins into advantages, developing multiple itLysin® drugs.

Bacteriophages can neutralize viruses. Bacteriophages can indirectly modulate the immune system through bacteria. This different thinking led to the creation of PHAGERUS® and PHAGERIA®. Various Mock-Phages are being developed. Through PHAGERUS®, many Ag-phages are being developed. Through PHAGERIA®, many Tg-phages are being developed.

This required the ability to freely genetically engineer bacteriophages. We had to establish numerous platform technologies to make this possible for bacteriophages themselves.

Bacteriophages are closely related to not only bacteria but also to humans (= animals), and they ultimately have a direct impact on immunity. We are ripping it from bacteriophages. PHAGERIARUS®. You will understand its meaning in more detail later.

We aim to challenge the notion that bacteriophages are merely viruses that kill bacteria. If we can challenge this notion. The outcome is left to everyone's imagination. It is something we hope for. A jackpot is not a word that can be conjured up just by praying. The path will be arduous and will face various challenges.

There is no organism on Earth more diverse than bacteriophages.
There is no organism on Earth older than bacteriophages.
There is no organism on Earth that will survive longer than bacteriophages.

Understanding bacteriophages makes one realize that the meaning of a jackpot is not far off. At least for iNtRON. All these statements are iNtRON's hypotheses. Hypotheses become established theories. Dream Of Hitting the Jackpot, Bacteriophage it is iNtRON.

Looking Forward To 『BACTERIOPHAGE Ⅲ』, With Excitement

While "BACTERIOPHAGE I" ended with the word "regret," "BACTERIOPHAGE II" concludes with the word "Excitement". In the development of new drugs by iNtRON, regardless of where the journey started, iNtRON's present is based on bacteriophages, with eyes set on the future of today. "The future is today's tomorrow." This is a phrase the author likes. It implies that the future will surely come and dreams will be realized.

If "BACTERIOPHAGE I" aimed to provide a "framework" for the company's R&BD direction, "BACTERIOPHAGE II" explains, as simply and concisely as possible, the deeper R&BD research content. Though it is uncertain when it will be, if we publish another book titled "BACTERIOPHAGE III," the author predicts it will be filled with deeper, more advanced content and data. For this reason, the author wishes to conclude with the word "Excitement".

A future shorter than the past, because we cannot know the future.
A future longer than the past, because knowing the future makes it possible. The future is hope.

As mentioned in "BACTERIOPHAGE I," there is always fear in new drug development. The fear of failure in development. A path without fear is not considered new drug development.

In "BACTERIOPHAGE II," the author wants to convey something different. There is always anticipation in new drug development. The expectation and joy of successful development. A path without expectation and joy is not considered new drug development. In iNtRON's new drug development, there is "expectation" and "joy." At the core of this process is "difference." It's not about us being "right," but about us being "different." We are based on this difference.

Bacteriophages are viruses that kill bacteria.
iNtRON also fully believes this because it is supported by data.
Bacteriophages are closely related to bacteria and to humans (=
animals).
We also fully believe this because data is being accumulated.

The continuous evolution of bacteriophages is a challenge for survival, based on fear. iNtRON takes on challenges. Because there is fear, the noble word "challenge" exists. In addition to challenges, iNtRON advances with the struggle for survival.

iNtRON will endlessly transform and change. With the guiding principle of "Growth into a New Drug Development Company through a Global R&BD group" as our North Star, we will focus on what needs to be done and what must be accomplished through more thoughts and deliberations.

Looking Forward To 「BACTERIOPHAGE III」, With Excitement it is iNtRON.

Passion, Flexibility, and Me
"Only Passion Makes Me Free!"
it is iNtRON.

BACTERIOPHAGE II
The Way of Innovative-Innovation New Drug

Published in Jul, 27, 2024

Author CEO / iNtRON Biotechnology, Inc.   **Publication** crepas book   **Publisher** Jang Mi Ok
Editor CEO / iNtRON Biotechnology, Inc.

      Address A-1310, 288-14, Galmachiro-ro, Jungwon-gu, Seongnam-si, Kyeonggi-do
             (Sangdaewon-dong, SK V1 Tower), 13201 Korea
      Tel. (+82) 31-739-5378
      Website www.intron.co.kr / www.iNtODEWORLD.com

Publication Registration August 23, 2017 No. 2017-000292
Address 3rd floor, Ogu Building, 25-11 Seongji-gil, Mapo-gu, Seoul
Tel (+82) 2-701-0633   **Fax** (+82) 2-717-2285   **E-Mail** creb@bcrepas.com

ISBN 979-11-89586-77-5 (03510)
Price 18,000 won

The National Library of Korea Publication Schedule for this book is located on the homepage of the bibliographic
information distribution support system (http://seoji.nl.go.kr) and
the comprehensive national catalog construction system (http://kolis-net.nl.go .kr).